# ALPHA'S FEUER

RENEE ROSE

LEE SAVINO

Übersetzt von

STEPHANIE KOTZ

# HOLEN SIE SICH IHR KOSTENLOSES BUCH!

Tragen Sie sich in meine E-Mail Liste ein, um als erstes von Neuerscheinungen, kostenlosen Büchern, Sonderpreisen und anderen Zugaben zu erfahren.

https://geni.us/jungfrauunddervampir

## RENEE ROSE: HOLEN SIE SICH IHR KOSTENLOSES BUCH!

Tragen Sie sich in meine E-Mail Liste ein, um als erstes von Neuerscheinungen, kostenlosen Büchern, Sonderpreisen und anderen Zugaben zu erfahren.

https://www.subscribepage.com/mafiadaddy_de

# LEE SAVINO: KOSTENLOSE NOVELLE

**Hol dir ein kostenloses Exemplar von Gezeugt von den Berserkern und Eine Berserker-Geburt, indem du dich für meinen Newsletter anmeldest.**

*Der dritte Teil von Daegans, Brennas und Samuels Geschichte. Lies den ersten Teil in* **Verkauft an die Berserker** *und den zweiten in* **Gepaart mit den Berserkern**. *Diese Novelle ist kostenlos, ein Geschenk.*

https://BookHip.com/PKRMGC

# PROLOG

---

*Tabitha, Alter 18 Jahre*

DIE KÜHLE LUFT beißt in die Haut, die mein Top nicht bedeckt. Ich wandere erst seit einer Stunde und habe bereits meine Jacke ausgezogen – mit ist kalt und zugleich bin ich verschwitzt. Das ist eine komische Kombination, fühlt sich jedoch gut an.

Auf den Gipfeln, die über mir aufragen, liegt Schnee. Es ist Frühling, der Schnee hält sich allerdings noch in den langen Schatten der dicht beieinanderstehenden Kiefern.

So früh am Morgen bildet mein Atem Wölkchen in der Luft, während ich über ein gefrorenes Feld laufe, auf dem einige gelbe Wildblumen die Köpfe über das platte Gras heben. Ich bin der einzige Tourist, der so verrückt ist, dermaßen früh in der Saison zu wandern. Bisher bin ich niemandem auf dem Wanderweg begegnet.

Die Berge Norditaliens sind im Prinzip die Alpen, doch die Einheimischen nennen sie *I Dolomiti*. Die Wanderung, für die ich mich entschieden habe, ist nicht so anstrengend wie die, welche mich bis zum höchsten Gipfel führen würde, aber meine Schenkel brennen von dem langen Anstieg. Das ist jedoch besser, als in fünfzehn Zentimeter hohen Absätzen und einem eigenartigen, aufgebauschten Kleid, bei dem der Großteil meines Rückens und Hinterns unbedeckt ist, über einen Laufsteg zu stolzieren. Als ich noch ein Model war, hätte ich alles für Mode getan, jetzt allerdings nicht mehr. Dieses Model hat dem ganzen Zirkus offiziell den Rücken gekehrt.

„Ich verstehe es nicht", heulte meine Mutter, als ich sie anrief, um sie darüber zu informieren. „Du hast das so gut gemacht. Du hast großartige Kontakte geknüpft." Im Mom-Jargon bedeutet das, dass ich Männer kennengelernt hatte. Reiche Männer, die liebend gern ein Model an ihrem Arm hätten. Die Sorte Mann, von der meine Mom hoffte, dass er mein Herz im Sturm erobern und mir einen Diamantring schenken sowie einen Antrag machen würde. Oder dass er mir zumindest eine Diamantuhr geben und mich zu einem langen Aufenthalt in seinem privaten Penthouse einladen würde. Vielleicht würden sogar ein Auto und einige Reisen an die Riviera oder zu den Seychellen rausspringen.

Der Typ Mann eben, hinter dem meine Mutter stets her war.

Ich hatte ihr nicht verraten, dass es ein Date mit genau dieser Art von Mann gewesen war, das meinen Entschluss gefestigt hatte. Ich war am Arm eines Börsenmaklers namens Paul auf einer weiteren langweiligen After-Party gewesen. Er war ein absolut netter Kerl, doch nur weil ich ein Model war und sein Kopf kaum bis zu meinen Schultern reichte, hieß das nicht, dass er das Recht hatte, seine Hand auf meinen Hintern zu legen.

Ich bin über die Wiese marschiert und den Pfad hinauf, der zwischen den blaugrauen Kiefern verschwindet, bevor mir bewusst wird, dass ich leise vor mich hin schimpfe. Ein Vogel zwitschert auf einem Tannenzweig über meinem Kopf und mein Zorn verraucht.

Ich nehme mir einen Moment, um meine Lungen zu reinigen. Die Luft ist frisch und besser als ein teures Eau de Cologne. Das Wasser, das in einem Gebirgsbach sprudelt, besteht nur aus geschmolzenem Schnee und schmeckt vermutlich himmlisch. Winzige lila Blumen lugen zwischen den Spalten in den grauen Felsen hervor und der Vogel über meinem Kopf zwitschert, als hinge sein Sexleben davon ab.

Ich bin weit weg vom Modezirkus in Mailand. Meine Sinne werden nicht mehr von stark besuchten Events überwältigt. Sich beißende Auren oder toxische Energien verschaffen mir keine Kopfschmerzen mehr und ich verspüre auch nicht den verzweifelten Drang, zu fliehen.

Für mich gibt es keine handgreiflichen Geschäftsmänner mehr, die mich wie eine Zigarre behandeln – ein Besitz, ein Luxus, eine Requisite. Ich teile mir mein Apartment nicht mehr mit sechs anderen halb verhungerten jungen Menschen, deren tägliche Nahrungsaufnahme kaum einem halben Sandwich entspricht. Nachdem ich meinen Agenten darüber in Kenntnis gesetzt hatte, dass ich meine Karriere an den Nagel hängen würde, aß ich als Erstes eine ganze Schüssel Nudeln mit Käse.

In eben diesem Moment ist mein Rucksack mit den besten Vorräten gefüllt: guter Käse, ein Rotwein aus dieser Gegend und mehrere Packungen Biscotti.

Meine Mutter habe ich zwar enttäuscht, aber ich fühle mich besser als im ganzen letzten Jahr. Als wäre ein Gewicht von meiner Brust genommen worden.

Es sind beinahe drei Monate vergangen, seit ich meine Karriere beendete und anfing, wie ein Landstreicher herumzuziehen. Ich gab einen kleinen Teil meines Gehalts von der Fashion Week für ein Paar Wanderschuhe und einen Rucksack aus. Der Rest meiner Ersparnisse ging für die Reservierung der kleinen Berghütten, die *rifugios* genannt werden, drauf sowie eine schöne Mietwohnung in der Nähe des Comer Sees, wo ich wohnte, während ich auf die Schneeschmelze wartete.

Mein Plan ist es, den Dolomiten-Höhenweg 1 zu wandern und noch weiter. Ich möchte den Sommer in den Bergen verbringen. Und danach, wer weiß? Ich bin achtzehn Jahre alt und kann alles tun. Dieser Frühling ist der Anfang meines neuen Lebens.

Nachdem ich fünfzehn Minuten bergauf gelaufen bin, zittern meine Schenkel, doch das ist es wert, als ich um eine Biegung laufe und auf einen magischen Bergsee treffe. Das Wasser ist blaugrün. Es ist eine himmlische Farbe, die fast so leuchtend und schockierend wie ein Pullover von Lilly Pullitzer ist.

Ich kann nicht widerstehen, laufe zum Ufer und tauche meine Hand in das Wasser. Es ist nicht eiskalt, sondern warm wie ein frisch eingelassenes Bad. In der Seemitte steigt Dampf von der Wasseroberfläche auf.

Ist das eine Thermalquelle? Falls ja, hat sie mein Reiseführer nicht erwähnt.

Ich lasse meine Jacke und meinen Rucksack fallen. Als ich mich dem glasklaren Teich zuwende, fühle ich mich absolut schmutzig. Ich bin stark versucht, alles auszuziehen und hinein zu springen.

Doch ich bin nicht allein.

Im Wasser ist ein Mann. Sein dunkler Kopf befindet sich auf einer Höhe mit den umliegenden Felsen, weshalb ich ihn zuvor nicht gesehen habe.

Nachdem ich ihn entdeckt habe, kann ich den Blick nicht mehr von ihm abwenden. Er schwimmt nicht, sondern läuft durch die seichteren Stellen. Wasser strömt über seine wohlgeformten Schultern und läuft reizvoll über seine gigantischen Brustmuskeln.

Nach einigen weiteren Schritten in Richtung Ufer fließt Wasser von seinen diamantharten Bauchmuskeln, die mit der Präzision eines Juweliers geschliffen und geformt sind. Er besitzt die Größe und Gestalt eines Bodybuilders, aber irgendetwas an den eingefallenen Wangen unter seinen hohen Wangenknochen und der Schmalheit seiner Arme und Brust verrät mir, dass er dreißig bis vierzig Pfund zu leicht ist.

*Mein Gott.* In Mailand war ich von den heißesten männlichen Models der Welt umgeben, die neben diesem Kerl wie Knetfiguren aussehen würden. Dunkle Brauen. Lange, seidige Wimpern, dichte, schwarze Haare. Sein wilder Bart ist ein wenig außer Kontrolle, doch das stört mich nicht. Wie würde sich der wohl zwischen meinen Beinen anfühlen?

Der Mann dreht sich um und seine Augen fangen das Sonnenlicht ein. Sie haben eine umwerfende Bernsteinfarbe. Dann landen sie auf mir und erhitzen sich zu geschmolzenem Gold.

„Oh verzeihen Sie." Ich weiche zurück. „Ich wollte nicht stören."

Der Mann starrt mich an und gibt ein Geräusch von sich, das irgendetwas zwischen einem Grollen und einem Knurren ist, woraufhin sich die Erde in einem antwortenden Poltern bewegt. Ich stolpere, als der Boden erbebt.

Erleben wir ein Erdbeben? Oder hat sich die Erde bewegt, als sich unsere Blicke trafen? Gänsehaut überzieht meinen Körper. Der Mann starrt mich immer noch an und ich kann nicht wegschauen.

Er läuft weiter in die Richtung des Ufers. Wasser strömt von seinem perfekten Körper und läuft in Rinnsalen über seinen Adonis-Gürtel – die definierten Muskeln, die ein V ergeben, dessen Spitze direkt auf seinen Schritt zeigt. Wenn er noch etwas weiter aus dem Wasser kommt, werde ich sehen, wie sein…

*Oh ja, da ist er.* Und verdammt, er hat bestimmt einen Fleischpenis, keinen Blutpenis.

Doch tatsächlich… hat er einen Blutpenis. Denn je länger ich seinen Schwanz anstarre, desto größer wird er.

„Heiliger Strohsack", murmle ich. Dieser wilde Mann mit einem Bart wie Johannes der Täufer, dem ich hier in der Wildnis begegne, erregt mich mehr und lässt mich feuchter zwischen den Beinen werden, als ich es jemals war. Vielleicht befinde ich mich einfach nur in einer Trockenphase. In Mailand war ich nie in Versuchung. Die männlichen Models waren hübsch, allerdings auch kokainsüchtige, männliche Huren. Dieser Kerl könnte sie alle in den Schatten stellen – und er entzündet meine Leidenschaft auf eine Weise, wie ich es nie erwartet hätte.

Der Mann öffnet den Mund und sagt etwas in einem starken Akzent, den mein Gehirn vergeblich zu entziffern versucht.

„*Che cosa?*" *Was?*, frage ich auf italienisch. Ich bemühe mich angestrengt, mich an mein kümmerliches Französisch und Spanisch zu erinnern oder irgendeine Sprache, die ich kenne. Die musikalischen Laute sind ganz anders als das Italienisch, das ich in der Stadt gelernt habe. Vielleicht ist es ein einheimischer Dialekt?

Der Mann spricht erneut und eine weitere lange Reihe wunderschöner Silben rollt wie Poesie aus seinem Mund. Seine Stimme ist tief und kräftig.

Goldene Lichter blitzen um seinen Kopf herum auf und verschwinden. Ich blinzle. Dieser Kerl hat keine Aura.

Normalerweise sehe ich Auren in Form eines leichten Glühens um eine Person und manchmal sogar die Dinge, die ihnen gehören. Ihre emotionale Energie nehme ich ebenfalls wahr – auf den Modeschauen konnten mir die Kakofonie der Gefühle Übelkeit bereiten.

Die Energie dieses Fremden ist jedoch nicht aufdringlich. Seine Aura ist rein – oder verborgen. Seine emotionale Präsenz ist eine Leere oder so subtil, dass sie nahtlos mit meiner Energie verschmilzt. So etwas habe ich noch nie gefühlt.

Das macht ihn eigenartig verführerisch. Ein Jammer, dass alles andere an ihm für einen Psychopathen spricht.

Um ihn herum brodelt der See und Dampf steigt wie ein Vorhang zwischen uns auf.

Kocht das Wasser um ihn herum?

Der Boden bewegt sich und bebt erneut. Es muss ein Erdbeben sein.

Ich trete zurück und lecke mir über die Lippen, damit ich sprechen kann. „Ich sollte vermutlich gehen…"

Der Mann stolziert nach vorne. Er sagt immer wieder den gleichen Satz.

Ich weiche zurück. Nicht, weil ich Psychopathen-Schwingungen auffange, nicht, weil er aussieht, als würde er mich ermorden und meine Leiche an der Bergseite zurücklassen, sondern weil er mich anschaut, als wäre er ein sterbender Mann und ich seine Retterin.

Er streckt eine große, gebräunte Hand aus. Sogar aus dieser Entfernung spüre ich die Hitze, die seine Handfläche ausstrahlt, als hätte er heiße Kohlen unter seiner Haut.

*Doch das ist verrückt.*

Die Erde erzittert und ich verliere beinahe das Gleichgewicht. Mein Rucksack und Jacke liegen wenige Schritte entfernt, aber ich bin bereits bis zur Baumgrenze zurückgewichen. Über meinem Kopf knarzen die Stämme und Äste.

Auf dem Gipfel oberhalb des Sees bricht der Kalkstein. Felsen in der Größe meines Rucksacks poltern in Staubwolken herab. Eine Art Lawine hat sich gelöst und ich sollte eigentlich um mein Leben rennen.

Stattdessen starre ich den umwerfenden, gebräunten Gott an, der aus dem Teich tritt. Sein Tonfall hat sich verändert, seine Stimme ist weniger musikalisch und wird gutturaler. Sie ist eher ein Knurren, das um den See hallt und dafür zu sorgen scheint, dass weitere Felsen herabfallen.

Ein Zweig peitscht mir ins Gesicht und bricht unseren Blickkontakt, woraufhin es sich so anfühlt, als wären Gewichte von meinen Füßen genommen worden. Ich drehe mich um und haste den Weg hinab.

Ein ursprüngliches Brüllen lässt die Bäume erzittern und wirft mich fast von den Füßen. Ich fliege förmlich den Pfad hinab, meine Beine rennen und meine Arme rudern durch die Luft, während mein Körper beinahe den Berg hinabfällt und außer Kontrolle ist. Mein Herz schlittert durch meine Brust und platzt beinahe vor schmerzhaftem Adrenalin. Ich kann die Augen des Mannes nicht aus meinen Gedanken vertreiben. Es fühlt sich an, als sei er direkt hinter mir und würde mich gleich einholen.

Eine kräftige Windböe fegt über mich hinweg und schleudert mich in eine Ansammlung Bergkiefern. Ich packe die Stämme und halte mich fest. Felsen poltern über die Erde. Der Boden zittert, als würde mich die Schwerkraft in Kürze davonschleudern.

Die höherliegenden Äste schwanken in der Luft, als hätte sich ein großer Hurrikan zusammengebraut. Ein starker Wind, ein Erdbeben und ein Tornado alles in einem. Die Luft hoch oben erbebt, ein weiteres Brüllen fegt durch die Bäume und befördert noch mehr Felsen in die Tiefe.

Ich presse mich an die Erde und robbe vorwärts, bis ich zu einer dichten Gruppe Gelbkiefern gelange. Das Erdbeben hat aufgehört, doch heftige Windböen fegen durch den Wald, reißen an den Bäumen und drücken die Blumen und langen Gräser platt. Ein großer Schatten erscheint, gleitet über mich, verdeckt die Sonne und verschwindet so schnell, wie er gekommen ist.

Ich weiß nicht, wie ich es den Berg hinabschaffe. Als ich das Dorf erreiche, zittere ich noch immer. Ich habe meinen Rucksack und meine Jacke verloren. Als ich versuche, in gebrochenem Italienisch zu erklären, was passiert ist, schauen mich die Einheimischen an, als sei ich verrückt. Niemand sonst hat ein Erdbeben oder einen Hurrikan erlebt.

Ich erzähle niemandem von dem Mann. Seine Präsenz bleibt mein Geheimnis.

Ich gebe meine Pläne, in den Dolomiten zu wandern, auf und reise stattdessen in den Süden in die Toskana. Nach zwei Wochen, in denen ich ständig über meine Schulter geschaut habe, rede ich mir ein, dass das Ganze nie geschehen ist. Es war ein Traum. Eine Art Vision, bei der meine übernatürlichen Kräfte durchdrehten. Ich bin auf einen komischen Pilz getreten, habe einige psychedelische Sporen eingeatmet und bumm! Dadurch habe ich einen verrückten, sexy Mann und ein komisches Wetter herbeihalluziniert.

Doch im Lauf der Jahre schrecke ich in so manchen Nächten aus dem Schlaf, wobei meine Brust wegen des immer wiederkehrenden Traums heiß ist und meine Mitte pocht. Er kommt im Schlaf zu mir, der Mann, den ich zu vergessen versucht habe. Wilde Haare, bernsteinfarbene

Auge. Er spricht eine wunderschöne Kaskade aus Poesie in einer Sprache, die nur mein Herz versteht.

Und jedes Mal wache ich mit dem merkwürdigen Gefühl auf, dass er das einzig Echte ist und der Rest meines Lebens nur ein Traum.

# 1

## Kapitel Eins

*Zehn Jahre später…*

GABRIEL

Ich starre hinab auf den schlafenden Engel in meiner Burg. Ihre karamellfarbenen Haare liegen wie ein Fächer auf dem weichen Gänsedaunenkissen ausgebreitet, das ich für sie mit scharlachroter Leinenbettwäsche überziehen ließ. Sie befindet sich nicht in meinem Bett – noch nicht.

Ich ließ eigens für sie sie ein Zimmer herrichten, damit sie sich in ihrer neuen Umgebung wohler fühlt. In ihrem neuen Zuhause. Sie wird zu mir in mein Turmzimmer ziehen, wenn sie sich an mich gewöhnt hat. Allerdings hielt ich es für wichtig, dass sie während unseres Liebeswerbens ihren eigenen Raum hat.

Sie regt sich und jede Zelle in meinem Körper

entbrennt. Rauch steigt aus meinen Nasenlöchern, denn mein Drache feiert ihre Anwesenheit genauso sehr wie ich.

Sie ist wirklich hier. Nach zehn Jahren der Suche habe ich sie gefunden.

Das eine Weibchen auf dem Planeten, das zu mir gehört. Das Weibchen, das mich wieder ganz machen wird. Meine Gefährtin.

In dieser Lebenszeit ist sie kein Drache. Auch in der letzten war sie keiner.

Nein, das Schicksal hat mir eine zarte, menschliche Blüte geschenkt. Eine grausame Wende, die mich das letzte Mal beinahe zerstörte. Sie trieb mich unter die Erde, wo ich hunderte von Jahren schlief.

Doch meine süße Tabitha hat mich aus dem Schlaf geweckt und ich habe die ganze Welt nach ihr durchkämmt. Jetzt ist sie hier, in meinem Unterschlupf.

Meine hübsche Braut.

Ich habe diese zweite Chance erhalten und dieses Mal werde ich nicht zulassen, dass ihr ein Leid geschieht. Deswegen habe ich sie von den Wölfen weggelockt, mit denen sie verkehrt. Ich konnte keine Einmischungen riskieren. Ich musste sie zu meinem Schloss bringen, wo ich für ihre Sicherheit sorgen kann. Wo ich sie mit meinen Soldaten, nicht mit meinem Drachen beschützen kann.

Allerdings kam er in dem Moment heraus, in dem ich ihren Geruch im Wind wahrnahm. Die pure Freude, wieder in ihrer Nähe zu sein, erschuf Chaos in mir. Ich wechselte meine Gestalt und als Tabitha meine feurige Seite sah, wurde sie ohnmächtig.

Ich muss bei ihr vorsichtig sein. Ich muss meine Reptilienaugen mit einer Sonnenbrille verdecken und den Drachen in der Höhle lassen, bis sie bereit ist. Sie muss sich erst an mich gewöhnen, sich in mich verlieben und sicher fühlen, bevor ich ihr die Bestie zeige.

Ich habe vor, sie anständig zu umwerben. Ihr meine Schätze zu zeigen. Die Armeen, die meinem Befehl unterstehen. Die hübsche Burg, in der sie wohnen wird. Ich hatte Jahrtausende, um alles anzuhäufen, was nötig ist, um sie zu beeindrucken und zu umwerben.

Ich beuge mich nach vorne, um meine Nase mit ihrem Geruch zu füllen. Geißblatt und Frühling. Morgentau. Ich zeichne leicht den Umriss ihrer Lippen nach, die einer Rosenknospe ähneln. So perfekt. Es ist kein Wunder, dass sie in ihrer Jugend dafür bezahlt wurde, die Kleider von Designern zu präsentieren. Länder führen wegen Frauen wie ihr Kriege.

Jetzt wird sie kein Mann mehr ansehen, außer ich erlaube es. Wenn ich es will, werde ich sie in meinem Turm einsperren und dort wie einen meiner Schätze aufbewahren.

Ich bin versucht, das jetzt zu tun… doch nein. Ich bin fest entschlossen, Tabithas Zuneigung zu gewinnen. Ihre Liebe. Obwohl ich es vorziehen würde, sie in einen Käfig zu sperren und nur rauszulassen, wenn ich sie zu begatten wünsche…

Ein zartes Räuspern lenkt meine Aufmerksamkeit auf die Tür, wo Buttons, mein Butler, steht. Er ist wie immer makellos in einen Frack und Kummerbund gekleidet.

„Vergeben Sie mir die Störung, Sir, aber Mr. Hess sagt, dass Sie ein Meeting mit ihm haben."

Ich will den Blick nicht von meiner schlafenden Braut lösen, aber Buttons hat recht. Mein Sicherheitschef wartet darauf, mit mir zu besprechen, wie ich für Tabithas Sicherheit sorgen möchte. Das ist wichtig.

„Dankeschön, Buttons. Ich komme gleich."

Ich erlaube mir, noch einmal die seidigen Haare meines Schatzes zu berühren, und gehe.

*Tabitha*

Mein Gesicht ist an eine seidige Wolke gepresst. Wurde mein Bett in der letzten Nacht besonders gemütlich? Sogar die Bettdecke fühlt sich weicher an. Die Matratze schmiegt sich an mich, als wäre sie für meinen Körper gemacht worden.

Ich öffne die Augen einen spaltbreit und versuche, mich zu bewegen. Es fühlt sich an, als hätte ich ein paar Jahre geschlafen.

Das Zimmer um mich herum ist dunkel, doch ich weiß automatisch, dass es nicht mein Zuhause ist. Ich bin nicht in meinem niedlichen umgebauten Zugwagen, in dem ich in Taos in New Mexiko lebe.

Wo bin ich? Mein Gehirn fährt nur langsam wieder hoch. Warum kann ich mich nicht daran erinnern, wie ich hierher gelangt bin?

Das Bett ist riesig. Mein Bett zu Hause ist viel kleiner und nicht von einem dicken Brokatvorhang umgeben, der das King-Size-Bett in Schatten hüllt. Die Vorhänge hängen vom Rahmen eines Himmelbettes und überziehen sogar die Decke. Es ist eine kräftig rote und goldene Gobelinstickerei, wie ich sie schon auf den Antiquitätenauktionen gesehen habe, die ich besuche.

Ist das ein Goldfaden? Ich setze mich auf, um ihn zu betrachten, und ziehe den Vorhang auf, um nach draußen zu spähen. Ich befinde mich in einem riesigen Steinzimmer mit vielen roten und goldenen türkischen Teppichen. Die neun Meter hohe Decke verfügt über dicke Holzbalken wie im Saal einer mittelalterlichen Burg.

Bin ich auf den Kopf gefallen? Bin ich in einem Hotel und erinnere mich nicht daran, hier eingecheckt zu haben?

Ich war auf einem Roadtrip und auf dem Weg zu

einem Schmuckmarkt. Auf dem Weg wollte ich bei einigen Antiquitätenauktionen Halt machen.

Mein Kopf ist so benommen, als hätte ich eine Schlaftablette genommen. Ich reibe mir übers Gesicht. Es gibt etwas, was ich tun sollte…

Ich greife nach meinem Handy, aber es ist fort. Ich habe meinen Bauernrock an und eine lockere weiße Bluse, doch meine ausgelatschten Birkenstocks fehlen.

Meine Haare sind offen und glatt um mich herum ausgebreitet. Sie sind nicht zu meinem üblichen Zopf geflochten, allerdings ausnahmsweise einmal nicht verknotet. Ich muss gut geschlafen haben, ohne Träume und ohne, dass ich mich hin und her geworfen habe.

Mein Herzschlag beschleunigt sich, als ich einfach nicht dahinterkomme, wie ich hierher gelangt bin. Ich meine, manchmal wenn ich unterwegs bin, brauche ich eine Minute, um mich daran zu erinnern, wo ich bin. Dieses Mal fällt es mir einfach nicht ein.

Was ist mit mir passiert?

Das Letzte, woran ich mich erinnere, ist, dass ich in meinem pinken VW-Bus auf dem Weg zu einer speziellen Haushaltsauflösung war. Die Wegbeschreibung führte mich mitten ins Nirgendwo.

Der Rest ist verschwommen.

Ich ziehe den Vorhang zurück, um mich aus dem Bett zu schwingen. Meine Beine sind wacklig und schwach, weshalb ich mir eine Sekunde Zeit lasse.

An der linken Wand ist eine Reihe uralt aussehender Fenster. Ich kann nichts anderes als Himmel sehen – das Glas ist alt und verzogen und sieht aus, als wäre es von Blei umgrenzt. Zwischen mir und den Fenstern befindet sich so viel Platz, dass mein ganzes Heim in Taos hineinpassen würde. An Stelle von Sitzsäcken und Lavalampen gibt es antike Stühle mit roten Samtpolstern und einen massiven Steinkamin, der mit fauchenden Gargoyles dekoriert ist.

Dieses Hotel hat sich wirklich dem mittelalterlichen, gotischen Stil verschrieben. Lediglich eine Ritterrüstung in der Ecke fehlt.

Wenigstens ist alles sauber. Und warm – in dem Kamin brennt tatsächlich ein Feuer. Eine bläuliche Flamme tanzt zwischen modern aussehenden Skulpturen, aber schwarze Brandmale auf dem Stein verraten mir, dass der Kamin schon lange, bevor er zu einem von Gas betriebenen Feuer modernisiert wurde, benutzt wurde.

Rechts vom Bett befindet sich ein Raum, der wie ein Badezimmer aussieht. Ich taumle auf wackligen Beinen hinein. Das Badezimmer ist genauso riesig und abgesehen von den modernen Klempnerarbeiten hat man sich an den mittelalterlichen Burgenstil gehalten. Die riesige Badewanne in der Größe eines Pools ist in den Steinboden eingelassen. Noch verlockender ist jedoch die Dampfdusche, ein Wunder der Technologie mit so vielen Knöpfen und Düsen, dass ich womöglich ein Ingenieursdiplom brauche, nur um herauszufinden, wie ich sie anschalten kann.

Ich entschließe mich dazu, mir bloß Wasser ins Gesicht zu spritzen. Die Handtücher sind ein Traum, weiß und flauschig. *Vier von fünf Sternen. Ein Stern Abzug für die merkwürdige Burgatmosphäre.*

Vom Badezimmer geht eine Tür ab. Sanfte Deckenlichter gehen an und enthüllen Kleider, Blusen, Röcke und Jeans, die in ordentlichen Reihen zwischen bodenhohen Regalen hängen, in denen sich Paar um Paar umwerfender Schuhe befinden. Wessen Schuhe?

Ich befühle das Kleidungsstück, das mir am nächsten ist, einen knielangen Seidenkaftan in Petrol, der Farbe des Comer Sees. Es gibt keine komischen Geschäftsanzüge für

Frauen mit Schulterpolstern oder züchtige schwarze Röcke. Oder schlimmer, enge Clubkleidung, die Sorte Klamotten, die ich meiner Mutter zufolge tragen sollte, um mir einen Hedge-Fonds-Milliardär als Freund zu angeln. Alles hier drin stammt von Designern, ist jedoch etwas, was ich tragen würde. Es ist als hätte ein Dschinn alles katalogisiert, was ich jemals gern getragen habe, und den Kleiderschrank meiner Träume erschaffen.

Ich nehme mir eine Gucci Jeans und halte sie an meine Vorderseite. Jepp, meine Größe. Genauso wie das Paar Sophia Webster und Valentino High Heels, und die Frye und Zadig & Voltaire Stiefel, die alle in ihren eigenen von hinten beleuchteten Regalfächern zur Schau gestellt werden, als befänden sie sich in einem Mailänder Laden-fenster. Ich trage nur selten High Heels, für das zauber-hafte Schmetterlingsdesign oder das mit Nieten besetzte Leder im Rockstarstil würde ich allerdings eine Ausnahme machen.

Ich drücke einen roten Lederreitstiefel an meine Brust. Ich sollte ihn wieder in sein Fach stellen, doch ich bin barfuß an einem fremden Ort. Vielleicht kann ich mir Schuhe ausleihen. Ich weiß nicht, in wessen Zimmer ich gelandet bin, aber sie hat einen großartigen Geschmack.

Ich suche mir ein Paar dünner Socken und ziehe die Stiefel an. Sie passen wie angegossen.

Benommen trete ich aus dem Schrank und bleibe wie angewurzelt stehen. Die massive Schlafzimmertür aus Holz und Leder ist noch immer geschlossen, aber ich bin nicht mehr allein.

Ein hochgewachsener Mann steht neben dem Kamin. Sein Kopf ist geneigt, während er das Feuer betrachtet. Er dreht sich um, als würde er meine Präsenz spüren. Er hat einen dunklen Anzug an – dem Aussehen nach Brioni – und irgendetwas an ihm kommt mir bekannt vor. Der kurz gestutzte Bart säumt seine kräftige Kinnlinie und die dunklen Haare fallen ihm in die Stirn. Er trägt eine übergroße Sonnenbrille, die die mittlere Hälfte seines Gesichtes verbirgt. Die Gläser sind komplett schwarz.

„Du bist wach, mein Schatz", sagt er in einem akzentuierten Englisch.

*Mein Schatz? Äh… kenne ich dich?*

Sein Akzent rollt in meinem Kopf herum. Wo habe ich den schon einmal gehört? Ich mache einen Schritt nach vorne. „Wo bin ich? Wer bist du? Was geht hier vor sich?"

Er wartet, bis ich verstumme. „Geduld, Tabitha. Mit der Zeit werde ich jede deiner Fragen beantworten."

Das Unbehagen, das ich in Zaum zu halten versucht habe, tritt in meine Blutbahn ein. Das hier wird mit jeder Sekunde merkwürdiger. „Du kennst meinen Namen."

„Ich weiß alles über dich."

Gänsehaut läuft mir über die Arme. *Das ist überhaupt nicht gruselig.* Ich sollte zur Tür rennen, doch irgendetwas sorgt dafür, dass sich meine Füße keinen Millimeter bewegen. Der Mann wirkt entspannt und als hätte er das Sagen. Er hat nichts Bösartiges an sich und aus irgendeinem Grund bin ich von ihm fasziniert, anstatt verängstigt. „Bist du der Hotelmanager?"

Die Winkel seiner perfekten Lippen zucken. „Nein."

„Was für ein Ort ist das hier?"

„Du bist in meinem Zuhause."

*Seinem Zuhause.*

*Was?*

„Und wie bin ich hierher gelangt?" Ich zerbreche mir den Kopf nach Erinnerungen an die letzte Nacht, aber ich erinnere mich nach wie vor an nichts abgesehen davon, dass ich in meinem VW-Bus in die Pampa gefahren bin.

„Ich habe dich hierherbringen lassen, nachdem du ohnmächtig geworden bist."

„Ich bin ohnmächtig geworden?" Mein Schrei hallt von den Steinwänden wider.

„Ich habe dich von einem Arzt untersuchen lassen. Er hat festgestellt, dass du kerngesund bist abgesehen von einer leichten Erschöpfung und Dehydrierung."

Ich lege eine Hand auf mein Herz. Ich bin noch nie ohnmächtig geworden, nicht einmal als ich von grünen Smoothies und einer Handvoll Mandeln lebte, während ich als Model arbeitete. „Nein. Ich werde nicht ohnmächtig. Das ergibt keinen Sinn."

„Ganz ruhig, Tabitha", sagt er in seiner tiefen, grollenden Stimme. Sie ist eigenartig beruhigend. Ich bin empfänglich für die schlechten Stimmungen anderer Leute, bei ihm fühle ich mich allerdings wohl. Eine Erinnerung zupft an meinem Gedächtnis. Kenne ich ihn von irgendwoher?

Ein winziger verästelter Blitz, so dünn wie ein Spinnennetz, erscheint um seinen Kopf. Wie ein schwebender Goldfaden. Er verschwindet sofort und hinterlässt dort, wo die Aura des Mannes sein sollte, nichts.

Ich war noch klein, als ich realisierte, dass nicht alle wie ich Farben um die Köpfe der Leute sehen können. Ich war im Park und deutete immer wieder auf die Köpfe anderer, wobei ich meiner Mom von den blauen, gelben oder roten Farben erzählte, die sie umgaben. Sie schlug mir auf die Hand und befahl mir, still zu sein.

Jetzt spreche ich mit niemandem über meine Visionen, jemals. Nicht einmal mit meinen Freundinnen. Ich habe schon früh gelernt, dass es den Leuten Unbehagen bereitet. Also schweige ich und nutze meine Gaben, um die Welt zu navigieren.

Dieser Kerl hat keine Aura. Ich kann ihn mental nicht spüren. Es ist entspannend. Als würde ich während eines

Schönberg-Konzerts Noise-Cancelling-Kopfhörer tragen. Wunderbare Ruhe.

Und etwas an ihm wirkt so vertraut…

Der Fremde spricht erneut. „Wenn du möchtest, kann ich den Arzt noch einmal kommen lassen."

„Nein, das ist in Ordnung. Ich fühle mich jetzt gut." Es gefällt mir nicht, dass mich ein Arzt untersucht hat und ich dabei nicht aufgewacht bin. Irgendetwas stimmt hier nicht. Ganz und gar nicht.

„Ich habe dieses Zimmer für dich entwerfen lassen." Der Mann wechselt einfach das Thema.

„Für mich?" Ich kneife die Augen zusammen. „Woher kennst du mich?"

Einen Moment lang frage ich mich, ob das hier irgendein Blinddate ist, das meine Mom eingefädelt hat, und ob er irgendein stinkreicher Kerl ist, den ich ihrer Meinung nach heiraten soll.

Das ergibt jedoch keinen Sinn. Dann wäre sie nämlich auch hier.

Er antwortet nicht. Stattdessen stellt er mir selbst eine Frage. „Gefällt es dir nicht?"

Ich zucke mit den Achseln. „Es wäre ein interessantes AirBnB-Zimmer. Etwas zu gotisch für meinen Geschmack."

„Meine Burg gibt es schon seit siebenhundert Jahren. Ich habe sie vollständig renovieren lassen." Er deutet mit dem Kopf zu den Gargoyles am Kamin. „Meine Lieblings-dekorationen sind jedoch geblieben."

Jetzt, da ich sie mir genauer ansehe, bemerke ich, dass die Gargoyles wie Drachenköpfe aussehen. „Diese Kerle? Haben sie Namen?" Das ist frech von mir, aber dieses Gespräch ist zu surreal.

Ich erwarte nicht, dass er mir ernsthaft antwortet, doch er tut es, wobei er zwei Worte in einer kräftigen, rollenden

Sprache ausspricht, die ich nicht verstehe. „*Tragesh* und *Tradell*. Grob übersetzt heißt das *Feueratem* und *Feuerzunge.*"

„Welche Sprache ist das?", frage ich wider Willen fasziniert. „Ich kenne sie nicht, habe aber das Gefühl, als hätte ich sie schon einmal gehört."

Er legt seinen dunklen Kopf schief. „Erinnerst du dich nicht Tabitha? Ich habe mit dir in dieser Sprache gesprochen, als wir uns das erste Mal begegnet sind."

Also bin ich diesem Kerl schon einmal begegnet. Das erklärt das Déjà-vu, jedoch nicht, warum ich mich nicht an ihn erinnere. Ich würde mich daran erinnern, wenn ich mich schon einmal derartig zu jemandem hingezogen gefühlt hätte. „Wann war das?" Ich mache einige Schritte in den Raum und auf ihn zu. „War das in einem vergangenen Leben? Denn ich fange hier eine wirklich intensive Schwingung auf." Ich deute mit dem Finger zwischen uns hin und her. Meine Mom würde sagen, dass es unhöflich ist, mit dem nackten Finger auf angezogene Leute zu zeigen. Sie würde auch verzweifeln, weil ich meine übersinnlichen Gaben vor einem gut aussehenden Mann in einem zehntausend Dollar Anzug anspreche.

„Vielleicht." Er sieht nicht aus, als würde ihn das großartig verstören. Er scheint gründlich über meine Frage nachzudenken. „Glaubst du an vergangene Leben?"

Ich zucke mit den Achseln. Ich will jetzt nicht über meine mystischen Überzeugungen sprechen.

„Wie dem auch sei, die Begegnung, von der ich spreche, hat vor einigen Jahren stattgefunden", sagt er. „Um genau zu sein, vor zehn Jahren."

Vor zehn Jahren war ich ein Model, das sich auf die Fashion Week vorbereitete. Er ist wahrscheinlich irgendein Vollidiot, den ich auf einer Party getroffen habe entweder ein Model oder ein Designer oder einer der wohlhabenden Gönner.

So viel zu einer magischen Verbindung. Das hier ist kein Schicksal. Es ist wahrscheinlich eine Entführung. Dieser Kerl ist ein James Bond Möchtegernschurke und hat mich in seine verrückten Fantasien gezerrt.

Ich muss sein Gesicht sehen, sein ganzes Gesicht. „Trägst du auch nachts eine Sonnenbrille?", frage ich in schneidendem Tonfall und bereue es, als er antwortet, „Sie ist eine Vorsichtsmaßnahme. Ich werde sie abnehmen, wenn der richtige Zeitpunkt gekommen ist."

Oh Mann, ich hätte vor dem Sprechen nachdenken sollen. Er hat vielleicht Augenprobleme oder ist lichtempfindlich. „Das war unhöflich. Es geht mich nichts an."

„Du irrst dich, Tabitha. Alles an mir geht dich etwas an. Denn du bist mein."

Und jetzt befinden wir uns wieder auf gruseligem Stalker-Terrain.

Ich habe das Schlafzimmer vollständig betreten. Die Tür zum Flur befindet sich einige Schritte rechts von mir. So gerne ich auch mehr über diesen Kerl erfahren würde, das Beste für mich wäre, von hier zu verschwinden. In Sicherheit zu gelangen. In den roten Stiefeln zu flüchten und den Rest der umwerfenden Kleider im Schrank zurückzulassen.

Um meine Verwirrung und Entscheidung zu überspielen, mache ich mit dem Small Talk weiter. Ich deute auf das Bett. „Woher hast du diese Gobelinstickerei? Ich habe noch nie etwas so Hübsches gesehen. Ist das antik oder nachgefertigt?"

Sein Kopf dreht sich. Bevor er zu reden beginnt, haste ich aus der Tür.

Ein langer Steinkorridor begrüßt mich. Dort steht eine Rüstung. „Das war es mit deiner Vier-Sterne-Bewertung", brumme ich, als ich daran vorbeirenne. Ich ziehe am Arm der Rüstung, als ich daran vorbeikomme. Es wäre großartig, wenn sie in die Gangmitte fallen und den Weg blockieren würde, doch sie ist irgendwie gesichert. Ich kann mich nicht dazu überwinden, die Wandteppiche runter zu reißen, die den Rest des Flurs säumen. Falls es Originale sind, müssen sie über einhundert Jahre alt sein.

Ich schlittere um eine Ecke. Noch ein langer Steinkorridor, der mit einigen wuchtigen Holztüren gespickt ist. Ich bin ihm Schlafzimmerflügel dieser Burg. Ich muss eine Treppe finden. Noch ein Gang, noch eine Türreihe. Verzweifelt rüttle ich an einigen Türgriffen, aber sie sind verschlossen. Die Fenster, die den Korridor säumen, bestehen aus dem gleichen alten, dicken Glas und sind von Blei umgeben. Selbst wenn ich eines öffnen oder zerbrechen könnte, würde mich dort nichts als der Himmel und ein langer Sturz entlang einer Steinmauer begrüßen. Dieser Ort ist wirklich eine Burg aus einem Horrorfilm.

„Minus zehn Sterne. Nicht empfehlenswert." Ich lasse die Fensterreihe hinter mir und eile weiter. Die Stiefel sind zum Rennen zu schwer. Sie trampeln über den Teppich. Ich hätte mir ein Paar Sneakers schnappen sollen.

Endlich finde ich eine Treppe, die nach unten führt… zu einer schweren Holztür, die abgeschlossen ist. Ich hämmere dagegen, doch die Türen sind mindestens dreißig Zentimeter dick. Ich müsste es wie Leatherface machen und sie mit einer Kettensäge bearbeiten.

„Suchst du nach dem hier?" Der Mann steht oben an der Steintreppe. Er kommt langsam herab und hält einen riesigen Eisenschlüssel hoch.

Das ist in Horrorfilmen der Punkt, an dem die Heldin schreit und auf schreckliche Art stirbt. Doch anstatt durchzudrehen, verspüre ich dieses intensive Déjà-vu-Gefühl.

Mein Herzschlag verlangsamt sich und meine schwer arbeitenden Lungen beruhigen sich.

Dieser Kerl hat irgendetwas an sich. Vielleicht liegt es

an der Tatsache, dass er keine Aura hat oder daran, dass seine Energie meine nicht beeinträchtigt. Vielleicht liegt es an seinem Eau de Cologne, einer herben, erdigen Mischung mit einem Hauch von Rauch. Er ist mir so nahe, dass ich den Kopf nach hinten neigen muss, damit ich in sein Gesicht blicken kann.

„Ich gehe", verkünde ich.

Er schlendert näher. Jetzt bin ich von seinem herben, berauschenden Duft umgeben. „Willst du nicht wissen, wer ich bin? Warum ich dich hierhergebracht habe?" Seine Stimme klingt belegt. „Warum zwischen uns so eine Anziehungskraft besteht?"

Tatsächlich will ich das wissen. „Vielleicht." Ich sehe ihn aus schmalen Augen an. „Aber ich vertraue dir nicht."

„Das ist weise. Du kennst mich nicht."

Ich suche die Luft um seinen Kopf herum ab und schaue nach seiner Aura. Sogar ich habe eine Aura – ich sehe sie nicht, kann sie jedoch spüren. Normalerweise ist sie dunkellila.

Ich habe mich so lange darauf verlassen, dass mir die Aura etwas über eine Person verrät. Dieser Typ hat keine. Das weckt den Wunsch in mir, ihm die Brille aus dem Gesicht zu reißen, damit ich ihm in die Augen schauen kann.

„Iss mit mir zu Abend", fordert er mich sanft auf.

Mein Magen knurrt. Der Laut ist so schockierend, dass ich die Hand auf meine Magengegend schlage.

Die Lippen des Mannes pressen sich zusammen, als würde er sich ein Lächeln verkneifen. „Mein Butler deckt den Tisch stets wunderbar ein. Du kannst alles haben, was dein Herz begehrt."

„Wirst du meine Fragen beantworten?"

„Alles, was du zu wissen wünschst."

Mein Magen knurrt erneut.

Jetzt ist keine Spur eines Lächelns mehr auf seinem Gesicht zu sehen. „Tabitha, ich kann es nicht ertragen, dich hungrig, müde oder verletzt zu sehen. Erlaube mir, ein guter Gastgeber zu sein."

Wir stehen jetzt näher beieinander und unsere Gesichter sind einander zugewandt. In seiner dunklen Sonnenbrille spiegelt sich meine neugierige Miene. „Zieh deine Sonnenbrille aus", sage ich.

„Ich möchte dir keine Angst einjagen." In seinem Tonfall schwingt Reue mit.

„Nur für einen Augenblick. Ich will dein Gesicht sehen."

Anstatt die Brille selbst auszuziehen, neigt er den Kopf. Unser Atem vermischt sich, als ich nach oben greife und ihm seine Sonnenbrille ausziehe.

Ein Paar bernsteinfarbener Augen begrüßt mich. Vertraute, bernsteinfarbene Augen. Wenn man noch einige Monate außer Kontrolle geratenen Bartwuchs hinzufügt und den schicken Anzug entfernt und…

„Du bist es." Ich zucke so heftig zurück, dass ich mir den Kopf an der Holztür angeschlagen hätte, wenn die große Hand des Mannes ihn nicht umfangen hätte.

„Vorsicht, mein Schatz." Er verlagert seinen Körper und fixiert meinen an der Tür.

Er ist unverwechselbar. Das ist der Mann vom Berg. Der Mann, dem ich vor Jahren begegnete, als ich gerade mal achtzehn Jahre alt war und in den Bergen Norditaliens wanderte.

Alles prasselt wieder auf mich ein: Das merkwürdige Erdbeben, das den Boden erzittern ließ, als er auf mich zukam, und dass er in einer fremden Sprache sprach. Ich hatte das Erlebnis als Halluzination und Traum abgetan. Entweder hatte ich an jenem Morgen nicht genug gegessen oder mein Biscotti war mit Pilzen versetzt gewesen.

Doch hier steht er in Fleisch und Blut vor mir. Massiv, real.

Ein Kribbeln läuft mir über den Rücken. „Wie ist das möglich?"

Er fährt mit einer Hand über meine Haare und nimmt eine Strähne zwischen die Finger, als könnte er nicht glauben, dass ich echt bin. „Ich habe lange Zeit nach dir gesucht."

Ich atme noch mehr von seinem weihrauchähnlichen Geruch ein. „Wie heißt du?"

„Gabriel." Er hebt meine Haarsträhne an sein Gesicht und streicht damit über seine Wange.

„Gabriel", wiederhole ich.

Kurz blitzt ein goldenes Licht in seinen Augen auf. Seine Pupillen scheinen schmaler und schlitzartiger zu werden. Ich blinzle und seine Augen sind wieder normal.

Gabriel sieht aus, als wollte er noch mehr sagen, stattdessen legt sich jedoch eine kalte Zurückhaltung auf seine Züge.

„Komm jetzt, es gibt noch viel für dich zu sehen." Er tritt beiseite und steckt den Schlüssel in das Schloss. Daraufhin dreht er ihn, bis es klickt. Die Tür öffnet sich zu einem größeren, helleren Gang. Ein prächtiger, roter Teppich bedeckt den Stein. Er reicht mir seinen Arm. „Wollen wir?"

## 2

---

## Kapitel Zwei

*Gabriel*

*Zu schnell.* Ich gehe zu schnell vor.

Ich will meiner Braut keine Angst einjagen.

Die Wahrheit ist, dass ich in diesem Gebiet keine Übung habe. Das letzte Mal, als ich eine Gefährtin für mich beanspruchte, arrangierte ich die Verbindung einfach mit ihren Eltern. Ich legte meinen Wunsch dar, bewies, dass ich würdig war, und kaufte sie im Grunde genommen.

Obwohl sie eine Mutter hat, scheint Tabitha nicht unter elterlicher Überwachung zu stehen. Ich habe gelernt, dass es den Frauen in diesem Jahrhundert zusteht, frei umherzuziehen und allein zu reisen. Und genau so kam sie vor zehn Jahren als eine nicht-europäische Reisende an der Höhle vorbei, in der ich schlief, und weckte mich.

Das Liebeswerben in diesem Jahrhundert kann allerdings nicht so anders sein. Ihr Körper reagiert noch immer auf meinen. Ich kann das daran erkennen, wie sie meinen Geruch einatmet und an der Neugier in ihrem reizenden jadegrünen Blick.

Ich hätte das Wolfrudel, mit dem sie verkehrt, benutzt, um sie zu einer Ehe mit mir zu bewegen und ihr zu zeigen, dass man sich vor Gestaltwandlern nicht fürchten muss. Doch da sie meine Gegner sind, steht mir diese Möglichkeit nicht zur Verfügung.

Dem Schicksal sei Dank, dass ich die Art von Wesen bin, das es genießt, mit seinen Feinden zu spielen, bevor es sie tötet. Sonst hätte ich sie nie auf dieser Landmasse auf der anderen Seite des Ozeans gefunden. Jetzt werde ich das Wolfrudel natürlich nicht töten. Ich würde niemals denjenigen schaden, die ihr ihre Freundschaft geschenkt und sich um meine Gefährtin gekümmert haben.

Ich führe Tabitha über den roten Teppich in den von Fenstern gesäumten Gang. Ich rieche keine Angst in ihrem Frühlingsregenaroma. Obwohl sie ein Mensch ist, weiß ich, dass sie auf einer gewissen Ebene spürt, was ich für sie bin. Ihre Neugier überwiegt bei mir ihre Vorsicht, ihr Misstrauen.

Ihr Blick wandert immer wieder meinen Körper entlang, als fände sie ihn ansprechend. Doch wenn ich sie dabei erwische, wendet sie den Blick ab. Es kommt mir so vor, als würde sie nach etwas suchen, was sie weder finden noch sehen kann. Wir laufen in Richtung des großen, runden Burgturms. Unter uns befindet sich ein Innenhof, der von schieren Steinmauern umgeben ist, wie es bei mittelalterlichen Festungen üblich ist.

„Wo ist dieser Ort?", fragt sie.

„Rumänien. Transsilvanien, um genau zu sein."

„Heilige Scheiße. Du hast mich nach Transsilvanien gebracht?"

„In meinem Privatjet."

Ich beobachte sie aufmerksam, um herauszufinden, ob sie das bewegt. Ob sie von meinen finanziellen Mitteln beeindruckt ist. Sie ist es nicht. Sie zeigt keine Anzeichen für Verachtung, Reichtum scheint sie jedoch nicht zu begeistern.

Hmm. Ich werde in Erfahrung bringen müssen, was ihr gefällt. Vielleicht Sex. Aufgrund der Blicke, die sie mir verstohlen zuwirft, glaube ich, dass sie mich attraktiv findet.

„Ist das hier Draculas Schloss?"

„Nein. Seines liegt ungefähr achtzig Kilometer entfernt von hier."

„So weit weg, hm?"

Etwas an ihrer Bemerkung ist wortgewandt, aber ich verstehe es nicht.

Ich muss herausfinden, ob sie sich an meine andere Gestalt erinnert. Meinen Drachen. Sie hat ihn nicht erwähnt, weshalb ich denke, dass sie die Erinnerung verdrängt hat. Die Arzneien, die ihr der Arzt gab, haben sich eventuell auf ihre Erinnerung an unsere Begegnung ausgewirkt.

Ich zögere. Wir durchqueren den Rest des Ganges, ehe ich sage: „Ich habe mich dir gezeigt und du hattest Angst. Du bist ohnmächtig geworden."

„Warum sollte ich Angst vor dir haben?", fragt sie leichthin.

Sie erinnert sich nicht. Sie kann nicht.

„Du hattest auch bei unserem ersten Aufeinander-treffen Angst", erinnere ich sie. „Als du mich in den Italie-nischen Alpen sahst."

„Das lag daran, dass du wie Johannes der Täufer auf Drogen aussahst." Sie wagt einen Blick auf meinen Schritt, als würde sie sich daran erinnern, wie meine Männlichkeit aussah. „Ich war eine alleinstehende Frau und wanderte allein. Ich musste vorsichtig sein."

„Ich hätte dir nicht wehgetan. Ich werde dir nie wehtun, Tabitha."

Ich schiebe mich vor sie, um einen Finger auf ein Panel an der Wand zu drücken.

„Außerdem warst du *nackt*", sagt sie. Ihr Blick gleitet nun über die Breite meiner Brust, als würde sie sich daran erinnern, welches Bild ich unbekleidet abgab. „Und da war dieser merkwürdige Sturm, der hereinbrach…" Ihre Stimme verstirbt, als ich die Türen zu meinem prächtigen Ballsaal öffne. Ich ergreife ihren Arm und führe sie nach vorne in die Pracht. Hier wird sie einen echten Eindruck meines Reichtums erhalten. Von dem, was jetzt ihr gehören wird.

Die kunstvoll bemalte Decke befindet sich vier Stockwerke über unseren Köpfen. Goldene und weiße Säulen stehen entlang der Wände und teilen das Parkett in Bereiche. Der Palast eines armen Königs könnte in diesen Raum passen.

Mein Drache hasst kleine, beengte Räume. Orte, an denen ich durch die Mauern brechen müsste, wenn ich mich verwandle. Hier kann ich mich verwandeln und habe noch genügend Platz.

„Wow", sagt sie. „Gibst du viele Partys?" Ihre Stimme hallt in dem Saal leicht wider.

„Seit vielen Jahrhunderten nicht mehr." Erneut habe ich das Gefühl, dass sie unbeeindruckt ist. Ich bemühe mich, mir keine Sorgen zu machen. Als ich sie in Richtung einer goldgerahmten Flügeltür führe, freue ich mich einfach darüber, sie hier an meiner Seite zu haben. Das Privileg genießen zu dürfen, ihren Geißblattgeruch einzuatmen. Ich zeige ihr einen weiteren kleineren, jedoch nicht weniger prächtigen Saal. Den Saal mit Säulen und Wänden, die mit Gold überzogen sind.

„Ist das echtes Gold?"

„Ja."

Sie bleibt stehen und zeichnet das Muster nach, das in das Gold geprägt wurde – die Kreise, die ein Dreieck bilden. Das gleiche Muster kann auf jeder meiner Schuppen gefunden werden. „Mir gefällt das Design", murmelt sie, als hätte sie ein größeres Interesse an dem Muster als dem Gold. „Borromäische Ringe, stimmt's? Drei Kreise, die nicht voneinander getrennt werden können. Das Symbol der Einigkeit."

Ich warte, bis sie bereit ist, weiterzugehen. Wir verlassen den Raum durch eine normalgroße Nebentür, die in eine Reihe Zimmer führt. Diese verfügen über geschmackvolle Anordnungen von Chaiselongues, Tischen und Ledersesseln, die um Kamine stehen. Ein langer Gang mit bodenhohen Bücherregalen, die mit meinen in Rot und Gold gebundenen Büchern gefüllt sind, verläuft zwischen ihnen. Es gibt sogar einige Leitern auf Rollen.

„Oh mein Gott." Tabitha schlägt eine Hand an ihre Stirn, als würde sie gleich ohnmächtig werden. „Ich habe vielleicht gerade einen Mini-Buchgasmus erlebt."

Ich verstehe das Wort *Buchgasmus* nicht, ihre Begeisterung freut mich jedoch. Endlich habe ich etwas gefunden, was meine Braut beeindruckt.

Mit einem leichten Druck meiner Hand in ihrem schmalen Rücken geleite ich sie vorwärts. Ich liebe es, sie zu berühren und die sanfte Neigung ihres Rückens gerade oberhalb der Kurven ihres prachtvollen Hinterteils zu spüren.

Sie bleibt vor einem uralten Globus in einem Holzrahmen stehen. Der Globus ist so groß wie ein Stuhl, seine

Oberfläche ist vergilbt und zeigt Länder, die nicht mehr existieren.

„Das ist unglaublich", haucht sie.

„Es gibt noch mehr." Ermutigt nehme ich ihre Hand und drücke meine Handfläche auf ein Sicherheitsfeld, womit ich einen speziellen Glasbereich entsiegele. In den Temperatur- und Feuchtigkeitskontrollierten Räumen liegt meine große Sammlung an uralten Karten, die sorgfältig ausgestellt sind.

Tabitha eilt nach vorne, um sie zu betrachten. „Wow. Manche dieser Länder kenne ich nicht einmal."

„Die meisten existieren nicht mehr."

„Ooh, du hast eine Karte des Osmanischen Reichs!"

„Ja, sie stammt ungefähr aus 1595."

Ich lasse sie durch den Raum wandern, wobei sie immer wieder Kommentare zu den uralten Artefakten von sich gibt. Im Kopf mache ich mir eine Notiz – nicht beeindruckt von Jets, liebt jedoch alte Artefakte. Vielleicht liegt das daran, dass sie sich an ihr vorheriges Leben erinnert. Das, in dem sie mein war.

Tabitha richtet sich auf, nachdem sie ein Stück eines flämischen Wandteppichs betrachtet hat. „Versuchst du, mich zu beeindrucken?"

„Funktioniert es?", frage ich. Ich nehme ihre Hand und führe sie sanft aus dem Raum. Ich würde sie bleiben lassen, bis sie jeden Gegenstand genau studiert hat, aber ich weiß, dass sie Hunger hat. Vorsichtig versiegele ich den Raum wieder. Es ist eine alte Burg, aber ich habe sämtliche Renovierungsmaßnahmen vorgenommen.

Tabitha presst die Lippen zusammen, als möchte sie die Wahrheit nicht zugeben.

Befriedigung walzt durch mich hindurch. Sie ist endlich beeindruckt.

Sie räuspert sich, als ich sie durch die Bibliothek führe.

„Verrätst du mir, was du auf diesem Berggipfel getrieben hast?"

„Ich war von einem langen Schlaf aufgewacht." Ich ziehe in Erwägung, mehr zu sagen, entscheide mich allerdings dagegen. Falls sie sich nicht daran erinnert, meinen Drachen gesehen zu haben, werde ich ihr diese Information noch nicht enthüllen. Sie muss bereits eine Menge verdauen.

Sie mustert mich, als wüsste sie, dass ich etwas zurückhalte. Meine Braut ist so klug, wie sie hübsch ist.

„Du hast mir Angst gemacht", gesteht sie.

„Ich weiß. Das habe ich seitdem bereut. Du bist so schnell gerannt. Ich habe versucht, dir zu folgen, aber du bist in dem Dorf verschwunden. Ich musste zurückgehen, um meine Kleidung zu holen, und als ich zurückkehrte, warst du fort. Ich habe nach dir gesucht. Ich habe die vergangenen zehn Jahre nach dir gesucht."

„Wie hast du den Sturm auf dem Gipfel überlebt? Die Felslawine?"

Die Lawine, die durch meine Verwandlung in meine Drachengestalt ausgelöst wurde? „Mühelos. Du wirst feststellen, dass ich nur schwer zu töten bin."

Tabitha seufzt.

„Was ist los, Kleines?"

„Jede Antwort, die du mir gibst, wirft lediglich neue Fragen auf. Ich weiß nicht, warum ich dieses Spiel spiele."

„Ah. Ich mag Spiele. Vielleicht wirst du es genießen lernen, sie mit mir zu spielen."

Sie wirft die Haare über ihre Schulter, allerdings nicht auf eine flirtende Art. Sie ist absolut bescheiden und dennoch zugleich so majestätisch wie eine Prinzessin. Ein ziemliches Rätsel.

„Ich mag keine Spielchen", sagt Tabitha. „Ich bin zu direkt, sehr zum Missfallen meiner Mutter."

„Oh? Spielt deine Mutter Spielchen?"

„Nur eines – reiche Männer anzuziehen und anzulo-
cken. Sie hat immer gehofft, dass ich dieses Talent erben
würde. Sie hat mich zu allem getrieben, von dem sie
dachte, es würde dabei helfen – Tanzstunden, Kinder-
schönheitswettbewerbe, Modelverträge. Ich habe das alles
abgelehnt."

Meine Brust zieht sich zusammen, obwohl ich das
bereits vermutet habe. „Du interessierst dich nicht für
reiche Männer?"

„Nein. Sie sind zu sehr in ihre eigene Macht verliebt.
Sie besitzen ihre Frauen gerne, anstatt sie als Partner zu
betrachten, und sie sind viel zu kontrollierend."

Etwas in mir regt sich unangenehm. Mein Drache
spricht nicht mit mir, dennoch spüre ich sein Urteil. Ich
bin alles, was sie nicht mag.

Reich. Mächtig. Kontrollierend.

Das sind jedoch die Eigenschaften, die mich zu einem
guten Gefährten machen. Was könnte ich ihr ohne sie
bieten? Sie wäre nicht in Sicherheit. Hätte keine Annehm-
lichkeiten. Wäre unbeeindruckt.

*Sie ist bereits unbeeindruckt.* Ich verdränge diesen unange-
nehmen Gedanken.

„Du hast gesagt, du würdest mir die Wahrheit erzählen
und mehr von dir, doch alles, was du sagst, verschleiert
mehr, als dass es mir etwas verrät", beschwert sich Tabitha.

Es liegt mir auf der Zungenspitze, ihr zu sagen, dass
ich das Spiel gerne so spiele, aber sie hat mir gerade erst
mitgeteilt, dass sie keine Spiele mag. Ich werde einen
neuen Plan schmieden müssen. In der Zwischenzeit werde
ich für meine Gefährtin sorgen.

Mit einer Handbewegung aktiviere ich einen
versteckten Sensor und eine zwei Stockwerke hohe
Flügeltür gleitet auf, um meinen Speisesaal zu enthüllen.

Sie betrachtet die gigantischen Kamine aus Onyx, die einen langen polierten Tisch einrahmen. Das Zimmer leuchtet im Schein der Feuer und des Armleuchters auf dem Tisch. Über uns funkelt ein Kronleuchter.

„Ist das nicht ein wenig übertrieben?", fragt Tabitha, obwohl ihr Magen laut knurrt. Sie schwankt leicht und ich packe sie am Ellbogen, um sie zu stützen.

„Du bist am Verhungern, mein Schatz. Bitte setze dich mit mir an den Tisch."

Mit einer Hand in ihrem Kreuz führe ich sie zum nahegelegenen Ende des Tisches und helfe ihr auf einen Stuhl mit hoher Lehne und gepolsterter Sitzfläche.

„Das ist ja wie ein Thron", sinniert sie und nickt zum gegenüberliegenden Tischende. „Wirst du an einem Tischende sitzen und ich am anderen?"

Etwas belustigt sie, ich weiß allerdings nicht was. „Hättest du das gerne?"

Sie senkt den Kopf, um ein Lächeln zu verbergen. „Vielleicht."

„Möglicherweise bei einer anderen Mahlzeit." Ich lege meine Hand einen Augenblick in ihren Nacken, bevor ich mich neben sie setze.

*Tabitha*

Auf der anderen Zimmerseite öffnet sich eine Tür und ein Mann in einem Frack und weißem Kummerbund kommt herein. Er hat eine hochmütige Miene aufgesetzt und der rosa Nebel seiner Aura klammert sich an seine Schmalztolle.

Gabriel winkt ihn mit einer Hand herbei. „Tabitha, das ist mein Butler Buttons."

Buttons der Butler? Meint er das ernst?

„Es ist mir eine Freude, Sie kennenzulernen, Madam",
sagt Buttons in einem steifen britischen Akzent. Er entfaltet
meine Serviette mit einer Handbewegung und legt sie auf
meinen Schoß. „Der erste Gang heute Abend ist ein
Enten-*Consommé*."

Ich setze mich aufrechter hin und versuche, mich an
meine Manieren zu erinnern, als Buttons den Saal verlässt
und mit einer silbernen Terrine zurückkehrt.

„Das hier erinnert mich wirklich stark an Downton
Abbey", raune ich Gabriel zu.

Er neigt den Kopf, macht jedoch nicht den Eindruck, als
würde er die Anspielung verstehen. „Ist das etwas Gutes?"

„Das wird sich noch zeigen."

Die Brühe, die Buttons in eine flache Schale vor mir
schöpft, riecht fantastisch.

Ich versuche durch Raten herauszufinden, welchen
Löffel ich benutzen muss. Die salzige Brühe trifft in einer
Explosion aus Kräuteraromen auf meine Zunge. „Oh
mein Gott, das ist gut." In meiner Eile, noch mehr aus der
Schale zu löffeln, kratze ich über deren Boden.

Buttons und Gabriel beobachten mich beide.

Ich räuspere mich. „Mein Kompliment an den Koch."

„Sehr gern, Ma'am. Ich werde es ausrichten." Buttons
stolziert davon und ich entspanne mich ein wenig.

Gabriel legt seine Fingerspitzen aneinander und beobachtet mich mit offenkundiger Zufriedenheit. „Koch
Giampi ist sehr gut."

„Ich hoffe, du bezahlst ihm ein anständiges Gehalt."

„Ich bezahle all meine Angestellten gut." Er neigt den
Kopf zu meiner Schale. „Hebt das meine Sternebewertung
an?"

„Das hast du gehört?" Es sind nur noch wenige Löffel
Brühe übrig. Wäre es unhöflich, die Schale in die Hand zu

nehmen und den Rest auszuschlürfen? „Die Brühe wäre perfekt mit einem gebratenen Käsesandwich."

„Zu gegebener Zeit. Ich habe Giampi gesagt, dass er mit etwas Leichtem beginnen soll, damit er deinen Körper nicht überfordert. Du hast lange Zeit geschlafen."

„Das ist so merkwürdig. Ich kann nicht fassen, dass ich einen Flug in einem Privatjet verschlafen habe."

„Eventuell habe ich dem Arzt aufgetragen, dem Vitamincocktail, den er dir verabreicht hat, ein leichtes Schlafmittel hinzuzufügen."

Ich lege meinen Löffel ab. „Wie bitte? Hast du gerade gestanden, dass du mich unter Drogen gesetzt hast?"

Seine dunklen Wimpern flattern, doch der Ausdruck auf seinem gut aussehenden Gesicht verändert sich nicht. „Ich werde dich nicht anlügen."

„Das macht es nicht besser!"

Ich funkle Gabriel finster an, während Buttons einen zweiten Gang ankündigt und serviert. Als der Butler fort ist, nicke ich zu meinem Teller. „Sind da Betäubungsmittel drin?"

„Nein. Heute Abend besteht kein Bedarf, dich zu betäuben."

So eine Unverschämtheit! Wenn ich Feuer aus meinen Augäpfeln schießen und ihn verbrennen könnte, würde ich es tun.

Ich benutze meine Gabel, um in den gekochten Karotten herumzustochern. Sie riechen nach Honig und Kreuzkümmel. Mein Magen knurrt. Ich werde meine Kraft brauchen, um mich ihm zu widersetzen.

„Du würdest mich erneut betäuben?", frage ich in eisigem Tonfall.

„Falls es die Umstände erforderlich machen."

Ich schmecke das Essen, an dem ich kaue, kaum. Zu

diesem Zeitpunkt fülle ich einfach nur meinen Magen, damit ich meine Kraft bewahren kann.

„Warum hast du mich das erste Mal betäubt?"

„Du warst ohnmächtig geworden. Und ich hielt es für das Beste, dich während der Reise schlafen zu lassen. Du warst nicht verletzt. Ich werde dir nie Schaden zufügen."

„Nur um das klarzustellen, mir Betäubungsmittel zu geben, fällt in diese Kategorie." Ich spieße eine Karotte auf. „Was hast du mir sonst noch angetan?"

„Abgesehen davon, dass ich dich über einen Ozean transportiert und in ein gemütliches Bett gelegt habe, rein gar nichts."

„Du hast mir die Schuhe ausgezogen."

„Aber nicht deine Kleidung. Wenn ich dich das erste Mal ausziehe, wirst du zuvor darum gebettelt haben."

Mein Körper erlebt bei dieser Aussage eine völlig andere Reaktion als mein Verstand. Zwischen meinen Beinen zieht sich alles zusammen. Oder lockert es sich? Da ist definitiv Hitze. Meine innere Reaktion auf diesen Mann und seine beleidigenden Worte verwirrt mich.

Ich bemerke, dass ich keine große Angst vor ihm habe, sondern eher beleidigt bin. Ich kann mich nach wie vor nicht dazu bringen, eine Furchtreaktion heraufzubeschwören, obwohl ich weiß, dass ich entführt, unter Drogen gesetzt und über einen Ozean nach Transsilvanien geflogen wurde. Etwas an diesem Mann fühlt sich so vertraut an. Sicher.

Darauf antworte ich mit Schweigen. Während der nächsten drei Gänge zeige ich ihm die kalte Schulter.

Gabriel isst nur wenig. Irgendwann serviert ihm der Butler Wein aus einer Flasche mit einem uralten, vergilbten Etikett. Mir bieten sie keinen an und ich frage nach keinem. Ich will es nicht riskieren, meinen Magen zu verstimmen, und ich will meine fünf Sinne beisammenhaben.

Sobald ich kann, werde ich dieses Treffen auflösen.

„Eines verstehe ich nicht", sage ich schließlich, womit ich die Stille durchbreche, nachdem ich den Käsegang kaum angerührt habe. „Du hast gesagt, ich wäre in Ohnmacht gefallen, als ich dich sah. Ich werde nie ohnmächtig."

„Die Umstände waren überwältigend."

„Welche Umstände?" Ich konzentriere mich, erinnere mich allerdings nicht. Ich lasse zu, dass sich Verzweiflung in meine Stimme schleicht. „Ich versuche wirklich, nicht durchzudrehen, Gabriel."

„Es ist am besten, wenn ich es dir nicht erzähle, sondern zeige." Er legt seine Serviette auf den Teller und erhebt sich.

## Kapitel Drei

*Tabitha*

„Lass uns ins Zigarrenzimmer gehen." Gabriel reicht mir seine Hand. Ich sollte es nicht erlauben, doch aus irgendeinem Grund tue ich es. Buttons kommt herbei und zieht den Stuhl für mich heraus.

Gabriels große Hand schließt sich sachte um meine. Mein Bauch ist voll und mein Körper erwacht in seiner Gegenwart zum Leben. Ich wünschte, ich würde mich nicht so verdammt stark zu diesem Mann hingezogen fühlen. Ich verstehe nicht, was los ist. Ich habe nicht vergessen, dass er gerade zugegeben hat, mich betäubt zu haben. Oder dass er mich entführt hat. Oder dass er mich gefangen hält. Dennoch flattert es in meinem Bauch, wenn er mich berührt.

Er führt mich auf dem gleichen Weg nach draußen, auf dem wir reingekommen sind. Ich merke mir die

Biegungen und Kurven, als wir durch die Bibliothek zu einer Art Büro laufen.

„Das ist also das Zigarrenzimmer." Vielleicht kommt der Rauchgeruch von hier. Aber nein, Zigarren haben einen erdigeren Geruch.

„Ja." Gabriel lässt mich vor einem großen Ledersofa stehen und läuft zum Kamin. Ein Knopfdruck und Flammen erwachen zum Leben. „Möchtest du eine Zigarre?"

„Nein Danke. Von denen kriege ich Kopfschmerzen." Sogar bei Marihuana. Ich halte mich an Essbares.

„Stört dich der Rauchgeruch?"

„Nein. Ich finde ihn beruhigend." Einige der reichen Männer, hinter denen meine Mutter her war, rauchten Zigarren. Sie waren nicht alle schreckliche Arschlöcher. Nur der Großteil von ihnen.

Rechts von uns befindet sich eine Fensterreihe, die einen Hof in der Größe eines halben Footballfeldes überblickt.

„Waren alle mittelalterlichen Burgen so groß?", frage ich.

„Nein. Diese war es auch nicht, als ich sie eroberte. Allerdings habe ich im Lauf der Jahre viele Renovierungen vorgenommen."

„Du und deine Familie? Du hast etwas von siebenhundert Jahren gesagt. Ich nahm an, dass du deine Vorfahren gemeint hast…"

„Nein. Ich meinte mich."

„Ich verstehe nicht."

„Es gibt viele Dinge, die du wissen musst, und jetzt ist es an der Zeit, sie dir zu verraten. Nimm Platz." Er deutet auf das Sofa.

„Was muss ich wissen?" Ich stemme eine Hand in die Hüfte. „Ich denke nicht. Ich will jetzt gehen."

„Setz dich", befiehlt er. Seine Stimme ist sanft, aber das Echo hallt durch meine Knochen.

Und ich setze mich. Er hat diese autoritäre Stimme, die gleiche wie Rafe. Rafe kann einen Befehl erteilen und man will ihm gehorchen. Ich habe das nie bemerkt, bis Adele mir gegenüber erwähnte, wie nervig sie das findet.

Wie ein bockiges Kleinkind starre ich finster zu Gabriel auf. „Ich hätte gerne mein Handy zurück. Ich sollte wahrscheinlich meine Freundinnen anrufen." Ich würde sogar meine Mom anrufen.

„Ah, ja, deine Freundinnen. Sie sind ein Teil dessen, was ich dir zu zeigen wünsche." Gabriel berührt noch einen Knopf neben dem Kamin und ein schicker Flachbildschirmfernseher wird von der Decke herabgelassen. Der Bildschirm geht blinkend an und zeigt ein vertrautes Bild. Eine Lodge aus Stein und Holz, die auf einer verschneiten Wiese steht, hinter der sich ein Kiefernwald und Berge befinden.

Ich setze mich aufrechter hin. „Dort wohnt Deke. Sadies Freund. Und Rafe und Channing. Hast du Kameras auf ihr Haus gerichtet?" Meine Stimme hallt von der hohen Decke.

Gabriel neigt den Kopf. „Ich ziehe es vor, zu wissen, wo meine selbsternannten Feinde leben."

„Rafe wird ausrasten."

„Du meinst Rafe Lightfoot." Er drückt noch einen Knopf und es erscheint ein Bild von Rafe, der auf der schneebedeckten hinteren Veranda steht und mit seinem Handy telefoniert. „Er hat meine Falcon-Drohne noch nicht entdeckt." Gabriel feixt.

Die Tür hinter Rafe gleitet auf und Adele streckt ihren Kopf nach draußen. Ihre Haare hängen lose nach unten und sie ist ungeschminkt. Ich sehe Adele selten so und sie ist meine beste Freundin. Sie hat ein zu großes Paar

Jogginghosen an, die über ihre Füße fallen, und ein riesiges Henley-Shirt. Rafes Kleider.

„Heilige Scheiße, sie sind zusammen", keuche ich. „Sind das Live-Aufnahmen?"

Gabriel nickt. Ich fühle mich schuldig, weil ich mich wie ein Voyeur benehme.

Adele sagt von der Tür aus etwas zu Rafe. Er beendet seinen Anruf und geht ins Haus.

Das Bild ändert sich.

„Das ist von gestern Abend", erklärt Gabriel. Sie sind alle da und sitzen im Blue Moon Grill. Deke und Sadie, Lance und Charlie. Charlie sitzt auf Lances Schoß, dessen Hände auf ihrem gerundeten Bauch liegen. Adele und Rafe stehen beide und sprechen zu der Gruppe wie die Anführer, die sie sind.

„Stopp", sage ich müde. Das ist so was von falsch. Ich kann das Leben meiner Freunde nicht einfach wie eine Seifenoper anschauen. „Ich muss sie anrufen."

„Willst du nicht ihre Geheimnisse erfahren? Was sie vor dir geheim gehalten haben?"

„Was auch immer es ist, ich bin mir sicher, sie hatten einen guten Grund dazu", erwidere ich stur. Doch jetzt bin ich verwirrt und neugierig.

„Du musst die Geheimnisse kennen, die sie vor dir geheim halten. Einfach alle."

„Hör mit diesen Spielchen auf. Sag mir einfach, was los ist, Gabriel."

Er ignoriert mich und drückt auf einen anderen Knopf, woraufhin die Lodge in der Nacht gezeigt wird.

„Wann wurde das aufgenommen?"

„Am letzten Vollmond."

Ein kalter Schauder läuft über meine Haut. Die Art und Weise, wie Gabriel die Privatsphäre meiner Freunde verletzt hat, ist so gruselig. Ich muss es ihnen sagen. Ich muss fliehen.

„Schau zu", befiehlt er.

Einige Schneeflocken wirbeln vom Himmel, der wie schwarzer Samt aussieht. Ein grauer und weißer Wolf tritt ins Bild und tapst über die verschneite Wiese.

„Heilige Scheiße." Der Wolf ist riesig. Ich habe Bilder gesehen, doch es ist etwas anderes, ihn in einem vertrauten Umfeld zu sehen und zu realisieren, wie riesig Wölfe sind.

Der Wolf schnüffelt auf dem Rasen. „Das ist also ihr Geheimnis?" Ich verdrehe die Augen. „Sie haben eine Wildtierkamera?"

Die Tür der Lodge öffnet sich und Licht ergießt sich auf den Schnee. Rafe marschiert nach draußen. Er ist oberkörperfrei. Er trägt weder einen Hut noch Handschuhe, nicht einmal eine Jacke. Adele hat erzählt, dass ihm die Kälte nichts anzuhaben scheint. Sie war schon immer besessen von Rafe, auch wenn sie es nicht zugab.

In der nächsten Sekunde streift Rafe seine Jogginghose ab. „Oh, verflucht." Ich hebe eine Hand, um Rafes Gestalt zu verbergen. „Das ist ein nackter Schwanz." Ich freue mich für Adele, wenn sie etwas Spaß damit hat, aber ich will ihn nicht sehen.

„Schau hin", befiehlt Gabriel.

Ich spähe zwischen meinen Fingern hindurch. In einem Moment hebt Rafe sein Bein, um einen Schritt auf den Schnee zu machen – barfuß. Im nächsten landet ein gigantischer Wolf auf der unteren Treppenstufe.

„Was zum Teufel", wispere ich.

Der Wolf ist schwarz und hat braune Markierungen. Er hüpft über die Wiese und springt mit dem ersten Wolf davon. Ein Heulen erklingt aus dem Off.

Channing und Deke sind als Nächstes an der Reihe. Sie laufen beide so unbekleidet wie Rafe nach draußen.

RENEE ROSE & LEE SAVINO

Ich versuche nicht einmal, den Blick von ihren nackten Körpern abzuwenden. Innerhalb von Sekunden werden sie beide zu riesigen Wölfen. Deke ist ein gigantischer schwarzer Schatten, der sich in Richtung Wald bewegt. Channing hat hauptsächlich weißes Fell, das mit dem Schnee verschmilzt.

„Ich kann das nicht glauben." Ich reibe mir über die Augen. „Wie ist das möglich? Weiß Sadie Bescheid?"

„Sie weiß es. Genauso wie Charlotte, das Menschenweibchen, das du Charlie nennst."

Der Bildschirm zeigt die Wölfe, die über ein Schneefeld rennen.

„Das ist irre. Ich kann das nicht fassen."

Dann macht das Video noch einen Sprung und die Rückseite von Charlies Haus wird gezeigt. Der große weiße und graue Wolf rennt zur Tür. Er schüttelt sich ein paarmal, schleudert Schnee aus seinem dichten Fell und kratzt an der Tür. Die Tür öffnet sich und dort steht Charlie. Licht strömt hinter ihr aus dem Haus und ihre Hand liegt auf ihrem Bauch. Sie lässt den riesigen Wolf herein.

„Das ist nicht möglich." Ich massiere meine Schläfen. Mir ist leicht schwindlig.

„Es ist möglich. Es ist echt." Gabriel senkt sich auf den Stuhl neben mir. Seine Hand streichelt meinen Rücken. Es fühlt sich gut an, tröstlich. Erdend. „Die Freunde meiner Freundinnen sind Wölfe."

„Der bevorzugte Begriff ist *Wolfgestaltwandler*."

„Klar. Okay. Wolfgestaltwandler." *Was auch immer.* „Und alle wissen es? Sogar Adele."

„Ja. Sie hat es erfahren, kurz nachdem ich sie kennengelernt habe."

„Warte, was?" Ich lasse die Hände sinken. „Du bist Adele begegnet?"

„Aber ja. Sie trug den Schal, den du gemacht hast. Ich nahm deinen Geruch daran wahr. Ich dachte, dass sie meine Gefährtin sei, bis ich von der Quelle des köstlichen Duftes erfuhr. Es war das Werk von Sekunden, dich von ihnen zu trennen. Und jetzt bist du hier und du bist mein. Ganz allein mein." Er nimmt meine Hand und schiebt seine kräftigen Finger zwischen meine schlaffen. „Meine Gefährtin."

Ich ziehe meine Hand zurück. „Mach mal halblang mit den Geständnissen, Mister. Ich bin noch nicht bereit dafür."

„Tabitha…" Er umfängt mein Gesicht mit seinen kräftigen, aber sanften Händen. „Du bist aufgebracht."

„Danke, Prof. Dr. Offensichtlich", blaffe ich.

„Schhh, Kleines. Das hier muss kein Kampf sein. Es ist nicht fair, dass du es auf diese Art erfahren musstest, es ist jedoch an der Zeit, dass du unsere Welt betrittst."

Ich zittere in seinen Händen. „Was meinst du mit *unsere Welt*?"

Goldenes Licht blitzt in seinen Augen auf. Seine Pupillen werden schlitzartig und schmal. Nur eine Sekunde lang, jedoch so lange, dass ich keuche.

„Du bist einer von ihnen." Ich schrecke zurück, doch er hat mich in die Ecke der Sofalehne gedrängt.

„Das bin ich. Und tief in deinem Inneren wusstest du, dass etwas an ihnen anders ist. Du bist zu sensibel, um es nicht zu wissen." Seine Finger zeichnen leichte Kreise auf meine Schulter. Beruhigen mich. Da ist sein herber Duft, süß und berauschend wie Glühwein.

„Ich… das ist… ich verstehe nicht."

„Möchtest du, dass ich dafür sorge, dass es dir besser geht?", murmelt er. „Ich kann dafür sorgen."

Ich schlucke. Ich will nicken. Mein Herz bricht auf und ich weiß nicht warum.

Seine Finger zeichnen meinen Kiefer nach. Es fühlt sich so gut an, dass ich es nicht ertragen kann.

Ich wende mich ab und stemme mich vom Sofa. „Ich muss von hier verschwinden."

Gabriel wirkt überhaupt nicht aufgebracht. Er wuchtet seinen großen Körper vom Sofa. Kein einziges schwarzes Haar auf seinem Kopf ist durcheinander geraten.

„Du kannst fliehen, Tabitha, aber ich werde dir folgen. Ich werde dich immer finden."

Ich wirble herum und beginne, blind davon zu rennen, wobei ich Türgriffe packe und durch Türen eile. Als ich zu einer Tür mit einem Tastenfeld gelange, mache ich kehrt und renne weiter. Ich habe keinen Plan. Ich habe nichts. Gabriel kennt diesen Ort und kann vermutlich genau erkennen, wohin ich gehe.

Und tatsächlich, als ich den Ballsaal durchquere, marschiert er hinter mir her, wobei er langsame, bemessene Schritte macht. Dennoch kommt er mir immer näher.

Ich renne durch den Ballsaal und erreiche die Tür, die allerdings abgeschlossen ist.

Gabriel ist bereits neben mir. Er legt seine Hand auf das Tastenfeld und die Tür entriegelt sich, woraufhin sie langsam aufschwingt.

Ich starre ihn an, während sich meine Brust heftig hebt und senkt.

„Renn", raunt er und das tue ich. Durch einen Gang, eine Wendeltreppe hoch. Jedes Mal, wenn ich zurückschaue, jedes Mal, wenn ich nach unten blicke, ist er wenige Meter hinter mir und verfolgt mich in diesem langsamen, gemessenen Tempo. Gold funkelt in seinen Augen und ein halbes Lächeln liegt auf seinem Gesicht.

Meinem Entführer gefällt die Jagd.

„Lauf, Kleines, lauf." Seine tiefe Stimme hallt die große Treppe hinauf. Ich erreiche die oberste Stufe und stürze mich in einen weiteren langen Korridor, der von Rüstungen bewacht wird. Der Gang gabelt sich in zwei Flure. Links oder rechts?

Ich haste nach links und um die Ecke, doch es ist eine Sackgasse. *Mist. Falscher Weg.*

Ich wirble herum, um den Weg zurückzugehen, den ich gekommen bin, doch dort steht Gabriel unerschütterlich ruhig. Geheimnisvoll hübsch. Er hat eindeutig Spaß. Er ist keine Bedrohung, aber er ist allgegenwärtig.

Ich habe mich jetzt der Flucht verschrieben.

Ich rüttle an der Tür, die mir am nächsten ist, und lande in einem kalten Schaft, der eine steinerne Wendeltreppe beherbergt. Hoch, hoch, hoch den Steinturm hinauf. Ich gehe in die falsche Richtung. Ich muss nach unten und eine Tür finden, die aus diesem Gebäude führt. Ich werde auf dem Dach dieser Burg landen, von wo ich keine Fluchtmöglichkeit habe.

Ich haste die Steinstufen hinauf, wobei meine Schritte im Takt mit Gabriels Schwur über die Steine trampeln. „Du wirst mir nicht noch einmal entkommen."

Gabriel treibt mich irgendwohin. Er hat das geplant. Ich befinde mich in der Turmspitze, genau dort, wo er mich haben will.

Ich erreiche die oberste Stufe und taumle nach vorne. Dort ist eine riesige Holztür mit einem schwarzen Tastenfeld.

*Verdammt.* Das ist das Ende. Ich könnte an die Tür hämmern, aber es ist niemand hier, der aufmachen könnte. Niemand außer mir und meinem gut aussehenden Entführer, der mich die Treppe hinaufjagt.

Ich sacke gegen das polierte Holz und finde mich mit meinem Schicksal ab. Meine Stirn ruht an der Tür und meine bebende Brust streift sie.

Ich höre Gabriel nicht einmal hinter mir, bevor sein

riesiger Körper meinen bedeckt. „Hab dich", raunt er mir ins Ohr. Seine große Hand spreizt sich auf meiner Taille. Bei seiner Berührung verlangsamt sich mein Herzschlag. Die Härchen in meinem Nacken richten sich auf, aber irgendwie hat mein Körper all diese Angst und Adrenalin in Erregung umgewandelt.

„Du kannst gerne jederzeit davonrennen, Tabitha. Ich mag dieses Spiel sehr. Du kannst fliehen und mich zwingen, dich zu verfolgen, solange du am Ende weißt, dass du mein bist."

Ich zapple in seinem Griff, aber er hat mich zwischen die Wand und seinen großen Körper geklemmt.

„Du wehrst dich noch immer gegen mich. Vielleicht brauchst du einen Anreiz zum Bleiben." Seine Lippen streifen meine Ohrmuschel.

Ich wimmere, weil es sich so sinnlich anfühlt. So köstlich.

Seine Hand gleitet langsam tiefer, als würde er abwarten, wie ich reagiere. Ich sollte ihn von mir stoßen. Ich ziehe es in Erwägung – das tue ich. Doch alles in meinem Körper scheint das hier zu wollen. Ich schmelze an ihm dahin und bin berauscht von seinem köstlichen Duft, dem sexy Grollen seiner Stimme, seinem intensiven Fokus, der allein auf mich gerichtet ist.

Er umfängt mein Geschlecht durch den dünnen Stoff meines Bauernrocks hindurch. Es ist eine leichte Berührung ohne einen Anspruch. Eher ein Angebot als ein Übergriff.

Meine Nippel richten sich auf. Mein Körper entspannt sich mehr an seinem und meine Erregung wickelt sich zu einer qualvollen Spirale in meiner Mitte auf.

Ich hätte anhalten sollen, um in eine Rüstung zu schlüpfen, wenn ich nicht wollte, dass er mich so berührt. Es ist gefährlich, nicht weil er groß ist und mich mit einer

Hand überwältigen kann, sondern weil sich seine Berührung gut anfühlt, und ich es mag.

Er fährt leicht mit den Fingerspitzen über meine äußeren Lippen und deutet die Wonne an, die er mir verschaffen könnte.

Ich wimmere und meine Hüften heben sich seiner Berührung entgegen.

„Brauchst du das hier, Tabitha? Eine kleine Belohnung?" Er wartet auf meine Antwort.

„V-vielleicht."

„Verrate mir, was dir gefällt." Er schiebt seine Hand unter meinen Rock. Seine Finger spielen mit dem Satinsaum meines Höschens.

Dann überschreitet er die Grenze und taucht seine Hand in mein Höschen, um über die nackte Haut zu gleiten, bis er mich abermals umfängt und seinen Handballen leicht auf meine Klitoris presst.

„Mmm", erwidere ich. Ich kann einfach nicht anders. Ich bin verloren in der Empfindung und dem Versprechen von Lust.

„So feucht." Seine Stimme ist die reine Sünde in meinem Ohr. „Dein Körper erkennt seinen Meister. Ich kann dir geben, was du brauchst."

Ein plötzliches lustvolles Pulsieren zwischen meinen Beinen zwingt mich beinahe in die Knie. Ich lehne mich nach hinten in seine Umarmung, da ich es brauche, dass er mich aufrecht hält.

Seine Finger tauchen in meine Mitte und rauben mir den Atem. Alles in meinem Wesen konzentriert sich auf die Bewegungen seiner kräftigen Finger, während er mich zwischen meinen Schamlippen streichelt.

*Da ist er!* Mein Körper strebt auf den Höhepunkt zu. Ich kralle mich an seinen Arm, nicht um zu fliehen, sondern um ihn zu zwingen, mir zu geben, was ich will.

„Schhh, Kleines. Du musst nicht kämpfen." Er verlagert sein Gewicht und fixiert mich an der Tür. Ich bin hilflos und unfähig, mich zu bewegen, während sein Finger meine Klit neckt. „Du kannst haben, was du willst. Ich weiß, was du brauchst. Erlaube mir, es dir zu geben."

Ich wimmere, schaukle mit den Hüften und suche nach mehr Kontakt zu seiner rauen Fingerkuppe.

„Da, das ist es", krächzt er. Ich könnte allein von seiner Stimme kommen. „Nimm dir deine Wonne. Das ist dein Recht als meine Gefährtin."

Bei dem Wort *Gefährtin* reißt die Spirale der Erregung. Lust peitscht durch mich hindurch. Meine Mitte zieht sich zusammen und Schauder rasen meine Innenschenkel hinab direkt in meine Fußsohlen.

„Ja", keuche ich und zittere zwischen Gabriel und der Wand.

Bevor die Nachbeben ganz durch mich hindurch vibriert sind, hebt er mich in seine Arme. Irgendwie befreit er eine Hand, um die Tür zu öffnen. Sie schwingt vor ihm auf und er stolziert in einen runden Raum.

Die Dekoration und der Grundriss ähneln stark dem Zimmer, in dem ich aufgewacht bin. Allerdings befinden wir uns in einem kreisrunden Turm. Draußen pfeift der Wind, doch sein Schlafzimmer ist gemütlich und warm und es brennt bereits ein Feuer. Der schwarze Onyxkamin ist wie das Maul eines riesigen Drachen geformt. Flammen tanzen zwischen seinen Fangzähnen.

Das Himmelbett ist größer als ein gewöhnliches King-Size-Bett und besteht aus poliertem, schwarzem Holz. An jeder Ecke sind Seidenvorhänge festgebunden. Die Vorhänge sind schwarz und haben ein goldenes Muster. Es ist das gleiche Muster, das ich unten schon sah – Dreiecke, die aus ineinander verschlungenen Kreisen bestehen.

Gabriel legt mich auf die Satintagesdecke und zieht

mir die Stiefel aus. Ich lasse mich von ihm entkleiden. Ich bin schlaff und von Wonne erfüllt. Der Orgasmus hat gereicht, um meine Beine in Wackelpudding zu verwandeln, meine Mitte pocht jedoch nach wie vor. Mein Körper vermisst Gabriels Berührung.

Gabriel öffnet mit einer Hand eine geschnitzte Holzschatulle, die auf dem Nachttisch steht. Mit der anderen packt er meine Handgelenke und klickt etwas an ihnen fest.

„Was zum…?" Ich hebe meine Hände und blinzle die Manschetten um meine Handgelenke an. Zwei Armringe aus poliertem Gold.

Er bringt ein zweites Paar an meinen Knöcheln an, bevor ich daran denken kann, mich zu wehren.

„Gabriel…"

„Schhhh. Entspann dich. Ich werde dir geben, was du willst." Er öffnet ein Bedienfeld neben dem Bett und gibt etwas ein. „Ich werde dir geben, was du brauchst."

Es erklingt ein Piepen und Metallbänder schießen aus den Bettpfosten. Sie verbinden sich mit den Reifen an meinen Handgelenken und Knöcheln. Ich ziehe daran, kann mich jedoch nicht befreien. Ich werde von den Manschetten und den Roboterbändern ans Bett gefesselt. Die Manschetten sind nicht aus Gold, sondern aus irgendeinem magnetischen Metall, das so stark ist, dass es mich fesselt. Ist das überhaupt möglich?

„Gefallen sie dir?", erkundigt sich Gabriel, als ich meine Fesseln betrachte. „Das Design habe ich entworfen. Mein altweltliches Wissen kombiniert mit dem neuen."

„Nein!" Ich weiß nicht, ob es eine Lüge oder die Wahrheit ist. Mein Körper zittert wie eine stromführende Leitung, aber ich bin sauer. Ich starre auf den sündhaft gut aussehenden Mann, der mich mit dieser Aura leichter Belustigung beobachtet. „Was wirst du mit mir tun?"

Anstatt verängstigt klingt meine Stimme atemlos und sexy.

Erneut hat mein Körper diese seltsame Alchemie vollbracht und meine Angst in Erregung verwandelt. Ich liege ausgestreckt auf dem riesigen Bett wie ein Jungfrauenopfer auf dem Altar. Gabriel hat seine Anzugjacke ausgezogen und an einen Stuhl in der Nähe gehängt. Er ist nach wie vor tipptopp frisiert.

„Beruhige dich, Tabitha. Egal, was ich mit dir tun werde, ich verspreche, dass es dir gefallen wird."

Ich zerre an den Handschellen. „Mir gefällt das nicht."

„Lügen." Sein Flüstern wird sanft und zischend. „Ich kann deine Erregung von hier riechen."

Ich versuche, meine Beine zusammenzupressen, wegen meiner engen Fesseln gelingt mir das allerdings nicht.

Er gluckst und verdammt, dieser Laut lässt mich noch feuchter werden.

Dann hebt er ein Hautmesser.

Ich keuche und drehe mich.

„Halt still", befiehlt er und die robotischen Arme, die mich festhalten, spannen sich an. Meine Arme sind straff gespannt, während ich mit allen Vieren von mir gestreckt daliege und mein Körper für das entblößt ist, was er tun wird.

Mit geschickten, entschlossenen Bewegungen, die geübt aussehen, schneidet er mir die Kleider mit einer fies gebogenen Klinge vom Körper.

Mein Rock und meine Bluse flattern in Fetzen zu Boden, die er beiseite wirft.

Er stellt ein Knie zwischen meine Beine auf das Bett. „Es ist an der Zeit, dass ich von meiner Braut koste."

„Braut?", keuche ich mit hämmerndem Herzen. „Ich erinnere mich nicht daran, dass du mir einen Antrag gemacht hast."

Er gluckst. „Das ist die Vorgehensweise meiner Art."
Er streichelt meine nackte Wade oberhalb des Rings. „Wir
finden das Weibchen, das zu uns gehört, und nehmen es in
unseren Gewahrsam. Ich habe dir meine Burg gezeigt.
Bald werde ich dir meine Ländereien und meine Armeen
zeigen. All meine Schätze. Du wirst staunen, was ich dir
geben kann."

„Also soll ich beeindruckt sein, weil du reich bist?" Ich
schnaube, obwohl mir der Atem stockt, da seine Hand
mein Bein hinaufgleitet. „Das wird nicht funktionieren.
Meine Mutter versucht das schon seit Jahren."

„Es gibt andere Arten, dich zu überzeugen." Er legt
das Messer ab und rollt die Ärmel hoch. Verdammt, der
Anblick seiner Unterarme ist das Heißeste, was ich jemals
gesehen habe. Ich dachte, die Erwähnung meiner Mutter
würde die Flammen meiner Erregung eindämmen, doch
nein.

Ich winde mich und zapple, so gut ich kann, auch
wenn ich mich kaum bewegen kann. „Also wirst du mich
einfach in dieser Position ficken?" Ich neige den Kopf, um
finster auf den Reif an meinem rechten Arm zu starren
und dann zu ihm zu blicken.

„Nein." Er krempelt noch immer langsam seine Ärmel
hoch. „Nicht heute Abend. Nicht, wenn du mich nicht
darum anflehst. Nicht einmal, wenn ich es will. Du wirst
auf dieses Vergnügen warten müssen."

„Gut", erwidere ich, was nicht ganz so redegewandt ist,
wie ich das gerne hätte. Seine Nähe und der Rauchgeruch
stellen alle möglichen Dinge mit mir an. Sämtliche
Gedanken entfliehen meinem Kopf.

Er beugt sich über mich. „Zuerst werde ich dich untersuchen. Dann werde ich dir so huldigen, wie du es
verdienst."

Er fährt mit dem Messer meine Schulter hinab. Mit

einer Bewegung aus dem Handgelenk durchtrennt er meinen BH-Träger. Noch eine Bewegung und er hat beide Brüste entblößt. Mein Höschen muss als Nächstes weichen.

Er hebt den Kopf und schnuppert in der Luft. Seine Augen blitzen golden auf. „Exquisit."

Ich winde mich ein wenig, weil ich weiß, dass er meine Mitte riecht. Er stoppt mich mit einer festen Hand auf jedem Schenkel.

„Ich werde deine Essenz direkt von der Quelle trinken", verspricht er.

Oh, Gott. Mini Orgasmus.

Ein dunkles Lächeln breitet sich auf seinem Gesicht aus. „Genauso wie du es mit meiner tun wirst."

„Träum weiter", drohe ich. Meine Augen huschen jedoch zu der beeindruckenden Beule in seiner schwarzen Hose. Er ist super gut bestückt. Meine inneren Muskeln verkrampfen sich um Luft.

Er erforscht mich mit dem Messergriff, indem er den glatten Griff in einer vertikalen Linie zwischen meinen Schamlippen auf und ab gleiten lässt. Wieder und wieder, bis ich mit den Hüften schaukle.

Ich wimmere, als er das Messer entfernt. Mit einem Knurren legt er sich auf das Bett und sein Gesicht auf den Scheitelpunkt meiner Beine. Seine Hände gleiten unter meine Pobacken und heben mich hoch. Er küsst meinen linken und anschließend meinen rechten Schenkel, wobei seine dunklen Haare meine empfindliche Haut kitzeln. Und dann kostet er von mir.

*Ich werde deine Essenz direkt von der Quelle trinken.*

Da meine Hüften angehoben sind, besteht meine einzige Sicht aus der gebräunten Fläche meines Bauches und seinem rabenschwarzen Haarschopf. Ich kann nicht sehen, was vor sich geht. Ich kann es nur spüren. Gabriels Finger spreizen meine Schamlippen und halten mich für seine forschende Zunge geöffnet. Mein Fleisch ist geschwollen und feucht von seinem vorherigen Fingerspiel und meinem Orgasmus an der Tür. Als ich dieses Mal komme, verkrampft sich meine Mitte und ich versuche, vom Bett zu springen. Allerdings kann ich mich nicht rühren, da ich gefesselt bin.

Der Orgasmus erschüttert meinen Körper. Lust ist ein grausamer Meister, der meine bereits überarbeiteten Muskeln noch mehr beansprucht. Dennoch stimuliert Gabriels Mund meine Mitte, indem er leckt, zwirbelt und an mir saugt.

Es schwillt bereits ein weiterer Orgasmus an. Ich werfe den Kopf hin und her, als könnte ich ihn aufhalten.

„Gabriel", flehe ich.

Er setzt sich auf und seine Lippen sind feucht von meiner Essenz. Er leckt sie ab und dieser Anblick schickt ein weiteres Beben durch mich hindurch. Seine Finger verlassen meinen Körper nie. Sie drehen sich, untersuchen und umkreisen meine Klit, bis meine Erregung ein immer größeres Ausmaß annimmt.

Seine Daumenkuppe gleitet zu meinem Damm, um sich auf mein hinteres Loch zu drücken.

Meine Augen weiten sich. „Gabriel", warne ich.

Es nützt nichts. Er bringt mich erneut zum Kommen, während sein Daumen meinen Hintereingang streichelt und die unanständigen Nerven stimuliert. Es ist eine umfassendere, vollständigere Wonne. Ich hasse es. Ich hasse es, dass es sich gut anfühlt.

„Stopp." Ich seufze, als sich seine Finger weiterhin bewegen. Sein Gesicht liegt im Schatten, aber ich weiß, dass sein Blick auf meines geheftet ist. Mein Körper schwebt vom Bett. Endorphine haben die Schwerkraft außer Kraft gesetzt. Nur die Metallfesseln halten mich auf der Erde fest.

„Noch ein paar mehr, *tesoro mio.*"

Ich zucke mit dem Fuß. Ich würde ihn treten, wäre ich nicht gefesselt. „Was ist mit dir?"

Sein Kopf neigt sich nach hinten und seine Lippen teilen sich, als würde er meinen Geruch aus der Luft trinken. „Ah, ja."

Er erhebt sich auf die Knie. Er ist nach wie vor vollständig bekleidet, nicht zerzaust und nicht verknittert. Ich bin ein glitschiges und verschwitztes Häufchen Mensch. Wieso sieht er so perfekt aus?

Wenn ich mich in diesem Moment befreien könnte, würde ich als Erstes seinen Kopf packen und seine Haare verstrubbeln.

Gabriel öffnet seine Hose so weit, dass er seinen Schwanz herausholen kann, der eine stolze Länge hat. Meine Augen schnellen dorthin: Er ist hart, wütend und Lusttropfen glänzen an der Spitze.

Er umschließt seine Erektion und streichelt mit einer riesigen Hand hoch und runter. Seine Augen heften sich auf meine. Er bleckt die Zähne. Seine Bewegungen werden schneller. Ich schaue zu und bin faszinierter, als ich sein will. Sein Atem beschleunigt sich und ein Muskel an seinem Kiefer zuckt. Er hält die Luft an und dann spritzt Sperma auf meinen nackten Bauch.

Gabriel knurrt ein Wort in seiner gutturalen Sprache. Ich kann erraten, was es bedeutet. *Mein.*

An diesem Punkt bin ich zu weit weggetreten, um deswegen zu diskutieren. Die Roboterarme erschlaffen, doch ich bin zu erschöpft, um mich zu bewegen.

Er streckt sich neben mir aus und zieht mich in seine Arme. Ich hasse Kuscheln normalerweise. Es ist so komisch und mein Partner und ich passten nie zusammen.

Gabriel und ich passen allerdings perfekt zusammen. Für eine Frau bin ich groß und schlaksig, aber sein großer

Körper krümmt sich um meinen. Mein Hintern wird von seinen Hüften eingefasst. Ich bin nackt und er ist noch angezogen. Morgen werde ich seine Haare zerzausen. Jetzt bin ich zu müde.

Sein Kopf presst sich in meine Haare. Seine Lippen finden meinen nackten Hals. „Du bist mein perfekter Schatz."

„Ich bin nicht dein", brumme ich.

„Doch das bist du, Kleines. Ich habe Anspruch auf dich erhoben. Und bald wirst du es zugeben."

Ich gähne. „Das werde ich nicht tun", erwidere ich verschlafen. Allerdings kann ich nicht leugnen, dass ich gleich in den Armen meines Entführers einschlafen werde und es sich fantastisch anfühlt.

～

*GABRIEL*

Ich bin ein Mann, der Spiele genießt. Katz und Maus. Verstecken. Fangen.

Der Jäger in mir vergnügt sich gerne auf diese Weise und mir ist normalerweise egal, ob mein Gegner Spaß an dem Spiel hat oder nicht. Doch bei Tabitha bin ich hin und her gerissen.

Spielt sie mit mir?

Sie hat mir erlaubt, sie zu befriedigen, und ich weiß, dass sie es genossen hat. Dennoch glaube ich auch, dass ihre Proteste aufrichtig sind. Dass sie kein Spiel spielt, um mich hinzuhalten und mich zu zwingen, mich zu beweisen.

Trotz allem kämpft sie nicht oder wirkt verängstigt.

Sie hat sich nach meiner Wonne erkundigt. Sie wollte, dass ich Lust bei ihr suche.

Das ist die Information, die ich immer wieder im Kopf

durchgehe, während mein hübscher kleiner Mensch neben mir schläft.

Was heißt das? Ist sie einfach ein großzügiges, großmütiges Weibchen? Oder empfindet sie etwas für mich? Wie weit reicht der Paarungsinstinkt in einem Menschen? Auf einer gewissen Ebene muss sie erkennen, dass sie zu mir gehört, aber womöglich ist diese Ebene in das Gefäß eingebettet, in ihren Körper. Ihr Verstand rebelliert gegen diese Verbindung.

Aber nein, sie hat mich nach meiner Lust gefragt.

Das ist die Gedankenschleife, in der ich mich verliere, bis Tabitha tief und fest schläft. Daraufhin steige ich leise aus dem Bett und lege eine Robe an. Ich hebe sie in meine Arme, wobei die Decken nach wie vor um ihre weiche, zerbrechliche Gestalt liegen, und trage sie zurück zu ihrer Kammer.

Ich will sie bei mir in meinem Turm behalten – das Schicksal weiß wie sehr –traue mir ihr in ihrer Gegenwart allerdings nicht. Meine übliche Beherrschung entgleitet mir, wenn sie in der Nähe ist.

Ihr jetzt Angst einzujagen, wäre das Schlimmste, was ich tun könnte. Ich traue meinem Drachen nicht, dass er sie nicht aus Versehen verletzt. Es ist besser, auf Nummer Sicher zu gehen, bis wir beide Zeit hatten, uns aneinander zu gewöhnen.

# 4

## Kapitel Vier

*Rafe*

Die helle Sonne reflektiert von dem hart verkrusteten Schnee, als ich durch die Gassen zwischen den Läden von Taos stapfe, die den Fußgängern vorbehalten sind. Mein Ziel ist ein fröhlich beleuchtetes Geschäft mit einer frisch gestrichenen Tür. Ich trete den gefrorenen Matsch von meinen Stiefeln und greife nach der goldenen Klinke. Die Glocke über der Tür klingelt und der warme Geruch von Schokolade, Kaffee, Karamell und alle möglichen Arten köstlicher Dinge lassen mir das Wasser im Mund zusammenlaufen.

Adeles Schokoladengeschäft ist ihr zweit liebster Ort auf der Erde. Der erste ist mein Bett und ich verbringe jede Nacht lange, glückselige Stunden damit, sicherzustellen, dass es so bleibt.

Ich trete zurück, damit zwei Kundinnen, die in Mützen

und Schals gewickelt sind, den Laden verlassen können. Sie tragen weiße Bäckereitüten, die bis oben hin mit goldenen Schachteln voller Pralinen gefüllt sind, und sie haben ein breites Lächeln im Gesicht.

Als ich *The Chocolatier* betrete, schlägt mir Hitze zusammen mit dem köstlichsten Geruch der Welt entgegen. Keine noch so große Menge Schokolade kann mit dem Duft meiner Gefährtin mithalten. Heute ist er leicht pfeffrig und eine Prise Cayenne ist in die Süße gemischt. Sie macht sich wegen etwas Sorgen.

Als sie mich sieht, werden ihre großen grünen Augen rund. Sie macht sich auf den Weg um die Theke. Ich komme ihr auf halbem Weg entgegen, hebe sie vom Boden und setze sie auf die Theke. Anschließend lege ich meine Hände zu beiden Seiten ihrer Hüften auf die Platte und beuge mich nach vorne, um ihre Lippen zu erobern.

Mein Bart kratzt über ihre weiche Haut.

„Rafe", seufzt sie an meinen Lippen. „Du kannst nicht. Die Kunden."

„Es ist niemand im Laden." Ich befühle den Saum ihres Wollrocks. „Hast du heute ein Strumpfband an?"

Sie schlägt auf meine Hand. „Du wirst es nicht herausfinden. Nicht hier."

Ich packe ihre Hüften, damit sie nicht von der Theke rutscht und flieht. „Das werden wir ja sehen."

Die Glocke über der Tür bimmelt. „Verschwinde", blaffe ich, ohne den Blick von Adele abzuwenden. „Wir haben geschlossen."

Ein Lachen erklingt. „Dann werde ich diese Päckchen vor der Tür abstellen."

„Rafe." Adele windet sich in meinem Griff. „Ich kann das nicht fassen. Das hätte ein Kunde sein können!"

„Ich wusste, dass es der Postbote war. Ich habe seinen Geruch erkannt." Ich reibe meine Nase an ihrem Kiefergelenk, wo sie heute Morgen an Stelle von Parfüm etwas Lavendelöl aufgetupft hat. Ich vergrabe meine Finger in der Fülle ihrer Locken und halte sie fest, damit ich an der empfindlichen Stelle knabbern kann.

Als meine Zunge sie berührt, keucht sie. „Ich muss das Geld für die Miete verdienen."

Ich bewege mich so, dass mein großer Körper die Sicht durch die Schaufenster auf uns blockiert. Ich küsse ihre Schulter entlang. Sie trägt eine ihrer kleinen, sexy Blusen und einen sexy engen Rock. Es dauert zu lange, sie aus dem Rock zu schälen. Es ist einfacher, ihn zu zerreißen. Auch wenn ich mich später ihrem Zorn stellen muss.

„Ich bin mir sicher, dass dein Vermieter eine Vereinbarung mit dir treffen wird."

„Das ist nicht das, was ich will." Sie schlägt mir auf den Arm. Ich lecke über den Knochen ihres Schlüsselbeins.

Sie packt meinen Kopf, zwingt ihn zurück und ich lasse es zu. „Das hier ist unangemessenes Verhalten am Arbeitsplatz", schimpft sie und versucht, streng zu klingen, obwohl ihre Lippen zucken.

Ich lehne mich zurück. „Baby, darum geht es."

Sie verdreht die Augen.

„Ich dachte, wir könnten heute zusammen zu Mittag essen", sage ich. „Den Rest der Woche habe ich wahrscheinlich viel mit der Arbeit zu tun."

Sie hüpft nach unten und dreht das Schild an der Eingangstür selbst auf ‚wegen Mittagspause geschlossen' um.

Ich grinse über ihren Eifer. Wir essen häufig gemeinsam zu Mittag. Und mit ‚gemeinsam Mittag essen' meine ich, dass ich sie füttere und anschließend in dem winzigen Raum, den sie ihr Büro nennt, auf den Schreibtisch lege und ihre Pussy lecke, bis ihre Locken zerzaust sind und sie halbtrunken von Endorphinen ist.

„Gehst du auf eine Mission?", fragt sie.

„Nein, es ist ein Auftrag in der Nähe. Security für irgendeine Firma. Warum?"

Sie kaut auf ihrer Unterlippe herum. „Ich mache mir um Tabitha Sorgen. Sie geht nicht an ihr Handy. Das ist nicht ungewöhnlich, aber ich dachte, sie würde an Weihnachten anrufen, und wir haben noch immer nichts von ihr gehört."

„Sie ist allein gereist, stimmt's?" Ich könnte mir in den Arsch treten. Wir hätten ihr Auto mit einem Peilsender versehen sollen.

„Sie ist ein Freigeist. Sie verschwindet manchmal längere Zeit von der Bildfläche, dieses Mal habe ich einfach ein komisches Gefühl."

Adeles Furcht trifft meine Sinne mit einem eisigen Stoß. „Okay, Hübsche. Ich werde die Jungs sofort nach ihr suchen lassen." Ich ziehe mein Handy heraus und tippe augenblicklich eine Nachricht an Channing. Beim Schreiben informiere ich Adele: „Wir werden als Erstes schauen, ob wir ihr Handy und ihren Standort finden können. Wenn wir sie gefunden haben, werden wir ihr einen Besuch abstatten, um sicherzugehen, dass es ihr gut geht."

Nachdem die Nachricht verschickt ist, stecke ich das Handy wieder in meine Tasche. „Wir werden sie finden", verspreche ich und streichle beruhigend mit einer Hand ihren Rücken hinab, bis sich ihre Furcht in einer Lavendelwolke auflöst.

„Dankeschön." Sie lehnt sich an mich und wackelt mit den Augenbrauen. „Jetzt zeig mir, was genau du zum Mittagessen willst. Egal, wonach du dich sehnst, ich bin mir sicher, ich kann deinen Wunsch erfüllen."

*Tabitha*

*Ich bin in einem dunklen, widerhallenden Raum, der mit einem warmen und rauchigen Geruch gefüllt ist.*

*Mein Fuß rutscht auf etwas wie Schotter aus. Glatt und klirrend. Ich strecke die Hand aus, um mich abzufangen, und berühre eine Wand aus heißem Stein.*

*Vor mir ist ein Glühen. Ich schiebe mich an der Wand entlang vorwärts und lasse meine Hand über die warmen Wandfliesen gleiten. Ich befinde mich in einer nach Rauch duftenden Wolke, die mit Weihrauch angereichert ist. Ich trage die Bluse und den Rock, die außerhalb dieses Traums nicht mehr existieren – es ist das Outfit, das mir Gabriel vom Körper geschnitten hat.*

*Mein Fuß rutscht auf den Steinbergen aus. Der Schotter unter meinen Füßen ist rund und klirrt wie… Münzen. Eine Hand an die Wand gestützt, greife ich nach unten und berühre die Münzen. Ich lasse einige zwischen meinen Fingern hindurch gleiten und atme ihren metallischen Geruch ein. Meine nächste Handvoll enthält einige Klumpen, die so glatt wie polierte Steine sind. Wertvolle Edelsteine?*

*Die Wand… bewegt sich. Das Glühen flutet den Raum und beleuchtet das Gold und die Juwelen, die zu meinen Füßen funkeln.*

*Ich befinde mich einem schuppigen Kopf gegenüber. Dunkle Augen so groß wie mein Kopf glitzern wie geschliffene Diamanten. Rauch strömt aus den Nüstern des Wesens. Die grauen Schwaden wirbeln um mich herum.*

*Eigentlich würde ich fallen, doch der schuppige Körper des Drachen ist hinter mir zusammengeringelt und stützt mich.*

*Trotzdem habe ich keine Angst. Das hier ist immerhin ein Traum.*

*„Was für ein Ort ist das?" Ich spreche nicht laut, denn in einem Traum spricht man nicht laut. Die Kommunikation geht leise vonstatten und die Worte verlassen meinen Kopf, sowie ich sie denke.*

Mein. Schatz. *Der Drache spricht in Gedanken mit mir. Ich verstehe ihn perfekt.*

*Ich bücke mich und hebe noch eine Goldmünze auf. Diese ist riesig, schwer und uralt.*

Dein, *informiert mich der Drache.* Gefährtin.

*Natürlich. Es ergibt alles Sinn. Ich fühle mich wohl, bin befriedigt und ruhe mich mit dem Drachen in seiner dunklen Höhle aus.*

*Der rauchige, würzige Geruch ist jetzt intensiver. Es ist wie der konzentrierte Geruch, der von Gabriels Haut ausgeht. Es ist kein Eau de Cologne, wie ich zuerst dachte. Aber wenn wir es in Flaschen füllen könnten, würden wir ein Vermögen verdienen. Pures, flüssiges Verlangen.*

*Der Drache hebt den Kopf, dreht ihn und bläst Feuer. Flammen erhellen den Raum und als der Drache den Kopf wieder senkt, brennt eine riesige Hängelampe über uns. Schatten tanzen über den Drachen und den höhlenartigen Raum. Berge aus Münzen sind um uns herum angehäuft, von denen manche mehrere Stockwerke hoch sind. Jeder Hügel ist mit bunten Edelsteinen besetzt. Smaragde und Rubine funkeln rot und grün wie Weihnachtslichter auf einem Goldmünzenbaum.*

*Die Drachenschuppen sind rot und golden und haben die Farbe flackernder Flammen. Ein schuppiger Fuß, der neben mir platziert ist, wird von einer schimmernden Goldmanschette umschlossen.*

Oh nein. *Ich deute auf die Klaue des Drachen.* Er hat dich auch gefesselt. *Ich hebe mein Handgelenk, um dem Drachen meine Manschetten zu zeigen, doch in meinem Traum sind meine Handgelenke nackt. Ich bin frei.*

*Das Grollen des Drachen erschüttert die Berge aus Schätzen. Einige Münzen kullern nach unten und drohen, eine Lawine auszulösen.*

Immer mit der Ruhe. *Ich schwanke, als die Höhle unter dem Erdbeben erzittert, das der Drache verursacht hat. Rauch kringelt sich um meine Knöchel. Das Biest bläst einen Luftschwall aus, der meinen Rock nach hinten weht.*

Es tut mir leid, Kumpel. *Ich strecke die Hand aus und berühre den schuppigen Kopf. Reptilien sind kaltblütig und Drachen ebenfalls, aber die Schuppen fühlen sich warm an. Der Drache hat in seinem Bauch versteckte Feuer geschürt.*

Es ist okay, Drachenfreund. Wir stecken jetzt gemeinsam in dieser Sache.

*Der Drache blinzelt. Und dann…*

*Ich sitze auf einem Fenstersims im Turm und meine Beine baumeln über die Burgmauer. Ich habe keine Angst davor, zu fallen.*

*Ich stecke nicht mehr in dem Bauernrock − dem Rock, den Gabriel aufgeschnitten hat, bevor er mich mit Orgasmen gequält hat. Ich trage eine weiche Jogginghose, die sich ein wenig wie eine Pluderhose aufbläht.*

*Ich senke mich auf den Sims. Ich muss nicht hinschauen. Ich weiß, dass er für mich da sein wird. Ich befinde mich auf einer steinernen Brustwehr, einem Schutzwall zwischen einer inneren und äußeren Burgmauer. Die Brustwehr verläuft in einer langen, sanften Schräge entlang einer Mauer bis hinab zum Boden. In alten Zeiten war die Brustwehr ein Ort, von dem die Soldaten Dinge auf die Köpfe der Feinde fallen lassen konnten, die sie belagerten. Für mich ist es eine Fluchtmöglichkeit.*

*Der Wind peitscht in meine Haare und zerrt an den Falten der Pluderhose. Ich laufe die Burgmauer entlang, wobei meine Hand die Zinnen streift, die wie scharfkantige Zähne aus der äußeren Mauer emporragen. Hinter der Burgmauer ist der blaue Himmel zu sehen. Stellenweise ist die Brustwehr weggebröckelt und es befindet sich nichts zwischen mir und einem Sturz über mehrere Stockwerke von einer Felswand. Doch ich bin ziemlich zuversichtlich bezüglich der Breite der Brustwehr. Jenseits der Burgmauern ist der Befestigungswall als ein steiler, abfallender Pfad zu erkennen, der zum Boden führt. Ich laufe wie eine Turnerin auf einem Schwebebalken. Es gibt einige Stellen, die vereist sind, doch meine Füße und meine Schritte sind sicher.*

*Der Pfad führt geradewegs hinab in den Mund einer Höhle. Rauch steigt in silbernen Wolken aus dem dunklen Maul der Höhle wie aus Aladdins magischer Höhle.*

*Dort wartet der Drache. Seine roten und goldenen Schuppen schimmern im Licht. Manchmal reflektieren die Schuppen nur den blauen Himmel oder die Steine. Es ist eine Tarnung, durch die Teile von ihm praktisch unsichtbar sind.*

Danke, *sage ich zu dem Drachen. Ich drehe mich um und wandere wieder den Weg entlang, den ich hergekommen bin, bis ich das offene Fenster erreiche und in die Burg klettere. Rechts von mir ist eine Ritterrüstung. Unter dem geöffneten Fenster steht eine Bank. Ich lasse mich darauf fallen.*

ALS ICH DIE AUGEN AUFSCHLAGE, bin ich wieder in meinem Schlafzimmer – dem Zimmer, in dem ich mich befand, als ich das erste Mal in der Burg aufwachte. Ich bin allein in dem Bett. Gabriel hat die Nacht nicht bei mir verbracht, aber mein Körper ist wund von der Wonne, die er mir bereitet hat.

Ich strecke meine Arme über die Decke. Goldene Ringe funkeln an meinen Handgelenken. Gabriel hat mich wie den Drachen in meinem Traum gefesselt. *Mein Traum…*

Ich keuche. Es ist so offensichtlich. *Wieso habe ich das gestern Abend nicht verstanden?*

Gabriel ist kein Wolfgestaltwandler, wie ich gestern Abend angenommen habe, als er mir von Rafe und Deke und Lance erzählte.

*Gabriel ist der Drache!*

Überall in dieser Burg sind Drachen – wieso bin ich nicht darauf gekommen? Ich denke an seine merkwürdigen Augen – daran, wie sich die Pupillen zu vertikalen Schlitzen verändern. Ich dachte, dass es eine optische Täuschung wäre, doch jetzt verstehe ich, was ich sah.

Meine Gedanken wenden sich unserer ersten Begegnung vor all diesen Jahren zu. Das Wasser war so warm, dass es dampfte, obwohl es keine bekannten Thermalquellen in der Gegend gab. Und dann der Sturm... Hätten seine Flügel diesen verursachen können?

Der Traum ist mir noch im Gedächtnis und vollständig wie eine frische Erinnerung. Es war nicht nur ein Traum. Es war eine Vision. Ich hatte seit langer Zeit keine mehr.

Als ich ein Kind war, hatte ich regelmäßig Visionen. Ich platzte damit heraus, was ich sah, ohne darüber nachzudenken. Bis zu dem Tag, an dem ich die beste Freundin meiner Mom fragte, warum ihr Mann gerne so viele Frauen ohne seine Kleider umarmt.

Sie begann, zu weinen. „Ich wusste, dass er mich betrügt!"

Meine Mom war aufgebracht. Nachdem ihre Freundin gegangen war, musste ich mir stundenlang anhören, wie sehr ich andere verstören würde und wie unhöflich es sei, ohne deren Erlaubnis in ihre Leben und Köpfe zu schauen. Ich hatte das ganze Wochenende Hausarrest und verpasste die Geburtstagsparty meiner Freundin.

Das war der Tag, an dem ich lernte, keinen Piep über meine Visionen zu verlieren. Ich konnte sie nicht am Erscheinen hindern, aber ignorieren. Irgendwann hatte ich sie nicht mehr so häufig.

Die Auren von Leuten zu sehen und empfänglich für ihre Energie zu sein, ist ermüdend. Deswegen arbeite ich auch nicht lange im gleichen Job. Ganz gleich, wie begeistert ich am Anfang von einem Arbeitsumfeld bin, die Energien von allen, die mit einander kollidieren, neigen dazu, mich zu ersticken. Die gehässigen Streitereien, die Revierkämpfe, die Belästigungen und der Unmut stauen sich an, bis sie mich überwältigen.

Deswegen muss ich sogar regelmäßig von meinen Freundinnen weg. Ich muss allein in weiten, offenen

Gebieten sein, damit ich meiner Energie erlauben kann, sich auszudehnen. Normalerweise halte ich sie fest unter Verschluss.

Dieser Ort ist anders. Die Burg hat eine entspannende Leere an sich. Meine Energie füllt die langen, widerhallenden Korridore. Der Knoten in meiner Brust lockert sich, als könnte ich nach Jahren, in denen ich die Luft angehalten habe, wieder atmen.

Dann geht mir ein Licht auf. Ich bin die holde Maid aus den Geschichten. Diejenige, die sich der Drache schnappt und zu seiner Höhle transportiert. Diejenige, die Ritter mit ihren lächerlichen Schwertern zu retten versuchen, die einem mächtigen, feuerspuckenden Drachen nicht gewachsen sind.

Gabriel hat mich hierhergebracht und er hegt keinerlei Absicht, mich gehen zu lassen.

Er denkt, ich sei seine Gefährtin.

Er kommt mir zwar nicht verrückt vor, aber ich bin mir auch sicher, dass sich die Regeln, anhand der er handelt, von denen unterscheiden, nach denen ich lebe. Du weißt schon, so etwas, wie einer Frau ihren eigenen freien Willen zu lassen. Sie nicht über das Meer zu einer Burg in Transsilvanien zu fliegen, um sie zu umwerben.

Andererseits gehören zu seinem Stil des Werbens auch andere Methoden, gegen die ich gestern Nacht nicht viel auszusetzen hatte…

Ich rolle unter der Decke hervor und bemerke, dass ein Outfit auf dem Bett liegt. Ein bauchfreies Oberteil und eine lockere Hose. Da ich eine moderne Frau bin, die es vorzieht, sich selbst anzukleiden, lasse ich das Outfit liegen und suche mir selbst eines aus den wundervollen Schränken aus. Ich muss zugeben, dass er wirklich gut für mich eingekauft hat. Alles ist in meiner Größe und nach meinem Geschmack. Er hat sich auf jeden Fall große

Mühe gegeben. Ich entscheide mich für einen schlabbrigen, pflaumenfarbigen Pullover mit einem Ausschnitt, der über eine Schulter hängt, und eine teure, butterweiche Leggings.

Anschließend gehe ich zum Bad und wasche mich, wobei ich alles finde, was ich dort brauchen könnte – eine Bürste, Hautpflegeprodukte, Makeup, Zahnpasta und Zahnseide. Ich fahre mit einer Bürste durch meine Haare.

Ich bin bereit, mit einer Haarnadel das Schloss zu knacken, doch die massive Schlafzimmertür schwingt bei meiner Berührung auf. Ich betrete den Gang. Ich muss den Grundriss der Burg kennenlernen. Viel wichtiger ist, dass ich ein Handy in die Hände bekomme, damit ich Rafe anrufen kann, sodass er herkommen und mich retten kann.

Ich beginne, in eine Richtung durch den Gang zu laufen, dann ändere ich meine Meinung und drehe wieder um, woraufhin ich keuche.

Die hochgewachsene, dünne und schmerzhaft korrekte Gestalt von Buttons steht am Ende des Korridors.

„Suchen Sie nach etwas, Ma'am?"

„Nein." Ich klinge atemlos, weshalb ich die Schultern straffe und schnaube. „Nein", erwidere ich mit mehr Souveränität. Mein Magen knurrt so laut, dass wir beide erschrecken.

*Perfektes Timing.* „Tatsächlich wäre ein Frühstück gut." Ich kann meine Wanderlust auf den Hunger schieben.

„Ja, selbstverständlich", sagt er. „Ich wollte Sie gerade abholen."

„Okay." Interessant.

„Wo ist Gabriel?"

„Herr Gabriel hat Geschäfte, die seine Aufmerksamkeit erfordern. Er hat mir jedoch aufgetragen, Ihnen auszurichten, dass er sich Ihnen zum Mittagessen anschließen wird."

Oh um Himmels willen. Tun wir etwa so, als sei ich hier keine Gefangene?

Ich teste diese Theorie. „Können Sie mir vor dem Frühstück ein Telefon geben? Ich muss mich bei meiner Mutter melden. Sie wird sich Sorgen um mich machen."

Buttons besitzt den Anstand, zerknirscht auszusehen. „Ich fürchte, diese Angelegenheit müssen Sie mit Herr Dieter besprechen."

Richtig. Das hatte ich mir gedacht.

„Ich dachte, dass ich Ihnen nach dem Frühstück die Bibliothek zeigen könnte, da mir der Herr erzählt hat, dass sie Ihnen gefallen hat."

Okay, ich werde das Spiel mitspielen. „Das klingt nett."

Als ich ihm einen Blick zuwerfe, leuchtet die Aura um seine schmale Statur in einem einladenden Rosa und Lila. Die Farben eines Sonnenuntergangs. Buttons kann nicht bösartig sein. Die Leute, die ich kennengelernt habe, die keine netten Menschen sind, haben matschige Auren aus Schwarz und Braun und Grau. Manchmal liegt auch ein roter Schleier um ihre Köpfe, der ihre Wut anzeigt. Buttons Aura zeigt eine Person mit einem großen Herz.

„Möchten Sie lieber in Ihrem Zimmer oder im Esszimmer speisen?"

„Nicht in meinem Zimmer", antworte ich rasch. Ich denke nicht, dass es absurd ist, dass ich befürchte, dort eingesperrt zu werden.

„Sehr schön." Er streckt eine Hand aus. „Wollen wir?"

Er führt mich mühelos durch das Labyrinth aus Gängen und zu einem Aufzug.

„Heißen Sie wirklich Buttons?", frage ich.

„Ja", bestätigt er. „Es ist der Fluch aller Buttons, dass ihr Name wie eine Figur aus einem Kinderbuch klingt."

Ich schaue zur Seite, um ein Grinsen zu verbergen.

Wenn ich ihn etwas besser kenne, kann ich ihn womöglich fragen, ob ich seinen Vornamen benutzen darf.

Die Tür öffnet sich und er wartet darauf, dass ich als Erste aussteige. Vor mir befindet sich das prächtige Esszimmer mit dem langen Tisch und einem einzigen Stuhl. Ich zögere.

„Stimmt etwas nicht, Madam?"

„Ich will etwas essen, aber das Esszimmer ist so formell."

Buttons lächelt leicht und drückt auf einen Knopf, sodass sich die Aufzugtür schließt. Die Farben seiner Aura werden sogar noch wärmer. „Ich verstehe und ich kenne genau den richtigen Ort, an dem Sie sich vielleicht wohler fühlen werden."

Der Aufzug sinkt noch ein Stockwerk und öffnet sich am Fuß einer schlichten Treppe und eines Flurs, der in ein gewöhnliches Haus passen würde. Dort gibt es keinen roten Teppich und keine goldgerahmten Wandpaneele wie in den prächtigen Zimmern oben. Das hier ist ein Moment aus ‚Das Haus am Eaton Place', außer Mr. Buttons ist tatsächlich ein Serienmörder und sein niedlicher Name verschleiert seine wahnsinnigen Absichten.

Ich hole tief Luft, um mich zu beruhigen, als ich vor Buttons den Aufzug verlasse. Opernmusik schwebt durch den Gang. Jemand singt dazu in einer grellen Stimme, die leicht schief ist.

Ich werfe Buttons einen neugierigen Blick zu und er neigt den Kopf, damit ich weiterlaufe. Er hat einen liebevollen Gesichtsausdruck aufgesetzt.

Das Ende des Flurs verbreitet sich zu einer großen, gewölbten Tür. Licht ergießt sich auf unsere Füße und der Geruch aufgehenden Brotes steigt mir in die Nase.

„*Ooh*." Ich schreite nach vorne in den warmen Raum. Er hat einen Steinboden und eine massive Kücheninsel.

Nicht einmal die riesigen Edelstahlgeräte lenken von seinem altertümlichen Charme ab. An den Wänden sind bunte Fliesenmosaike. In dem Raum könnten ein Dutzend Leute Platz finden, trotzdem fühlt er sich niedlich und gemütlich an. In polnischen Keramikvasen, die zu den Wandfliesen passen, befinden sich Blumensträuße. Das Muster ist blau und weiß, allerdings auch mit ein wenig rot und gelb versetzt.

Ein kleiner Mann mit braunen Korkenzieherlocken, die unter seiner großen weißen Kochmütze hervorlugen, beugt sich über einen Ofen. Er ist derjenige, der zu Pavarotti mitsingt. Seine Stimme hebt sich zu einem Crescendo.

Die Aura des Kochs ist ein funkelndes Gelb mit einem Hauch Rosa. Buttons beobachtet ihn beinahe liebevoll. Der Ausdruck unterscheidet sich so stark von seinem ansonsten steifen Auftreten, dass es mich vollkommen verwirrt.

Als die Musik erstirbt, räuspert sich Buttons.

Der kleinere Mann wirbelt herum, wobei seine Locken in diese und jene Richtung fliegen. Italienisch strömt aus seinem Mund. Ich fange nur einige Worte auf – *mio cuore, mein Herz,* und *non dovresti, du solltest nicht.*

„Koch Giampi", sagt Buttons in einer Stimme, die um einiges entspannter als sein üblicher steifer Tonfall ist. „Darf ich dir Miss…"

„Bitte nennen Sie mich einfach Tabitha", unterbreche ich ihn.

„Ah ja." Koch Giampi betrachtet mich, als wäre ich seine verschollen geglaubte Schwester. Er eilt zu mir, verbeugt sich, nimmt meine Hand und küsst sie. „Es ist mir eine Freude, dich kennenzulernen. Was führt dich heute in meine Küche?"

Mein Magen tritt dem Gespräch bei, indem er so laut knurrt, dass er sogar über die ersten Töne von *Nessun dorma* zu hören ist. Koch Giampi rennt weg, um einen mehligen Finger auf die Musikanlage zu drücken. Die Musik verstummt zu einem kaum hörbaren Summen.

„*La colazione?*" Der Koch öffnet den Ofen und der Geruch einer hefigen Mischung aus Teig und Zimtzucker schlägt mir entgegen. Mein Magen brüllt.

„Ja." Buttons führt mich zu einem Hocker an der Kücheninsel. „Die Dame hat Hunger. Ich werde einen Tee kochen."

Giampi hastet umher, wedelt mit Geschirrtüchern und öffnet und schließt Schränke. Buttons arbeitet methodischer, öffnet einen Kühlschrank und stellt eine Schüssel mit frischen Feigen vor mich.

„Fangen Sie mit diesen an", sagt er und macht sich an einer roten Teekanne zu schaffen.

Ich nehme mir eine Feige und stecke sie mir in den Mund, um die Bestie in meinem Bauch zu besänftigen. Dann komme ich mir jedoch unhöflich vor. „Ich will Sie nicht stören. Falls es zu viel Mühe ist…"

„Nein, keine Mühe!", ruft Giampi. Er ist auf der anderen Seite der Kücheninsel und verschwindet halb in einer Mehlwolke. „Ich mache Ihnen *sfogliatella*, so wie es mir meine Nonna beigebracht hat. Sie werden denken, Sie wären von einem Engel geküsst worden."

*Sfogliatelle* ist eine Teigtasche, ein dekadentes Gebäck gefüllt mit einer Creme. „Ich brauche wirklich nicht…"

„Erlauben Sie ihm, für Sie zu backen", rät mir Buttons. Er stellt ein komplettes Teegeschirr vor mich: einen kleinen Milchkrug, eine Schale mit Zucker, eine robuste Teetasse mit einem passenden Unterteller. Sämtliche Töpferwaren haben das gleiche Muster wie die Vasen und Wände. „Das Gebäck wird nicht verschwendet werden. Es gibt hier eine Menge Soldaten, die es essen werden."

„Soldaten?"

„Oh ja. Herr Dieter hat dem Personal großzügiger-
weise einen Monat über die Weihnachtstage freigegeben,
aber seine Söldner sind noch hier." Er schnaubt, als würde
er das nicht gutheißen.

*Söldner?* Vielleicht habe ich sie gehört, als ich zu fliehen
versuchte. Patrouillierende Soldaten.

„Wirklich?"

„Ja. Vielleicht haben Sie sie im Hof trainieren sehen?"

„Ähm, nein. Ich bin nicht viel aus meinem Zimmer
gekommen…"

„Deswegen wollte ich Sie holen. Es besteht kein Grund,
dass Sie in Ihrem Zimmer eingesperrt sein müssen, außer
Sie möchten Sich ausruhen."

„Oh nein, ich bin gut erholt."

„Dann brauchen Sie genau das hier. Wir genießen die
Gesellschaft."

„Dankeschön. Ich wollte wirklich nicht allein im
Esszimmer essen. Ich meine, wer tut das?" Ich rümpfe die
Nase.

„*Il Senore* zieht es vor, *solo* zu essen", antwortet Giampi.

„*Il Senore* ist Herr Dieter", erklärt Buttons. Die zwei
passieren sich in einem geübten Tanz. Als sie einander
nahe sind, ändern sich ihre beiden Auren zu rosa und
vermischen sich nahtlos miteinander. Rosa ist eine Herz-
Chakra-Energie. Liebe.

Ich muss aufhören, sie anzustarren. „Nun, ich bin nicht
er", erwidere ich und schüttle die Serviette aus, die Buttons
zusammen mit einem Teller und Besteck an meine Seite
gelegt hat. „Wo ist er überhaupt?"

„Er ist in seinem Büro. Er musste sich um einige
Geschäfte kümmern", antwortet Buttons. „Er hat auf der
ganzen Welt Besitztümer."

„Wirklich?" Vielleicht kann ich diese zwei reizenden
Personen dazu bringen, mir mehr über die Gewohnheiten

meines Entführers zu verraten. Ich kann herausfinden, wie ich sie gegen ihn verwenden und fliehen kann. „Bitte erzählen Sie mir mehr." Ich stütze das Kinn auf meine Hand. „Ich will alles wissen."

*GABRIEL*

Den ganzen Morgen von Tabitha getrennt zu sein, ist eine Qual. Trotzdem sage ich mir, dass es das ist, was sie braucht. Ich kann sie nicht erdrücken oder überwältigen. Sie wird Zeit und Raum brauchen, um sich an ihre neue Umgebung zu gewöhnen. An ihr neues Leben mit mir.

Mithilfe der Peilsender, die ich in ihren Handgelenks-manschetten anbringen ließ, überprüfe ich ihren Standort auf meinem Handy, nachdem ich das Meeting beendet habe. Hm. Sie ist in der Küche.

Das ist ein merkwürdiger Aufenthaltsort für die Dame der Burg. Ich meine, ich brauche es nicht, dass sie sich um die Küche kümmert. Sie wird wunderbar von meinem Koch und Buttons geführt. Obwohl kein Grund zu der Annahme besteht, dass etwas nicht stimmt, bemerke ich, dass sich meine Schritte beschleunigen, als ich mich auf den Weg zur Burgküche mache.

Dort werde ich von dem überrascht, was ich vorfinde.

Meine Braut sitzt mit meinem Butler und Koch an dem großen Holztisch.

Ich räuspere mich, woraufhin Buttons und Giampi beide auf die Füße springen.

„Herr Dieter, Sie sind zurückgekehrt", sagt Buttons.

„Das bin ich." Mein Blick liegt auf Tabitha, die sich auf ihrem Platz gedreht hat, um zu mir zu schauen. Ihr Gesicht ist voller Freude. Sie ist entspannter, als ich sie seit ihrer Ankunft gesehen habe, und sie hat ein reizendes

Lächeln aufgesetzt, das leicht verrutscht, als sie mich entdeckt. Vielleicht weil ich eine finstere Miene mache.

Das sieht mir nicht ähnlich. Normalerweise lasse ich nicht zu, dass sich Emotionen auf meinem Gesicht abzeichnen. Normalerweise empfinde ich keine Emotionen. „Warum isst du in der Küche?", frage ich.

Sie wedelt abweisend mit der Hand. „Dein Esszimmer ist viel zu förmlich. Das hier ist mir lieber."

Sie isst lieber… mit meinen Bediensteten?

Ich versuche, den Kloß der Eifersucht zu schlucken, der in meiner Kehle feststeckt. Sie hat bestimmt kein Interesse an den beiden Männern. Sie sind ein Paar. Sie suchen nicht bei Frauen nach Aufmerksamkeit.

Mein Gehirn ringt darum, herauszufinden, was sie ihr geboten haben könnten, das sie zum Lächeln bringt und das mein Esszimmer und ich ihr nicht gaben.

Ich zwinge mich zu einem ruhigen Auftreten. „Ich verstehe. Wirst du mit mir in die Bibliothek gehen?"

Zu meiner Erleichterung erhebt sie sich. „Ja. Wir haben einiges zu besprechen", verkündet sie.

„Was immer du möchtest, mein Schatz", sage ich und nehme ihre Hand, als sie sich nähert. Sie zieht sie zurück und ich verlagere meine Hand auf ihr Kreuz, womit ich sie hinaus in den Gang und in Richtung der Bibliothek führe.

„Was ich möchte, ist, zu gehen", erklärt sie steif und das Herz rutscht mir in die Hose.

„Ich fürchte, das ist keine Möglichkeit, mein Schatz", antworte ich ruhig. Ich muss den Hitzeschwall vom inneren Feuer meines Drachen unterdrücken, der hervorzubrechen droht.

„Du kannst mich hier nicht als deine Gefangene festhalten."

„Tabitha, du bist nicht meine Gefangene. Du bist

meine Gefährtin. Die Königin dieser Burg. Geboren, um an meiner Seite zu regieren."

„Eilmeldung, ich bin nicht irgendeine holde Maid, die du verschleppen und in deinem Turm festhalten kannst. Meine Ritter werden kommen, um mich zu retten."

Dampf steigt aus meinen Nüstern und ich wende den Kopf ab, damit sie es nicht sieht. „Beziehst du dich auf deine Wölfe?", frage ich, als ich mich wieder im Griff habe.

„Ja."

„Ich bin mir sicher, sie werden es versuchen, aber sie werden keinen Erfolg haben." Verflucht. Ich wollte nicht, dass unser Gespräch so verläuft. Überhaupt nicht. Ich will nicht, dass sich Tabitha wie eine Gefangene fühlt. Allerdings kann ich sie auf keinen Fall gehen lassen. Ein Drache gibt seinen Schatz niemals auf. Vor allem keine Gefährtin. Und ihr Schutz beschäftigt mich bereits stark, obwohl sie hier in meiner Burg beschützt wird.

Ich habe schon einmal eine Gefährtin verloren.

Ich werde sie nicht noch einmal verlieren.

Sie reckt ihr reizendes Kinn. „Ich weiß, was du bist."

„Ah. Ich habe mich gefragt, wann du dahinterkommen würdest. Hat Buttons es dir erzählt?"

Wir erreichen die Bibliothek und ich führe sie zu einem Sessel vor dem Feuer. Begeistert betrachte ich, wie elegant und anmutig sie aussieht, als sie sich auf den Polstersessel setzt. Sie zieht die Beine an ihre Seite und ihre Haare fallen über ihre nackte Schulter. Sie ist wirklich umwerfend.

„Ich hatte einen Traum."

Ich beuge mich nach vorne und richte meinen Blick auf sie. „Hattest du das? Was hast du gesehen?"

Sie legt den Kopf schief und betrachtet mich. „Da war

ein Drache in einer Höhle. Er trug goldene Manschetten wie ich." Sie hält ihre Handgelenke hoch.

Ich atme scharf durch meine Nase ein und spüre, wie sich mein Drache wütend in mir regt. Halte ich ihn in Manschetten fest?

Vielleicht tue ich das.

Aus gutem Grund. Wenn er freigelassen wird, randaliert er. Vor allem, wenn es um unsere Gefährtin geht.

Vor kurzem hat er das Drogenkartell in New Mexico verbrannt, das Adele bedroht hatte, die ich damals für meine Gefährtin hielt, weil sie Tabithas Schal trug.

„Du hast meine andere Gestalt gesehen."

Sie wirkt nicht verängstigt. Nicht so wie in dem Moment, als ich sie in New Mexico abholte und sie bei meinem Anblick in Ohnmacht fiel. „Ich habe sie gesehen."

„Hat er… mit dir gesprochen?"

Mein Drache hat früher mit mir gesprochen. Seine animalischen Dränge und Sehnsüchte waren in meinem Verstand, selbst wenn ich in dieser Gestalt war. Das tut er jedoch nicht mehr. Jetzt fühle ich bloß seinen Schmerz. Seinen Groll.

So wie er sicherlich meinen spürt.

„Ja. Er hat in meinen Gedanken mit mir gesprochen."

Ein Kloß bildet sich in meiner Kehle. Zu wissen, dass Tabitha und meine Drachenseite sich angefreundet haben, heilt mich und zerreißt mich zugleich. Es zerreißt mich, weil diese Seite von mir nach wie vor so weit entfernt von den beiden ist.

„Was hat er dir erzählt?"

Sie zögert einen Augenblick. „Er hat mir seinen Schatz gezeigt."

Meine Lippen biegen sich nach oben. Natürlich hat er das getan. „Ah, ja. Wir Drachen lieben unsere Schätze."

„Mir ist dein Schatz egal", sagt sie mit dem Hauch einer Herausforderung.

„Ja, das sehe ich allmählich. Aber mir stehen andere Arten zur Verfügung, dich zum Bleiben zu überreden."

„Also *überredest* du mich? Denn ich habe nicht das Gefühl, als hätte ich hier eine Wahlmöglichkeit."

*Verflucht.* Normalerweise hätte ich mir im Voraus Handlungen und Gegenhandlungen überlegt, doch bei Tabitha fühlt sich alles falsch an. *Sie* fühlt sich richtig an. Mit ihr zusammen zu sein, fühlt sich wie eine Erfüllung an, aber es bereitet mir keine Freude, sie zu überlisten oder festzuhalten.

Sie ist meine Gefährtin. Ich will, dass sie freiwillig hier ist.

Und dennoch ist es mir absolut unmöglich, sie gehen zu lassen.

„Es ist erst ein Tag vergangen, mein Schatz. Gib uns Zeit, damit wir uns aneinander gewöhnen können. Du wirst mich lieben lernen, da bin ich mir sicher."

Wut blitzt in ihren hellgrünen Augen auf. „Ich verstehe."

Sie wehrt sich noch immer, aber ich kann geduldig sein. Sie wird mich akzeptieren lernen und mein Heim als ihr eigenes betrachten. Wie alle Bräute, die in ein neues Land gebracht werden, wird sie ihren Ehemann lieben lernen und ihn mit Nachwuchs und ihrem süßen Gehorsam ehren.

„Wie alt bist du?", will sie wissen und wechselt das Thema.

„Alt. Drachen leben eine lange Zeit."

„Sag es mir einfach Pi mal Daumen."

Meine Stirn runzelt sich bei der Frage. Ich weiß nicht, worauf sich dieses Pi mal Daumen bezieht.

„Schätze es", erklärt sie. „Du musst wirklich deine Sprache auf den neuesten Stand bringen, Drache."

„Welches Kalendarium? Gregorianisch oder julianisch?"

Tabitha kräuselt ihre niedliche Nase, als würde sie versuchen, sich an ihren Geschichtsunterricht zu erinnern. „Der julianische Kalender wird seit dem Mittelalter nicht mehr benutzt."

Ich halte ihren Blick und sie atmet scharf ein. „Willst du mir sagen, dass es dich schon seit vor der Renaissance gibt?"

„Ja. Ich habe sogar daran teilgenommen."

Sie verdeckt die Augen mit einer Hand.

„Tabitha?"

„Ich brauche eine Minute. Das nenne ich mal einen gewaltigen Altersunterschied. Kein Wunder, dass deine Einstellung mittelalterlich ist."

Ich warte schweigend, bis sie ihre Hand senkt. Daraufhin nehme ich sie in meine. Sie betrachtet unsere ineinander verschränkten Hände. Dieses Mal weicht sie nicht zurück. Zwischen uns besteht eine elektrische Strömung, die unter meiner Haut knistert. Sie kann die Anziehung zwischen uns nicht bekämpfen. Die Pheromone sind zu stark.

Ihr Körper kennt seinen Meister.

„Du bist ein Relikt", sagt sie. „Deswegen verstehst du meine Anspielungen auf die Popkultur nicht."

„Du kannst es mir beibringen", biete ich an. „Ich bin bewandert in vielen Sprachen. Ich kann die neuen Worte lernen, von denen du sprichst."

„Was für eine Sprache hast du gestern Abend gesprochen? Nachdem du dich mit mir hingelegt hattest?"

„Es war ein Dialekt, der für das moderne Zeitalter längst verloren ist. Die Sprache der Drachen."

„Wirklich? Wow."

„Wenn wir vollständig verpaart sind, verstehst du sie womöglich."

*Wenn ich meinen Drachen genug kontrollieren kann, damit er sie auf sichere Art und Weise beansprucht.*

„Im Ernst? Wie funktioniert das?"

„Du wirkst ziemlich sensibel. Du besitzt übersinnliche Fähigkeiten, oder?"

Sie errötet, als sei es ein Makel und keine Gabe. „Ja. Meine Mutter hasste es. Sie meinte, ich würde die Leute beschämen, indem ich ihre Geheimnisse kenne."

„Es ist deine Gabe. Und ein Geschenk für mich. Das macht dich zu einer perfekten Partnerin für mich." Ich spiele mit ihren zarten Fingern, untersuche sie und staune darüber, wie klein sie sind.

„Deine Hände sind heiß, als hättest du brennende Kohlen unter deiner Haut."

„Das Feuer brennt immer und ist bereit, hervorzubrechen, wenn Gefahr droht. Es kann gefährlich sein."

Ich hatte nicht vor, das zuzugeben, aber sie ist meine Gefährtin. Mein Schatz. Es könnte sich auf sie auswirken.

„Ich hätte nicht gedacht, dass noch Drachen leben. Natürlich hätte ich auch nicht gedacht, dass Werwölfe existieren. Über Drachen gibt es allerdings auf der ganzen Welt Legenden. Wie den Heiligen Georg, der einen Drachen erschlagen hat."

„Ah ja, Bruce", sage ich. „Er war nicht ganz richtig im Kopf. Er rauchte eine Menge Torfmoos. Er behauptete, es sei gut für seine Gesundheit."

Ich grinse über Tabithas verblüffte Miene und sie schüttelt den Kopf. „Du veräppelst mich doch."

„Veräppeln?" Noch ein unbekannter Ausdruck, dessen Bedeutung ich jedoch erraten kann. „Georg tötete ihn nicht. Er verwundete ihn lediglich."

„Wirklich?"

„Ja." Ich runzle die Stirn. „Aber ich weiß nicht, was mit ihm passiert ist. Vermutlich ist er in einen Sumpf gefallen. Wie die Briten sagen, ein armes Schwein."

Tabitha lacht schnaubend. „Du hast wirklich eine lange Zeit gelebt. Als Nächstes wirst du mir von Grendel erzählen."

„Bring mich bloß nicht dazu, von ihm und seiner Mutter zu erzählen. Oder König *Artus*."

Tabithas Lächeln ist aufrichtig – wie das, welches ich sah, als sie in der Küche war. Sehnt sie sich womöglich bloß nach *dem hier*?

Etwas Konversation?

Das war das Einzige, was Buttons und Giampi ihr gaben.

„Ich muss meine Mutter anrufen", informiert sie mich und zieht ihre wohlgeformten Augenbrauen hoch.

Ich habe mit dieser Bitte gerechnet, dennoch schmerzt es mich mehr, als ich erwartete, sie ihr abzuschlagen. Ich hasse es, meiner Braut irgendetwas zu verwehren. „Zu gegebener Zeit, Tabitha."

„Wann?", bohrt sie unverzagt von meiner Weigerung nach.

„Nachdem du dich hier eingelebt hast."

„Richtig." Sie zieht ihre Hand aus meiner und erhebt sich. „Ich gehe auf mein Zimmer. Ist das erlaubt, Eure königliche Drachen-Hoheit?"

Sie ist gereizt, was verständlich ist.

Ich verstehe sie. „Selbstverständlich, mein Schatz. Ich werde dich dorthin geleiten."

„*Nein*." Sie hält eine Hand hoch, wirft ihre hübschen Locken nach hinten und marschiert aus dem Raum.

Es kostet mich sämtliche Willenskraft, ihr nicht zu folgen. Sie mit einem Arm um ihre Taille zurückzuziehen und an die Wand zu pressen. Sie mit meiner Zunge zwischen ihren Beinen zum Schmelzen zu bringen, wie ich es gestern Nacht tat. Ich könnte ihren Körper so leicht gegen sie verwenden. Ich könnte ihr die Verbindung und das Band zeigen, die wir teilen und die nicht geleugnet werden können. Die nicht gebrochen werden können.

Doch ich muss mich zurückhalten. Ein wenig Zeit – das ist es, was in dieser Situation nötig ist.

Zumindest glaubte ich das.

# 5

## Kapitel Fünf

*Tabitha*

Ich knalle die Tür meines Zimmers zu und tigere dessen Länge auf und ab. Die *Unverschämtheit*, die dieser Kerl besitzt.

Er ist irre.

Nein, nicht irre. Er ist einfach wahrhaftig mittelalterlich. Er hat keine Ahnung, wie verrückt seine Denkweise in der heutigen Zeit ist.

Ein Teil von mir kann ihm das nicht übelnehmen. Der Teil von mir, der von ihm fasziniert ist. Der sich zu seinem teuflisch guten Aussehen und seiner zuvorkommenden Art hingezogen fühlt. Zu der unglaublichen Tatsache, dass er wirklich ein Drache ist!

In mancherlei Hinsicht bin ich bereits in den Drachen verliebt, den ich in meinem Traum gesehen habe.

Aber ich bin nicht die Sorte Frau, die man kaufen

kann. Genauso wenig bin ich eine Frau, die man in einem Käfig halten kann.

Meine Mutter steht zwar auf beide Szenarien, ich allerdings nicht.

Und als ich dort saß und mir seinen Schwachsinn darüber anhörte, dass ich mich an ihn und das Leben hier gewöhnen würde, wurde mir bewusst, dass ich nicht darauf warten muss, dass mich Rafe und die Jungs finden. Zur Hölle, sie wissen wahrscheinlich noch nicht einmal, dass ich in Schwierigkeiten stecke.

Der Drache hat mir in meiner Vision einen Weg aus der Burg gezeigt. Zum ersten Mal seit langer Zeit werde ich auf meine Instinkte hören und meiner Vision erlauben, mich zu führen.

Ich teste das Fenster über der Badewanne, doch es klemmt. *Nicht hier.* Wenn ich den Kopf zur Seite neige, kann ich die Brustwehr beinahe sehen, die sich an die Außenmauer der Burg schmiegt. Von hier kann ich sie nicht erreichen, in meinem Traum kletterte ich allerdings durch ein anderes Fenster. Eines im Gang neben einer Rüstung.

Ich schnappe mir Stiefel und die wärmste Jacke, die ich finden kann. Mich stört die Kälte nicht – meine Freundinnen ziehen mich stets damit auf, dass ich im Schnee Röcke und kurze Oberteile anziehe – aber ein Winter in Rumänien bedeutet eiskalte Temperaturen. Ich füge noch einige weitere Schichten hinzu – einen Wollpullover und ein langärmliges T-Shirt. Eine Daunenskihose über der Leggings. Es kann nicht schaden, mehrere Schichten anzuziehen.

Ich tapse in den vernünftigen Laufstiefeln, die ich für meine Exkursion wählte, in den Gang. Dort biege ich um die Ecke und mir stockt der Atem. Das ist die Stelle – der rote Teppich, die Rüstung, die Bank am Fenster.

Anders als in meinem Traum lässt sich das Fenster nur schwer öffnen und nach außen drücken. Ich ziehe gerade in Erwägung, den Arm der Rüstung abzureißen und damit das Glas einzuschlagen, als das Fensterscharnier quietscht und sich zitternd öffnet.

Es ist recht einfach, auf die Bank zu treten und den Kopf nach draußen zu strecken. Der Wind zerrt an meinen Haaren. Das hier ist viel furchterregender als in meinem Traum, aber es gibt einen Sims, auf den ich klettern kann. Das ist er. Das ist mein Fluchtweg aus der Burg.

Ich habe kein Handy oder meinen Geldbeutel oder meine Handtasche oder irgendetwas. Ich werde entkommen und mir anschließend jemanden suchen müssen, der mir helfen kann. Womöglich spricht derjenige kein Englisch, aber mit den wenigen Worten, die ich auf Deutsch und Niederländisch sagen kann, sowie mit meinem mittelmäßigen Italienisch kann ich mich vielleicht verständlich machen. Wenigstens so weit, dass ich ein Telefonat tätigen kann.

Doch ich bin ein wenig vorschnell. Zuerst muss ich fliehen.

Auf den Sims zu treten, erfordert viel mehr Willenskraft als in meinem Traum. Die kalte Luft fühlt sich wie ein Dolch in meiner Lunge an. Mein Gesicht gefriert im Wind. Eine Windböe könnte mich erfassen und über die Kante wehen. Wäre ich ein Bogenschütze aus alter Zeit, wären diese Arbeitsbedingungen wirklich beschissen. Wie zum Kuckuck haben die Krieger das in der Vergangenheit ertragen?

Ich gehe in die Hocke, während ich mich den eisigen Sims entlang schiebe, wobei ich mich an die Seite der Burg presse. Meine Schritte sind zittrig. Ich muss vorsichtig sein. Ich habe viel größere Höhenangst als in meinem Traum.

„Das ist verrückt", brumme ich mit gefrorenen Lippen.

Es ist beruhigend, Selbstgespräche zu führen, selbst wenn der heulende Wind meine Stimme davonträgt. „Warum klammere ich mich an einem kalten Wintertag an die Seite einer Burg? Oh, du weißt schon, das Übliche. Ein Irrer hat mich entführt, eingesperrt und mir so viele Orgasmen geschenkt, dass ich sie nicht mehr zählen konnte. Dann habe ich von einem Drachen und einer mit Schätzen gefüllten Höhle geträumt, was mir zeigte, wie ich fliehen kann!"

Ich rücke einen Millimeter nach links, die Augen auf den Nebel vor mir gerichtet. Die Burg ist so hoch, dass ich mich buchstäblich in einer Wolke befinde.

„Ein Jammer, dass er mir keinen fliegenden Teppich zum Wegfliegen bereitgestellt hat."

Ich erreiche eine Stelle, an der es keine Zinnen gibt, die mich vor dem Wind oder einem Sturz bewahren. Die Brustwehr ist hier auch noch schmaler. Stücke davon sind weggebrochen. Ich senke mich auf meinen Hintern und rutsche Stein um Stein vorwärts.

Der graue Nebel wabert an mir vorbei und enthüllt zu meiner rechten, viel, viel zu weit unter mir Flecken weißer und brauner Erde. Ich wende den Blick ab, damit ich weiterhin atmen kann.

„Oh, stimmt ja, Drachen brauchen keinen Teppich zum Fliegen. Sie haben Flügel."

Obwohl ich auf meinem Hintern sitze, kann ich zeitweise in den riesigen Burghof sehen. Dort unten sind Leute in schwarzen, militärähnlichen Uniformen, die auf dem Boden wie Ameisen aussehen. Das macht meine eisige Exkursion noch spaßiger. Und mit spaßig meine ich stressig.

Mein Magen grummelt. Ist es noch morgen? Ich hätte nach einer Küche suchen und mir ein paar Müsliriegel mitnehmen sollen. Meine Arme werden schwach.

Im Traum war das hier so viel einfacher. Ich verspürte diese eigenartige schwebende Empfindung, als könnte ich fliegen. Und der Weg nach unten verlief so problemlos. Es war wärmer und der Drache wartete in der Höhle auf mich.

Der Wind ist stärker geworden. Jetzt werde ich zu beiden Seiten von Böen erfasst. Schneeflocken wirbeln um mich herum und lassen mein Gesicht gefrieren. Meine Muskeln sind steif. Ich will mich ausruhen, doch wenn ich mich nicht bewege, werde ich zu Stein erstarren.

Warum hielt ich das hier für eine gute Idee?

Ich schiebe mich Zentimeter für Zentimeter weiter. Die Metallmanschetten, die ich trage, klirren gegen den Stein. Ich kann sie nicht ausziehen, verdammt. Ich versuchte zuvor schon, sie mir von den Armen zu zerren, aber sie sind nahtlos um meine Handgelenke verschweißt.

Wenn ich hier rauskomme, kann ich jemanden suchen, der sie mir abnimmt.

Ich muss weitergehen.

Ich bemühe mich gerade, Atem zu schöpfen, als eine Böe versucht, mich über die Seite zu pusten. Mein Schrei wird von dem pfeifenden Wind geschluckt.

Ich gebe nach, lege mich auf den Bauch und robbe im Militärstil über den eisigen Stein. Noch so eine Böe könnte mich von der Mauerkante schubsen. Würde sie mich nach links fegen, würde ich in den Burghof fallen und mir jeden Knochen im Leib brechen. Nach rechts und ich würde nicht nur mehrere Stockwerke an der Burgmauer hinabstürzen, sondern auch hunderte Meter einen Felsen hinab in die Tiefe fallen.

Nach gefühlten zehn Stunden und einigen furchterregenden Ausrutschern, die mir Jahre meines Lebens rauben, teilt sich der Nebel vor mir und enthüllt das Ende des Simses sowie der Burgmauer. In meinem Traum tanzte ich irgendwie die Brustwehr hinab bis zum Boden. Ich spähe über die niedrige Mauer. Der Boden ist so weit unten, dass Wolken zwischen mir und dem verschneiten Boden treiben. *Auf diesem Weg gehe ich nicht runter.*

Verzweifelt krabble ich noch etwas weiter vorwärts und gelange zu einem offenen Loch. Schneeflocken fallen in die Öffnung und auf die Stufen. *Eine Treppe!*

Ich befinde mich in einer Art Bergfried, der nicht mehr mit dem modernisierten Hauptteil der Burg verbunden ist.

Hastig klettere ich abwärts. Das hier kam im Traum nicht vor, vereinfacht das Ganze jedoch, oder?

Stimmen erklingen in der Nähe. Ich erstarre, mein Fuß trifft auf eine Stufe und die Steine darunter zerbröckeln.

*Vielleicht ist es doch nicht so einfach.*

Es dauert ein Jahr, bis sich die Stimmen entfernen. Ein Jahrhundert, bis ich mein schmerzendes, eiskaltes, schmutziges Selbst von einer uralten Stufe löse und mich auf die nächste senke. Der einzige Laut ist mein ersticktes Atmen und das Klirren meiner goldenen Manschetten an den Steinen. Meine Hände sind steif vor Kälte.

Ein kaltes Licht führt mich zu einer geöffneten Tür. Blütenweißer Schnee wurde einige Meter durch die Tür geweht. Ich nehme etwas davon in meine Hände und verschaffe mir so ein eiskaltes Getränk. Mich im Windschatten haltend, krieche ich zu der steingerahmten Öffnung und schaue nach draußen.

Ich habe es geschafft. Ich habe den Boden erreicht. Ich befinde mich am Fuß der Burg. Draußen wartet allerdings keine magische Höhle oder ein Drache auf mich. Natürlich sind sie nicht da. Es war nur eine Vision. Irgendeine Metapher. Dort, wo in meinem Traum der Höhleneingang war, gibt es nichts außer einem riesigen, schneebedeckten Felsen, der von kleineren Steinhaufen und Schneewehen umgeben ist. Einige Felsbrocken weiter neigt sich der

Boden nach unten und wird zum steilen Abhang eines Berges. Falls ich fliehen will, muss ich einen Pfad finden, der den Berg hinabführt.

Ich könnte einfach hier sitzen bleiben und hoffen, dass Rettung kommt, doch das ist ziemlich unwahrscheinlich. Meine Freunde werden erst wissen, dass ich verschwunden bin, wenn sie mich mehrere Wochen nicht erreichen können. In der Zwischenzeit überwacht Gabriel ihr Zuhause und jede ihrer Bewegungen per Videokamera.

Ich muss fliehen, um wieder frei zu sein und sie zu warnen.

Hinter mir ruft ein Mann einem anderen etwas zu, ihre Stimmen werden jedoch von Wind und Stein gedämpft.

Ich laufe geduckt aus der Tür, woraufhin die Handschellen um meine Handgelenke zu piepen beginnen.

*Scheiße!*

Ich kraxle über die Felsbrocken. Ich muss von hier weg, sonst hört mich noch jemand und fängt an, nach mir zu suchen.

Ich klettere so schnell, ich kann, über die Felsen. Als ich von der Tür aus nicht mehr zu sehen bin, lasse ich mich fallen und umarme einen eisigen Felsen. Meine Handgelenksfesseln haben das Piepen eingestellt und niemand brüllt, als würde er mich verfolgen. Das bedeutet allerdings nicht, dass sie nicht kommen werden.

Ich versuche, mein Gewicht zu verlagern und rückwärts zu kriechen. So benutze ich einen Felsen nach dem anderen als Fußstütze.

Der Schneefall hat aufgehört und die Wolken haben sich verzogen, wodurch trübes Sonnenlicht den Tag mit schwachem Licht füllt. Ich kann meine Hände nicht mehr spüren. Meine Hose ist schwer von schmutzigem Eis. Meine Beine und Arme zittern. Kalter Schweiß sorgt dafür, dass sämtliche Kleiderschichten an meiner klammen

Haut kleben. Die Jacke und die vielen Kleider, in die ich gehüllt bin, halten mich warm, meine Ohrenspitzen sind allerdings eiskalt.

Das hier ist verrückt. Ich habe mich nicht freiwillig dafür gemeldet, ohne Ausrüstung an einer verflixten Felswand hinabzuklettern.

Ich klammere mich an den verwitterten Stein und schabe mit der Wange über die raue Oberfläche, als ich nach unten schaue. Unter mir sind Wolken. Unter diesen befinden sich die schneebedeckten Spitzen von Kiefern.

Ich kann das nicht. Ich klettere gerne in Felsen herum, aber nicht *so* gerne. Und nicht unter diesen Bedingungen.

Ich schließe die Augen und versuche, das Gefühl aus dem Traum heraufzubeschwören.

*Hilf mir, Drache. Du hast mir diesen Schlamassel eingebrockt. Zeig mir einen Ausweg.*

～

*GABRIEL*

Nach meinem Treffen mit Tabitha bin ich zu ruhelos, um irgendetwas zu tun. Das Bedürfnis, sie zu beanspruchen, mit meinem Samen zu füllen und mit meiner Zunge zu markieren, verzehrt mich.

Es gefällt mir nicht, sie hier gegen ihren Willen festzuhalten. Sie wirkt zwar nicht übermäßig gestresst oder verängstigt, aber ich weiß, dass sie nicht glücklich bei mir ist.

„Bring Tabitha das Mittagessen aufs Zimmer", weise ich Buttons an. „Sie möchte eine Weile allein sein."

*Also halte dich von ihr fern.*

Diesen Teil spreche ich nicht aus, denn es ist nicht richtig. Ich will, dass sie sich auf Buttons verlässt und ihm vertraut, wenn sie mir nicht vertrauen kann.

Das hindert die Dampfwolken jedoch nicht daran, aus meiner Nase aufzusteigen.

Buttons wirft mir einen wissenden Blick zu. „Natürlich, Herr Dieter. Ich werde sicherstellen, dass sie alles hat, was sie für einen ruhigen Nachmittag braucht. Benötigen Sie etwas?"

„Nein", blaffe ich.

„Vielleicht würde etwas frische Luft helfen. Vielleicht sollten Sie ein wenig… Ihre Flügel ausstrecken?"

Ein Knurren rumpelt in meiner Kehle. Mein Drache droht, hervorzubrechen.

Buttons hat recht.

Ich verliere die Kontrolle und das kann ich nicht zulassen. Ich darf nicht zulassen, dass mein Drache die Kontrolle übernimmt. Er ist viel zu gefährlich.

„Ich denke, du hast recht. Ich werde an den Grenzen meines Landes patrouillieren. Ich muss für die Sicherheit meiner Gefährtin sorgen." Meine Flügel zu entfalten, wird den Drängen die Schärfe nehmen. Ich werde meinen Drachen eine Weile aus dem Käfig lassen, damit ich die Kontrolle bewahren kann.

Ich will meine Braut nicht gewaltsam beanspruchen. Genauso wenig will ich sie zur Eile drängen.

„Sie ist hier in Sicherheit", sagt er mit sanfter Stimme, als würde er mit meinem Drachen sprechen, nicht mit mir. Er sieht bestimmt, wie nah der Drache an der Oberfläche ist.

In welch großer Gefahr er schwebt.

Ein kalter Schauder durchläuft mich bei der Vorstellung, dass ich diesen Leuten, die mir hier zu Diensten sind, schaden könnte. Sie würden dieses feurige Schicksal nicht verdienen.

Ich muss wachsam sein. Ich muss beherrscht bleiben.

Es gelingt mir, an Buttons gewandt den Kopf zu

neigen, der sich im Gegenzug verbeugt. Daraufhin laufe ich mit schnellen Schritten zum Bergfried. In dem Moment, in dem ich die frische Luft erreiche, beginne ich, zu rennen, und ziehe im Laufen meine Kleider aus. Ich verwandle mich mitten im Schritt und fliege in dem Moment los, in dem meine Kleider die gefrorene Erde berühren. Sobald ich in der Luft bin, mache ich mich unsichtbar, um die Dorfbewohner vor meinem Geheimnis zu schützen. Sie werden nur den Wind spüren, den meine Flügel aufpeitschen, wenn ich über ihnen hinweg fliege.

Die eiskalte Luft hilft dabei, meine Unruhe abzukühlen, und ich schlage mit den Flügeln, damit sie mich immer höher tragen. So schwebe ich in die Wolken, bis ich sie durchbreche und dorthin gelange, wo die Luft dünn ist, aber die Sonne scheint.

Dort kann ich atmen. Ich ziehe den Kopf ein und schlage mit den Flügeln, wobei ich das Gefühl des Windes an meinen Schuppen genieße sowie die Geschwindigkeit, mit der ich mich bewegen kann, wenn ich mich gehen lasse.

Ich fliege über eine Stunde, vielleicht auch zwei, bis mein Blut abgekühlt ist und die Feuer in mir zu glühenden Kohlen verklungen sind. Indem ich mit meinen müden Flügeln schlage, mache ich mich auf den Rückweg.

*Gabriel!*, höre ich Tabitha. Oder besser gesagt, ich spüre sie. Sie spricht in meinen Gedanken mit mir.

Oh, beim Schicksal.

*Sie ruft um Hilfe.*

~

*Tabitha*

Die Manschette piept in meinem Ohr und ich erschrecke.

Der Felsen unter meinem Fuß gibt nach und ich rutsche ein oder zwei Meter nach unten, bevor meine Füße Halt finden. Ich presse meinen zitternden Körper an die raue Felsoberfläche und mein Schrei wird abgeschnitten, als mir der Atem geraubt wird. Meine Manschetten piepen wieder wie verrückt und übertönen das Hämmern meines pochenden Herzens.

Ein Schatten gleitet über die Felsoberfläche, weshalb ich mich instinktiv klein mache und mein zerkratztes Gesicht und meine Hände an die Felswand presse, um mit ihr zu verschmelzen.

Eine Windböe kracht gegen meine Beine. Rauch schwebt in einer Wolke über meinem Kopf. Etwas ist hinter mir und dessen heißer Atem umgibt mich.

Zentimeter für Zentimeter drehe ich den Kopf. Und da ist er: der Drache aus meinem Traum. Die Sonne und der Himmel spiegeln sich in seinen rotgoldenen Schuppen.

Umwerfend. Wunderschön. Stinksauer.

Die riesigen Flügel schlagen in einem trägen Rhythmus in der Luft. Leichte Windböen umgeben mich.

„Hi, Gabriel", sage ich schwach.

Seine krallenbesetzte Hand senkt sich. Meine Urinstinkte kommen damit nicht zurecht und ich schreie.

Dann sinkt mein Magen bis in meine Zehenspitzen. Die Welt kippt und bricht weg. Der Boden weit unter mir neigt sich in einer schwindelerregenden Geschwindigkeit. Ich werde an die harten Schuppen gedrückt. Ich kann mich nicht bewegen. Der Drache hat seine Krallen um mich geschlossen. Ich bin sicher in seinem Griff, doch meine Beine sind dort kalt, wo sie aus meiner hochgerutschten Skihose ragen. Ich neige den Kopf und erhalte eine schwindelerregende Aussicht auf den Boden unter uns. Es ist, als würde ich aus dem Fenster eines kleinen Flugzeugs spähen, abgesehen davon, dass der eiskalte

Wind über mein Gesicht weht. Mein Schrei sticht mir in den Ohren.

Weit, weit unten ist die Burg, deren Mauern und Türme die Größe eines Kinderspielzeugs haben. Ich kneife die Augen zu. Der Drache zieht die Flügel ein und wir stürzen in die Tiefe.

Ich schreie noch immer, laut oder in meinem Kopf oder beides. Ich kneife die Augen so fest zu, dass meine Stirn pocht. Dann lande ich auf einer kalten, harten, flachen Oberfläche.

Die piependen Manschetten an meinen Handgelenken verstummen gnädigerweise.

Wind wird unter den Flügeln des Drachen aufgewirbelt und peitscht durch meine Haare, ehe er neben mir, mitten auf dem Burghof landet. Der Platz, den ich für riesig hielt, wirkt jetzt gerade groß genug für ihn. Die Spitzen seiner gefalteten Flügel reichen zwei Stockwerke hoch. Sein keilförmiger Kopf ist so groß wie ein Auto. Stellenweise schimmern die Schuppen und spiegeln den Himmel, wodurch er unsichtbar wird.

*Der Drache kann unsichtbar werden.* So pirschter er sich in der Wüste also an mich an, nachdem mich Gabriel mitten ins Nirgendwo gelockt hatte. Er war unsichtbar.

Keiner der Männer in Uniformen, die ich zuvor entdeckt habe, ist zu sehen. Was hält Buttons davon, dass ein Wesen aus einem mittelalterlichen Mythos im Burghof landet? Der anständige und korrekte Butler kennt wahrscheinlich die richtige Etikette, um einen Drachen zu begrüßen. Oder vielleicht bleibt Gabriel hauptsächlich unsichtbar.

Er neigt seinen Kopf zum Himmel und atmet Feuer in die Luft – ein Zornesgebrüll. Die Hitze wärmt mich sogar aus der Ferne.

Gabriel ist wütend.

Es ist schon komisch, dass ich nicht die geringste Angst vor ihm habe, wenn er in dieser Gestalt ist. Ich hatte Angst davor, zu stürzen. Angst vor dem Fliegen und während ich von seinen Krallen baumelte. Doch ich habe keine Angst vor dem Drachen.

Ich weiß irgendwie instinktiv, dass er mich immer beschützen wird.

Er ist nur wütend, weil ich in Gefahr war.

Weil ich ihn verlassen habe.

Ein Summen erklingt und meine Manschetten schnellen zu Boden.

Waah! Ich liege auf einer Art Metallplatte und die Manschetten machen wieder dieses Magnetding, bei dem sie mich festhalten. Ich zapple, doch als ich mich schließlich ein Stückweit von der Platte gelöst habe, haben sich Metallstäbe aus dem Rand der Platte erhoben und umgeben mich. Ich befinde mich in einem runden Gefängnis, in einem Käfig ohne Deckel.

„Gabriel", brülle ich frustriert. „Gabriel!"

Von der anderen Seite des Burghofes betrachtet mich der Drache teilnahmslos. Die gesamte Plattform samt der Stäbe erbebt und beginnt, sich zu senken.

# 6

## Kapitel Sechs

*Gabriel*

Als Tabitha sicher unter der Erde ist, nehme ich wieder meine menschliche Gestalt an und schlüpfe in eine Hose.

Sie wäre beinahe gestorben.

Meine Gefährtin wäre beinahe gestorben.

Es ist ein verdammtes Wunder, dass der Drache in seinem Zorn nicht eine ganze Stadt zerstört hat. Dem Schicksal sei Dank, dass wir sie gerettet haben. Unsere süße, hübsche, sehr ungezogene Gefährtin.

Ich will sie nicht gefangen halten, aber…

Oh, wem mach ich etwas vor? Ein Teil von mir wusste schon immer, dass es dazu kommen würde. Deswegen ließ ich die Manschettentechnologie entwerfen, um sie aufzuspüren und gefangen zu halten. Um sie in jeder Position, die mir gefällt, und überall, wo es mir passt, zu fixieren. Und momentan wird sie mit allen Vieren von sich gestreckt auf der Plattform festgehalten, wo sie meiner Gnade ausgeliefert ist. Tabitha ist mein und sie wird gleich herausfinden, was passiert, wenn sie sich in Gefahr bringt.

Wenn sie versucht, mich zu verlassen.

Natürlich habe ich sie in jener ersten Nacht in der Burg dazu ermutigt, zu fliehen.

Das war töricht von mir. Ich hätte mir nie träumen lassen, dass sie ihren Hals riskieren würde, indem sie am Rand einer brüchigen Felskante entlang klettert!

Beim Schicksal, was, wenn sie gestürzt wäre? Was, wenn ich nicht in Drachengestalt und bereit gewesen wäre, sie mit meinen Krallen aufzufangen? Was, wenn ich gar nicht in der Burg gewesen wäre?

Ich hätte sie erneut verloren. Noch einmal, bevor ich sie jemals für mich beansprucht habe!

Das Schicksal ist mir womöglich nicht so wohl gesinnt, wie ich es glaubte, als mich meine Braut aus dem Drachenschlaf weckte.

Ich gehe nicht sofort zu meiner Gefährtin. Ich bin zu wütend. Zu aufgebracht darüber, dass ich sie beinahe erneut verloren hätte. Trotzdem kann ich mich nicht von ihr fernhalten. Ich bleibe in den Schatten, denn ich muss in ihrer Nähe sein. Ich muss die rasende Wut, die ich am meisten fürchte, von Tabithas Geruch und der Tatsache, dass sie noch am Leben ist, besänftigen lassen.

～

*Tabitha*

Je tiefer der Käfig sinkt, desto stärker lässt die magnetische Wirkung der Manschetten nach.

Ich setze mich aufrecht hin, wobei meine Hände auf dem kalten Metall liegen, und versuche, mich zu orientieren. Etwas schließt sich über meinem Kopf, nimmt mir die

Sicht auf den Himmel und lässt mich im Dunkeln zurück, als stecke ich in einem Aufzugschacht fest. Maschinen brummen. Der Käfig sinkt immer weiter.

Ich packe die Gitterstäbe und hole tief Luft. Adrenalin durchströmt mich.

*Der Drache war unglaublich. Und er kann sich unsichtbar machen.*

Deswegen erinnere ich mich nicht an unsere zweite Begegnung. Deswegen bin ich ohnmächtig geworden. Er hat mich in die Wüste gelockt und dann erschien ein Drache und ich wurde vor Schock ohnmächtig.

Maschinen surren und der Käfig stoppt. Ich bin allein in der kühlen Dunkelheit. Wenigstens kommt von irgendwo Luft herein und sie ist frisch und sauber.

Langsam gehen einige Lichter flackernd an und ich weiche in die Mitte meines Käfigs zurück. Ich befinde mich in einem riesigen Lagerhaus ähnlichen Raum. Die wenigen Neonlichter beleuchten die gegenüberliegenden Wände und die erhobene Plattform, auf welcher der Käfig steht. Ein summendes Geräusch erklingt in der Nähe. Irgendwo hier drin ist ein Server-Raum, in dem sich eine Armee an Ventilatoren dreht, um den Raum zu kühlen.

Obwohl die Luft kühl ist, ist mir in der dicken Jacke und all meinen Kleiderschichten zu heiß. Ich reiße alles mit Ausnahme meines ursprünglichen Outfits von meinem Körper. Meine Hände sind jetzt wärmer. Ich bewege sie, um den Blutfluss zu fördern, und wische sie an der Jacke ab.

Bei meiner Bewegung sind weitere Lampen angegangen und beleuchten die Stelle sechs Meter vor mir – noch eine erhobene Plattform mit Schreibtischen und festgeschraubten Bildschirmen. Entweder ein genialer Aufbau für Computerspiele oder Gabriel ist dabei, eine Superwaffe zu bauen, um die Weltherrschaft an sich zu reißen.

Obwohl ich in einem Käfig und in Handschellen gefangen bin, hallt mein Kichern durch den dunklen, leeren Raum. „Im Ernst?", sage ich laut, weil Gabriel garantiert zuhört. „Du hast mich in deinen teuflischen Unterschlupf gebracht?"

Ich setze mich auf und packe die Käfigstäbe. „Du brauchst nur noch eine große, flauschige Katze, die du streicheln kannst. Oder ist das Buttons? Ist er ein Hauskatzengestaltwandler?" Mein Gelächter prallt von den Wänden ab.

Ich lasse mich gehen, bis ich mich wieder zusammenreißen kann. Mein Puls trommelt unter den goldenen Manschetten. Falls Gabriel nicht bald zu mir kommt, werde ich durchdrehen und beginnen, die Titelmusik zu *Goldfinger* zu summen.

„Ich weiß, dass du von irgendwo zuschaust. Du kannst genauso gut herauskommen."

Noch hellere Lichter gehen an und ich zucke zusammen. Hinter dem großen Lagerraum befindet sich eine breite Treppe, von der wegen der niedrigen Decke nur die Hälfte zu sehen ist. Irgendwo darüber knallt eine Tür.

Gabriel tritt nach unten und kommt langsam in Sicht, woraufhin es mir den Atem verschlägt. Ich habe Gabriel bereits in einem Anzug gesehen – keinem Mann stand jemals ein Anzug so gut – aber ich habe ihn noch nie ohne ein Hemd gesehen. Er hat eine schwarze Hose an. Dieses Mal ist es eine locker sitzende, schwarze Jogginghose, die lässig aussieht, jedoch mehr als mein Auto kostet. Er ist oberkörperfrei und seine gebräunte Haut glänzt in dem schwachen Licht.

Er schlendert vorwärts, woraufhin seine nackten Füße über den Betonboden tapsen. Obwohl das gruselige, grünlich weiße Licht, das direkt aus einem Horrorfilm zu kommen scheint, über sein Gesicht flackert, ist er wunderschön.

Ich packe die Stäbe und ziehe mich nach oben. Mir ist nicht mehr kalt und ich bin auch nicht mehr müde oder habe Hunger. Mein Körper ist voller Adrenalin.

Sein Weihrauch ähnlicher Duft umgibt mich. Ich sauge ihn tief in meine Lungen, was mein Blut noch mehr auflädt.

„Du hast dein Leben riskiert, um von mir wegzukommen", würgt er hervor.

Ich presse mich jetzt an die Stäbe.

„Ich hätte dich verlieren können." Er bleibt einige Schritte entfernt stehen und in meinem Bauch entsteht ein Loch. Ich empfinde körperliche Schmerzen, weil ich ihn nicht berühren kann.

„Aber du hast mich gerettet."

In seinen Augen entzündet sich eine goldene Flamme. Zwei graue Rauchfäden steigen aus seinen Nasenflügeln auf. Er wird jede Sekunde Feuer spucken.

„Du bist der Drache", murmele ich in einem träumerischen Tonfall. Ohne nachzudenken, greife ich nach ihm.

Sein Gesicht ist erstarrt, dennoch tritt er näher. Ich strecke die Hand aus und berühre sein Gesicht. Er ist einfach zu hübsch, um real zu sein. Rauch liebkost mein Gesicht.

Ich umfange seine Wange. Er schließt seine verblüffend bernsteinfarbenen und goldenen Augen und lehnt sich in meine Handfläche, wobei er verletzlich aussieht. Das stellt etwas mit mir an.

Es verändert mich irgendwie, ihn so zu sehen. Jetzt, da ich ihn mit dem Drachen gleichsetze, von dem ich mir sicher bin, dass ich ihm vertrauen kann, fällt es mir schwer, ihn abzulehnen. Obwohl er mich in diesem Käfig eingesperrt hat. Er ist ein und derselbe wie die uralte Bestie in der Höhle, die mir ihren Schatz zeigen und mich vor jeder Gefahr bewahren will.

Ich kann nicht aufhören, ihn anzufassen. Seine Haut ist warm und erhitzt von inneren Feuern, wie die Drachenschuppen in meinem Traum. Ich schmiege meine Hände an die rauen Flächen seines Gesichts, kraule seinen Bart, streichle seinen harten Kiefer entlang und fahre in seine dichten Haare. Ich muss seine schwarzen Haare nicht verwuscheln, da sie bereits vom Wind zerzaust und durcheinander sind. Ich liebe diesen Look an ihm.

„Du hättest verletzt werden können", krächzt er an meiner Handfläche. Seine Augen sind noch geschlossen und seine dunklen Wimpern liegen lang und seidig auf seiner bronzefarbenen Haut. „Du hättest sterben können."

„Ich weiß." Ich werde zugeben, dass der zweite Teil meines Plans absolut dämlich war. „Das Klettern am Berg war ein Fehler. Bis zu diesem Punkt ist der Plan jedoch aufgegangen."

Sein Seufzen weht über meine Hand. „Wie hast du den Weg nach draußen überhaupt gefunden?"

„Ich hatte einen Traum." Ich weiß nicht warum, aber ich will in diesem Moment nicht erwähnen, dass mir sein Drache in der Vision den Weg gezeigt hat.

„Deine Gabe", brummt er.

Meine Hände sind hinab zu seinen Muskeln gewandert. Ich kann einfach nicht anders, denn sie werden vor mir zur Schau gestellt, sodass mir das Wasser im Mund zusammenläuft. Meine Hände sehen im Vergleich zu seinen angespannten Schultermuskeln und der breiten Fläche seiner Brustmuskeln so klein aus. Wenn ich meine Stimme finden könnte, würde ich mich bei ihm dafür bedanken, dass er zu mir gekommen ist, bevor er sich die Mühe gemacht hat, ein Hemd anzuziehen.

Als ich meine rechte Hand auf sein schlagendes Herz

lege, reißt er die Augen auf. „Nenn mir einen Grund, warum ich dich aus diesem Käfig rauslassen sollte." Seine Pupillen werden länger und schmäler wie die Schlitze in den Augen einer Schlange.

Ich lasse meine Hand tiefer gleiten und erkunde die straffen Erhebungen seiner Bauchmuskeln.

„Mir fallen da einige Gründe ein." Ich halte seinen Blick, während ich meine Hand in seine Hose schiebe. Ich werde mir meinen Weg aus diesem Käfig verdienen, doch es ist keine Qual. Momentan bin ich von Gabriel ange-törnter, als ich es jemals von einem Mann war. Etwas an dem Wissen, dass er der unglaubliche Drache ist und glaubt, ich sei seine Gefährtin, dass er zu mir gehört und ich zu ihm, lässt meinen Körper in sexueller Erregung entbrennen.

Seine Jogginghose ist locker und fühlt sich genauso teuer an, wie sie aussieht. Er hat sie ohne Unterwäsche angezogen. Ich Glückspilz.

Kurze Haare kitzeln meine Handflächen. Sein Schaft ist lang und heiß und pulsiert in meiner Hand. Sein Umfang dehnt meine Finger. Meine Augen weiten sich.

Gabriels Blick ist wild auf meinen gerichtet.

Ich spüre meine Macht hier.

Dann verändert sich seine Miene, um zu verbergen, was er nicht offenbaren wollte. „Auf die Knie", befiehlt er.

Ich sinke zu Boden. Elektrizität durchströmt meinen Körper strahlend und bernsteinfarben. Ich ziehe die Jogginghose nach unten. Seine Hände packen die Stäbe über meinem Kopf. Sein Schaft ragt auf Höhe meines Mundes durch die Käfigstäbe.

*Oh ja.* Ich werde das hier genießen. Ich lecke mir über die Lippen. Wenn ihn das hier nicht dazu bringt, mich aus dem Käfig zu lassen, wird das nichts tun.

Ich greife nach seinem Schwanz und er schnalzt mit der Zunge.

„Nein. Nur dein Mund."

Gabriel hat einen echten Kontrollzwang. Ich lasse ihm seinen Willen, da er eindeutig die Oberhand hat. Ich lege meine Hände und Stirn an die Gitterstäbe und strecke meine Zunge raus, um seine Spitze abzulecken, woraufhin ich salzige Lusttropfen schmecke. Ich gleite um die Eichel und necke ihn. Nach einem tiefen Atemzug schlucke ich ihn. Er ist heiß und pulsierend in meinem Mund. Glitschig von Spucke. Ich ziehe mich zurück und drücke mich wieder nach vorne, wobei ich seine Länge gegen meine Kehle drücke, bis ich würge. Er testet meinen Würgereflex, was jedoch in Ordnung ist. Das wird noch mehr Spucke erzeugen. Ich lasse mir von ihm die Luft abschneiden, bis ich atmen muss.

Daraufhin weiche ich zurück, lächle und lecke mir über die Lippen. Seine Hände sind dort, wo sie die Stäbe umklammern, weiß geworden.

Indem ich erneut den Kopf senke, bewege ich mich auf seinem Schwanz vor und zurück und stimuliere ihn rhythmisch. Anschließend nehme ich ihn tief auf und summe.

Er brüllt etwas in einer fremden Sprache. Ich weiß nicht was, aber es klingt wie ein Fluch. Ich grinse vor mich hin und nehme ihn so tief auf, wie ich kann, wofür ich meinen Kopf an die Stäbe presse. Sein Schwanz ist dick und hart in meinem Mund. Kein Anzeichen für einen bevorstehenden Orgasmus.

Er kann mich nicht berühren, aber er hat kein Wort darüber verloren, dass ich mich nicht anfassen darf.

Während ich seinen Schwanz bearbeite, ziehe ich das Oberteil, das ich anhabe, hoch, um meine Brüste zu entblößen. Ich summe, als ich mit meinen Nippeln spiele und sie zwischen meinen Fingern zwirble, bis sie aufgerichtete Spitzen sind. Dann stütze ich eine Hand gegen die Stäbe und schiebe die andere in meine Hose. Meine Finger berühren meine feuchte Hitze und ich stöhne.

Gabriel lässt noch einen harschen Fluch fahren. „Nein", befiehlt er und packt eine Handvoll meiner Haare. *Dann eben nicht.* Mit beiden Händen an den Gitterstäben ziehe ich mich hoch und von seinem Schwanz. Seine Hüften zucken jetzt und er nutzt meine Haare als Leine, um mich in die Richtung zu führen, die er will. Ich nehme ihn tief auf und summe noch etwas mehr.

Sein Schaft pocht, dann rucken seine Hüften nach vorne und versenken ihn tief in meinem Mund. Er kommt, den Kopf nach hinten geworfen, die dunklen Haare wild zerzaust, den Kiefer und gesamten Körper angespannt. Seine Essenz spritzt in meinen Mund und füllt ihn so schnell, dass ich beinahe ersticke. Ich summe immer weiter und trinke sein Sperma, wobei ich so schnell wie möglich lecke und schlucke.

Er zieht sich aus meinem Mund und wendet sich ab. Ich berühre meine geschwollenen Lippen, denn ich vermisse es bereits, ihn zu spüren.

Er hat mir noch immer den Rücken zugekehrt und seine bronzefarbenen Muskeln zucken. Er tritt beiseite, um sich wieder unter Kontrolle zu kriegen. Das ist okay. Ich habe ihn einmal dazu gebracht, die Kontrolle zu verlieren. Ich kann es wieder tun.

Die Käfigstäbe senken sich und fahren zurück in die Plattform. Es wird mich einige Mühe kosten, wieder auf die Füße zu kommen. Steifheit breitet sich in meinem Körper aus, der sich daran erinnert, wie gefroren und kalt er war.

Gabriels Geruch schlägt mir entgegen und er fegt mich

in seine Arme. Ich verkneife mir ein Grinsen über meinen Sieg und kuschle mich an seine nackte Brust.

„Habe ich das gut gemacht?" Ich klinge liebenswürdig und unterwürfig, innerlich gackere ich allerdings. *Ich habe gewonnen!*

„Ja." Seine Antwort ist kurz und knapp, aber mein Rückgrat kribbelt, als seine Lippen meine Haare streifen.

Er trägt mich zu einem Aufzug in der Ecke neben der Treppe. Als sich dieser zu heben beginnt und Gabriel keine Anstalten macht, mich auf den Boden zu stellen, lege ich meinen Kopf auf seiner nackten Schulter ab, denn mir ist nach Träumen zumute und ich bin schläfrig.

Ich blinzle und wir sind zurück in seinem Schlafzimmer hoch oben im Turm, in dem wir schon gestern Abend waren. Die Sonne ist untergegangen, weshalb der Raum von dem Feuer erhellt wird, das in dem Mund des Steindrachen tanzt, sowie dem warmen Leuchten der eingebauten Lampen.

Er stellt mich im Badezimmer ab und lässt heißes Wasser in die Badewanne laufen. Daraufhin zieht er mir kurzerhand die Kleider aus und setzt mich in die dampfende Wanne. Ich zische, als das heiße Wasser auf meine kühle Haut trifft, schmelze jedoch an die Wannenseite, da ich mich rasch aufwärme. Es ist ein Bad im römischen Stil und so groß, dass man eine Orgie darin feiern könnte. Ich kann meine Beine ausstrecken. Das Wasser duftet und als ich die salzigen Blasen berühre, prickeln sie an meinen aufgeschürften Händen.

Gabriel hebt mein Handgelenk hoch und starrt meine lädierten Handflächen finster an. Er platziert mich so, dass meine Arme auf einem trockenen Wannenrand ruhen, bevor er sich erhebt.

„Bleib", befiehlt er.

Ich zeige ihm zwei nach oben gereckte Daumen. Es ist

nicht so, als müsste er mir befehlen, mich zu entspannen. Nach meinem Kletterausflug ist es eine Erleichterung, wieder in dieser warmen Burg zu sein. Ich kann meine wunden Muskeln ausruhen und über eine neue Fluchtmöglichkeit nachdenken.

Ein Spritzen reißt mich aus meinem Halbschlaf. Gabriel betritt die Wanne. Er ist bis auf eine schwarze Boxerbriefs, die sich an seinen Körper schmiegt, nackt. Erneut nimmt er meine Handgelenke in seine Hände und verteilt eine Salbe auf meinen. Seine Berührung ist gründlich, aber sanft. Das macht mich munter.

Er zieht mich von dem Sitzvorsprung tiefer ins Wasser und gleitet hinter mich. Nachdem er sich einen Naturschwamm gegriffen hat, fängt er bei meinen Schultern an und lässt den seifigen Schwamm über jeden Zentimeter von mir gleiten. Seine riesigen Hände bewegen mich, als sei ich eine Puppe, wobei er jedoch unglaublich sanft ist. Er verbringt viel Zeit damit, sachte an meinen Händen zu tupfen und sie zu reinigen, bevor er sie mit mehr Salbe einreibt. Anschließend widmet er sich meinem Gesicht und Hals und schließlich schiebt er seine Finger in meine Haare.

Ich schmelze dahin und werde von einer süßen Sehnsucht erfüllt. Er ist vollkommen konzentriert, kontrolliert und aufmerksam. Es ist schwer, ihm zu widerstehen. Wäre ich nicht so zufrieden, würde ich ihm die Boxerbrief von den Beinen reißen und auf seinen Schoß klettern.

Viel zu früh verlässt er die Wanne. Ich bade noch etwas länger, döse ein wenig und bin auf halbem Weg zu komplett erregt. Ich werde meine Fluchtpläne nicht aufgeben, aber ein Teil von mir will wissen, ob es so schlimm wäre, von Gabriel gefangen gehalten zu werden. Der Anblick seines Körpers macht mich schwach. Als er zurückkehrt, trägt er einen roten und goldenen Seidenbademantel, der seine Haut zum Leuchten bringt. Er wickelt mich in ein flauschiges Handtuch und trägt mich zum Bett.

Anscheinend wird er mir nicht erlauben, zu laufen oder mich allein zu bewegen. Ich bin noch immer schläfrig, weshalb ich zulasse, dass er mich auf seinen Schoß setzt. Ein Barwagen, auf dem allerlei Gerichte stehen, wurde ans Bett gezogen. Er hebt die Silberglocke von einer Schüssel mit herzhaften Nudeln und Fleischbällchen. Er verlagert mich auf seinem Schoß so, dass er den Löffel erreichen kann. Anscheinend wird er mich füttern.

„Aufmachen", befiehlt er und ich gehorche. Er füttert mich mit der gleichen konzentrierten Aufmerksamkeit, mit der er mich gebadet hat. Und ich lasse ihn machen.

Mit dem Essen kehrt meine Energie zurück. Ich stemme mich von Gabriels Brust. Seine Arme spannen sich um mich herum an, doch er lässt zu, dass ich mich auf seinem Schoß so neige, dass ich ihm teilweise zugewandt bin. „Der ist schön", sage ich, als mein Bauch voller wird. Ich befühle den reichlich gemusterten Ärmel seines Bademantels. Rot und Gold, die schimmernden Farben seiner Drachenschuppen. „Gefallen dir diese Farben, weil du die gleiche Farbe hast, wenn du ein Drache bist?"

„Vielleicht." Gabriel sieht so ernst aus. Seine Haare sind wieder nach hinten gekämmt, glatt und irgendwie trocken, obwohl er gerade erst mit mir gebadet hat. Er ist erneut makellos hergerichtet. Streng und kontrolliert. Ich will ihn zerzausen.

„Ich meine mich daran zu erinnern, dass du dich unsichtbar machen kannst. So hast du mich in der Wüste gefangen."

„Als ich mich dir offenbart habe, bist du ohnmächtig geworden."

„Das habe ich angenommen. Warum hast du es mir nicht erzählt, als ich aufgewacht bin?"

„Ich hielt es für das Beste, dich langsam an das Thema heranzuführen."

Ich sitze entspannt und träge auf seinem Schoß. Sein Körper ist hingegen steif und seine dunklen Augenbrauen sind zusammengezogen. Ich greife nach oben und reibe die Falte über seinem Nasenrücken weg in dem Versuch, ihn zu entspannen.

Sein Seufzen bläst meine frisch getrockneten Haarsträhnen nach hinten. „Ich dachte, dann würdest du mit mir zusammen sein und nicht fliehen wollen."

„Mach dir Notizen, Dr. Jekyll. Wenn mich ein Kerl entführt, werde ich immer fliehen wollen. Ich bin nicht die Sorte Frau, die man gefangen halten kann."

Meine Mutter ist das. Sie hat für so ein Arrangement gelebt.

Und deswegen reagiere ich so allergisch darauf.

„Auch wenn ich dir alles gebe, was du brauchst?"

Ich zucke mit den Achseln. „Sogar dann." Obwohl es schön ist, verwöhnt zu werden. Gabriel scheint meine Bedürfnisse erfüllen zu wollen.

Er greift nach oben und vergräbt eine Hand in meinen Haaren, an denen er hart zieht, ehe er das Brennen wegmassiert. „Du hättest nicht fliehen sollen. Du hättest verletzt werden können."

„Der Fluchtweg befand sich direkt vor meiner Nase. Ich konnte es nicht nicht versuchen, nachdem mir dein Drache alles gezeigt hatte."

„Drache?", blafft Gabriel. Er dreht meinen Kopf, sodass ich von seinem bernsteinfarbenen Blick fixiert werde. „Er hat dir gezeigt, wie du fliehen kannst?"

In seinem Griff gefangen, zucke ich frech mit den Achseln. „Ja, in meinem Traum. Jede Einzelheit."

Gabriel lockert seine Finger. „Er hat nicht nur mit dir gesprochen, sondern auch noch versucht, dir dabei zu helfen, mir zu entfliehen." Ein trostloser Unterton schleicht sich in seine Stimme. „Er hat seit so vielen Jahren nicht mit mir gesprochen."

Ich greife nach unten, finde sein Handgelenk und umkreise es so mit den Fingern, wie die Goldmanschette meines umschließt. „Vielleicht weil du ihn in Fesseln gelegt hast und gefangen hältst."

Gabriels Blick ist ins Leere gerichtet. Ich neige den Kopf näher zu ihm, um seine Aufmerksamkeit zu erregen. „Wenn du jemanden liebst, lass ihn los, Gabriel." Ich bin kurz davor, den Refrain aus Stings Lied zu trällern.

Seine Miene wird hart. „Es ist zu gefährlich."

„Nun, dann gewöhn dich an Fluchtversuche, Kumpel."

„Nein. Du wirst nicht noch einmal so einen törichten Versuch unternehmen." Er hebt mich vom Bett. Ich ringe halbherzig mit ihm und er überwältigt mich mühelos. Mein Körper ist warm von dem Bad und seiner Körperhitze. Energie knistert zwischen uns, diese explosive Kombination unserer Wesen. Die Chemie, die zwischen uns besteht, führt zu Sex oder Kämpfen oder beidem.

Eine Maschine brummt, woraufhin er mich an etwas Solidem abstellt. Ein Andreaskreuz. Ich kenne das nur, weil… nun, ich lese kinky Bücher. Meine Hand- und Fußgelenke werden magnetisch an dem Metall fixiert.

Er tritt näher, um meine Haare nach hinten zu binden.

„Das sind Peilsender." Ich nicke zu meinen Handgelenken.

„Ja." Er klingt so selbstzufrieden, wie ich mich zuvor gefühlt habe. „Falls du denkst, dass du mir entkommen wirst, irrst du dich. Wenn du fliehst, werde ich dich bis ans Ende der Welt verfolgen."

„Das werden wir ja noch sehen." Ich lehne mich zurück und biete ihm meinen Körper an, obwohl ich an das Kreuz gebunden bin. Er denkt, dass er gewonnen hat, doch ich habe noch einige Tricks auf Lager. „Mach, was du willst."

Er geht zu dem Barwagen und gießt sich einen Drink ein. „Du hast keine Angst vor mir." Es ist keine Frage.

„Nein." Ich schüttle den Kopf.

Er mustert mich und nippt an einem Glas mit einer bernsteinfarbenen Flüssigkeit.

Nach einem kurzen Aufenthalt in einer Nudisten-Gemeinde und einer Karriere als Model bin ich immun dagegen, nackt zu sein. Allerdings stört es mich, dass er bisher in meiner Gegenwart nicht nackt war. Noch nicht.

Er hat mich nicht geküsst. Er hatte keinen Sex mit mir. Er hält sich zurück. Kontrolliert all unsere Interaktionen. Es wird langweilig.

Dass ich an das Kreuz gefesselt bin, stellt jedoch Dinge mit mir an. Meine Pussy wurde bereits stimuliert, als er mich in der Wanne so sanft wusch, und jetzt schwillt sie vor Verlangen an. Meine Nippel ragen hart und spitz in die Luft.

Er führt das Glas an meine Lippen. Glatter Alkohol brennt meine Kehle hinab. Ich nehme eine leichte Cognacnote wahr, bevor er das Glas wegzieht. „Dann ist es an der Zeit für deine Bestrafung." Er stellt das Glas mit einem entschiedenen Klirren ab.

Ich habe keine Angst, doch in meinem Bauch flattert es vor Aufregung.

„Du musst eines wissen: Du kannst mir nicht entkommen. Je eher du das lernst, desto leichter wird es werden."

„Wie ich zuvor schon sagte. Wenn du versuchst, mich zu kontrollieren, werde ich immer vor dir weglaufen. Du hast zwar Peilsender an mir angebracht, aber ich werde einen Weg finden, auch diese zu umgehen. Vielleicht werde ich einfach den Drachen fragen. Wir können einander befreien."

Seine Augen verändern sich und seine Iriden werden zu vertikalen Schlitzen. „Er wird dich auch nicht gehen lassen. Der Drache ist gefährlich. Du solltest nicht mit ihm sprechen."

„Du kannst nicht kontrollieren, was wir tun oder nicht tun können", informiere ich ihn. Mein Tonfall ist eventuell ein wenig selbstgefällig.

Ein dünner Rauchfaden weht aus seinen Nasenlöchern. Das gefällt ihm nicht.

„Also was wirst du jetzt tun, da du mich gefesselt hast?", stichele ich. „Mich auspeitschen? Mit dem Flogger bearbeiten?" Ich bemühe mich, mein Zittern zu verbergen.

Gabriel bemerkt meine Erregung. Er sieht alles. „Nein. Daran hättest du zu viel Spaß. Es gibt bessere Möglichkeiten, um deinen Gehorsam sicherzustellen."

„Wirklich? Ich…" Doch ich kann nicht mehr sprechen, da er den Raum in einer blitzschnellen Bewegung durchquert hat und seine Finger meinen Mund füllen. Sie drücken auf meine Zunge und hindern mich so am Sprechen.

„Sauge", befiehlt er. Das tue ich. Ich krümme meine Zunge um seine Finger und nehme sie tief auf, bis mein Kopf nach hinten geneigt wird.

Mit seiner freien Hand zupft er an meinem rechten Nippel und umfängt meine Pussy mit seiner feuchten Hand. Drei Finger stoßen sich in meinen pochenden Kanal. Ich würde auf die Zehenspitzen gehen, doch das Kreuz hält mich fest. Er massiert mich und in seinen Fingern liegt eine außergewöhnliche Hitze. „Du wirst dich mir hingeben."

Lust sammelt sich tief in meinem Bauch. Ich keuche.

„Es wäre leichter, wenn du dich mir unterwirfst. Es wird sich so gut anfühlen."

Seine Finger treffen die richtige Stelle und ich wimmere.

Seine Augen werden dunkel. „Du wirst dich mir unterwerfen."

„Nie", hauche ich, doch es wird nicht nie sein. Wenn er mich weiter so massiert, wird es in fünf Minuten passieren.

Seine Finger tauchen in meine Pussy, sammeln die Flüssigkeit dort und verteilen sie nach oben, um über meinen Hintereingang zu reiben. Ich versuche, ihm zu entkommen, doch seiner Berührung kann man nicht entfliehen. Es fühlt sich gut an und ich werde es einfach annehmen müssen.

„Fühlt es sich gut an?"

Ich senke den Kopf, aber er packt meine Haare mit seiner freien Hand, wodurch er mich zwingt, ihn anzuschauen.

„Warum willst du überhaupt, dass ich mich dir unterwerfe?", keuche ich.

„Ich habe Jahrhunderte auf dich gewartet", knurrt er und die ganze Burg scheint zu erzittern. „Für mich gibt es keine andere. Wenn du fliehst, werde ich die Welt auf den Kopf stellen, um dich zu finden. Es gibt keinen Ort, an dem du dich vor mir verstecken kannst."

„Oh Gott." Mein Höhepunkt ist so nah. Noch ein paar Sekunden und etwas mehr Druck…

„Du wirst dich mir unterwerfen."

Ich schüttle den Kopf.

„Gib dich mir hin, Tabitha. Es wird so leicht sein."

Er entfernt seine Hände. Mein Orgasmus verebbt zu nichts.

„Du Mistkerl", wispere ich.

Er wendet sich ab und gluckst. Ich spanne mich an, kann mich jedoch nicht aus meinen Fesseln befreien.

Gabriel kehrt zurück und streicht mir die Haare aus dem Gesicht.

„Gib mir deinen Schwanz." Ich lecke mir über die Lippen.

Seine Augen sind glasig. „Nein."

„Ich werde nicht betteln", warne ich.

Es erklingt ein summender Laut und er drückt an genau der richtigen Stelle ein Spielzeug an meine Klit.

„Bittebittebittebittebitte!"

Er gluckst erneut, der Dreckskerl. Die Empfindung ist zu viel. Der Orgasmus wird mich wie eine Bombe treffen. Ich winde mich und versuche, wegzukommen.

Doch als ich kurz davor bin, über die Klippe zu fallen, zieht er den Vibrator weg.

„Fick mich!" Mein Orgasmus verebbt und erstirbt.

„Nein." Seine Lippen biegen sich unter seinem Bart wunderschön und grausam nach oben.

„Ich hasse dich."

„Nein, das tust du nicht." Er ersetzt das Spielzeug mit seinen Fingern, mit denen er mich sanft neckt. Das ist irgendwie schlimmer als das Spielzeug. Seine Haut strahlt Wärme ab wie der Hitzeschwall, der einem entgegenschlägt, wenn man einen Ofen öffnet.

Er bringt mich immer wieder zum Gipfel, wobei er seine Finger und das Spielzeug benutzt, um mich bis kurz vor einen Orgasmus zu bringen, mich jedoch nie über die Klippe springen lässt. Ein Schweißtropfen rollt durch das Tal zwischen meinen Brüsten. Meine wogende Brust hat einen seidigen Schimmer.

Ab und zu hört er auf und lässt mich vorsichtig einige Schlucke Wasser trinken. So, aus dieser Nähe, während er mir ein Glas an die Lippen hält und einen kühlen Lappen an meine erhitzte Haut drückt, ist er absolut verheerend. Er bringt eine Art Geschirr an mir an, das einen Vibrator an meine Pussy hält, und lässt mich allein, um selbst etwas zu trinken. In seinem Bademantel und mit der makellosen Frisur gibt er ein Bild der Gelassenheit und Arroganz ab. Er wendet den Blick nicht von mir ab.

Der Vibrator brummt leise. Ich versuche, meine Hüften zu neigen, sodass er die richtige Stelle erwischt, doch die Empfindung reicht nicht, damit ich kommen kann.

„Du wirst einknicken."

„Versprechen, Versprechen."

Er geht wieder dazu über, meine Nippel zu stimulieren, indem er sie zwickt, an ihnen zieht und jeden zwischen seinen Fingern rollt. Er beugt sich nahe zu mir und seine Lippen finden mein Ohr. Meine Beine zittern, weil sie sich schließen wollen, damit ich kommen kann, während seine Hitze und Geruch über mich waschen.

„Unterwerfe dich mir."

Ich schüttle den Kopf.

Er tritt beiseite und marschiert um das Kreuz herum. Ein neues Spielzeug summt. Er drückt es an meinen Hintereingang. Ich verschließe meinen Hintern vor den Vibrationen, doch es ist zwecklos. Die Empfindung verstärkt das Verlangen in meiner Pussy.

Ich winde mich und schwitze, als er beide Spielzeuge und das Geschirr entfernt.

„Gabriel", stöhne ich. Ich bin halb von Sinnen.

„Ich bin hier, mein Schatz." Er ist wieder vor mir, sieht mich an und streicht mir die Haare zurück. Er schiebt sie nach hinten, massiert meinen Hals und streichelt mich wie eine Katze.

„Ich muss dich sehen. Alles von dir." Er trägt immer Kleider, auch wenn ich nackt vor ihm bin.

Seine Hand umfängt meinen Nacken. „Was wirst du mir für einen Blick auf mich geben?"

„Es wird mich glücklich machen."

„Ich will dich glücklich machen. Du musst es nur sagen. Sag, dass du zu mir gehörst."

Rauch liebkost mein Gesicht. Ich blinzle wegen des goldenen Lichts in seinen Augen. Seine Pupillen haben sich verändert.

Ich grinse. „Hallo, Drache."

Er knurrt und die Burg erzittert. Die Erde erbebt wie bei einem Erdbeben, als würde sie ihn als ihren Meister anerkennen.

„Du denkst, ich bin dein?" Ich dränge mich nach vorne, um seine Lippen zu streifen. Er lässt den Kuss nicht zu. „Dann beweise es. Fick mich."

„Sag mir, dass du mein bist."

„Na schön. Ich bin dein." *Für den Moment.*

## Kapitel Sieben

*Gabriel*

Ich drücke auf einen Knopf, schalte den Vibrator aus und gebe die Magnete an ihren Handgelenken frei. Tabithas Arme fallen nach unten und sie bricht zusammen, als die Magnethalterungen sie freigeben.

Ich fange meine Gefährtin auf und trage sie zum Bett, wo ich ihr Gesicht nach unten drehe und ihre Füße fast den Boden berühren.

Als sie versucht, ihre Position zu ändern, schlage ich ihr auf den Po. Ich brauche hier die Kontrolle. Sie von hinten zu ficken, sollte mir helfen. Es sollte mich davon abhalten, sie für mich zu beanspruchen.

Ich lege etwas unter ihre Hüften und befreie meine Erektion, um in sie zu gleiten. Sie ist wunderbar feucht, ihr Fleisch geschwollen und bereit. Das Bett hat die richtige

Höhe für mich, sodass ich mich in sie rammen kann. Es fühlt sich gut an.

Perfekt.

Köstlich.

Ich balle meine Hand in ihren Haaren zur Faust, woraufhin sie sich nach hinten und zu einem Halbkreis biegt.

Sie stemmt die Hände auf das Bett und drückt sich mir entgegen, als wollte sie jeden Zentimeter meines Schwanzes aufnehmen.

Ich knurre und sie erschaudert und knurrt ebenfalls. Ihr Enthusiasmus testet die Grenzen meiner Selbstbeherrschung. Wenn ich nicht aufpasse, wird sie mich vollkommen zerstören.

Bei jedem Stoß verkrampft sie sich um meinen Schwanz. Meine Hände packen ihre Hüften, um sie für meinen Schwanz festzuhalten, der sich wie ein Rammbock in sie treibt. Sie neigt sich nach vorne und reibt mit ihrer bedürftigen Klit über das Bett.

Beim Schicksal, ich kann es nicht ertragen. Sie ist zu viel. Zu perfekt. Sie erledigt mich.

Ich ziehe mich aus ihr und lasse meine Hand auf ihren nach oben gewandten Hintern krachen, womit ich sie dafür bestrafe, dass sie so eine verdammte Versuchung ist. So eine Qual für mich. Sie wirft die Haare nach hinten und schaut mit gebleckten Zähnen über ihre Schulter, als wäre sie das wilde Tier, nicht ich.

Ich versohle ihr immer wieder den Hintern und liebe es, wie die Laute den Raum füllen. Ihren leisen Schreien folgt angestrengtes Atmen.

Sie faucht und dreht sich um. Mein hübsches, unerschrockenes Weibchen. Sie will alles von mir, aber ich kann es ihr nicht geben.

Ich muss die Kontrolle wahren. Ich werde sie nicht mit

meinem Feuer beanspruchen, bis ich mir sicher bin, dass ich es tun kann, ohne ihr zu schaden.

Aus dem verzweifelten Bedürfnis heraus, die Kontrolle zu wahren – über mich, meine Braut und alles – ringe ich sie nach unten und fixiere sie mit ihren zarten Handgelenken auf dem Bett.

„Zieh deine Kleider aus", verlangt sie. Ihre Augen leuchten im Feuerschein, als wäre sie ein Drachenweibchen und kein zarter, sanftmütiger Mensch. „Warum hast du noch immer diesen gottverdammten, edlen Bademantel an?"

Ich habe den Bademantel noch an, doch der Gürtel ist geöffnet und klafft vorne auf. Sie saugt den Anblick meiner nackten Brust in sich auf, als würde sie danach gieren.

„Wenigstens sind deine Haare endlich einmal zerzaust."

Ich verfüge nicht über die Gehirnkapazität, um die Bedeutung ihrer Worte zu entziffern – warum sie meine Haare zerzaust haben will und eine solche Abneigung gegen meinen Bademantel hegt. Zu viel von meinem Blut ist gen Süden zu meinem anderen Gehirn gereist.

Tabitha ringt noch immer mit mir um Kontrolle, schlingt ihre Beine um meine Taille und zieht mich in sie. Ich vergesse, sie nach unten zu drücken, woraufhin sie eine Hand befreit und meinen Schwanz packt.

Ich komme beinahe allein von ihrer Berührung. Ein Schauder durchläuft mich, das Feuer in meiner Körpermitte brennt heiß und schickt Dampfwolken aus meinen Nüstern.

Tabitha führt mich in sich ein. „Fick mich", befiehlt sie und bohrt ihre Fingernägel durch den Bademantel in die dicken, zuckenden Muskeln meines Rückens.

Ich verliere den Verstand. Die Flammen des Begehrens und Verlangens übernehmen.

„Du bist so heiß", stöhnt Tabitha, als ich mich in sie stoße.

Ich zwinge mich, die Stöße zu verlangsamen. Mich zurückzuziehen und ihr ins Gesicht zu schauen. „Zu heiß? Verbrenne ich dich, Liebes?"

Sie rollt mit dem Kopf auf der Bettdecke hin und her. Ihre Augen sind glasig und hell. „Nein, nein, nein, nein, nein. Nicht zu heiß. Hör auf, aufzuhören. Ich meine, hör nicht auf, Drache." Sie packt das Revers meines Bademantels und reißt mich nach unten, bevor ihre süßen Lippen meine für einen Kuss suchen.

Ich vergrabe stattdessen meinen Kopf an ihrem Hals und lasse meine Zähne über ihre Haut streifen.

„Ich brauche dich", schluchzt sie.

Mein Drache dreht in mir durch, denn das Verlangen, unsere Gefährtin zu befriedigen, ist zu stark.

Ich stelle meine Bewegungen ein und schließe die Augen, um ihn zurück in seine Ketten zu zwingen. In die Goldmanschetten, die ihn sicher wegsperren.

„Hör auf, aufzuhören!", schreit sie und trommelt mit ihren Fäusten auf meine Schultern, obwohl ihre Beine meine Hüften näher ziehen.

Sie denkt, dass ich sie noch immer necke und ihr den Orgasmus verwehre.

Ich tue so, als wäre das der Fall. Ich hebe den Kopf und werfe ihr einen selbstgefälligen Blick zu.

Sie verdient diese Folter ohnehin nach dem, was sie mir angetan hat. Nachdem sie ihr Leben so aufs Spiel gesetzt hat.

Sie verdient es, die ganze Woche lang bestraft zu werden.

Ihr wilder Blick sucht meinen. „Bitte."

Ich bin nicht in der Lage, ihr etwas abzuschlagen. Ich

nehme meine Stöße wieder auf und bringe ihren Körper mit jedem einzelnen zum Schaukeln.

„Deine Muskeln sind wie Steine, die in einem Feuer erhitzt wurden." Sie packt mich und kämpft darum, mir näher zu sein. Sie wiegt ihre Hüften nach oben, um jedem meiner Stöße entgegenzukommen und mich tiefer aufzunehmen. „Ich muss es spüren. Ich muss alles spüren."

„Gabriel. Ich brauche dich. Nicht Mr. Kontrolliert." Sie reckt den Hals und knabbert an meiner Schulter.

Ich erschaudere, zucke und ficke sie so hart, dass ich sie über das Bett schiebe.

„Komm schon, komm schon", skandiert sie und verschränkt ihre Knöchel in meinem Rücken. Sie biegt den Rücken durch, windet sich an mir und reibt mit ihren Nippeln über meinen Bademantel und Brust.

Ich finde ihren G-Punkt mit meinem Schwanz und sie dreht durch. Sie zittert und bebt. Ihr Schrei wird zu einem hohen Kreischen, als sie mit jedem wilden Stoß meiner Hüften auf und ab hüpft.

Das Knurren meines Drachen hallt durch den Raum und die Burg erbebt unter dessen Wucht.

Fuck.

Meine Haut leuchtet von dem Feuer, das aus meinem Machtzentrum stammt, am hellsten strahlt es jedoch um mein Herz. „Komm, Tabitha", befehle ich mit einer gutturalen Stimme. Ich ramme mich tief in sie und verharre so, wobei ich jedes bisschen Willenskraft aufbringe, damit ich selbst nicht komme. Damit ich den Samen nicht loslasse, der ihre Gebärmutter markieren wird. Die Essenz, die ihre Seele markieren wird. Das Feuer, dass sie für immer als mein markieren wird.

Tabitha schreit auf, ihre Muskeln drücken meinen Schwanz und ziehen sich um ihn zusammen. „Kommst du?", keucht sie, als hätte ich nicht schon genug Probleme, mich zurückzuhalten.

Ich halte still, spanne meinen Körper stark an und unterdrücke das drängende Bedürfnis, zu zerreißen, zu toben und Feuer zu spucken, weil ich meine verführerische Gefährtin nicht beanspruchen darf.

In dem Moment, in dem Tabithas Orgasmus vorbei ist, ziehe ich mich aus ihr und pumpe mit der Faust über meinen Schwanz, sodass ich mein Sperma auf ihrem Bauch und Schenkeln verspritze.

Sie keucht, als versuche sie, zu Atem zu kommen. Sie wirkt benommen und wie im Delirium von unserem Liebesspiel.

Als sie zu Atem gekommen ist, ziehen sich ihre Brauen zusammen. „Warum bist du nicht in mir gekommen? Ist das Teil deiner Kontrollsucht?"

Ich verschmiere meine Essenz zwischen ihren Brüsten, denn ich muss sie zumindest auf eine Weise als mein markieren. Ich bin erleichtert, als ich feststelle, dass es nicht zu heiß ist. Ich setze eine ausdruckslose Miene auf. „Vielleicht."

„Sogar diese Antwort ist kontrollierend! Was ist dein Problem?" Sie stemmt sich auf ihre Ellbogen und wirft mir einen anschuldigenden Blick zu. Von all den Dingen, die ich ihr angetan habe – ich habe sie in einem Käfig eingesperrt, sie immer wieder an den Rand eines Orgasmus gebracht und ihrem Hintern eine hübsche rote Farbe verpasst – ist sie am meisten darüber aufgebracht, dass ich nicht in ihr gekommen bin?

Ich… verstehe dieses Weibchen nicht.

Sie fällt nach hinten auf die Kissen. „Du kannst mich nicht festhalten, Gabriel", sagt sie stur. „Du kannst nicht alles kontrollieren. Du kannst *mich* nicht kontrollieren."

Ich steige aufs Bett und drehe sie von mir weg, sodass

ich mich wie ein Löffelchen an sie schmiegen kann. Sie ist erschöpft und ich muss sie in den Armen halten, bis sie einschläft. Sie erlaubt es mir. Obwohl in ihren Worten und Tonfall Frust mitschwingen, stößt sie mich nicht von sich. Sie wehrt sich nicht gegen mich.

Nein, das Problem scheint differenzierter zu sein, als ich mir vorstellte.

Sie scheint etwas zu wollen, was ich ihr nicht geben kann.

Meine Leidenschaft.

Meinen Höhepunkt.

Meinen Drachen. Alles von mir.

Ich streichle ihre weiche Haut mit meiner Hand, umfange ihre Brust und streife ihre Schläfe mit den Lippen. Ich werde die Nacht nicht mit ihr verbringen – ich weiß, dass ich das nicht kann – aber ich muss versuchen, irgendwie ihren Zorn zu lindern.

„Es tut mir leid, mein Schatz. Aber ich kann dich nicht gehen lassen."

Kapitel Acht

*Amber*

Die Winter in Tucson sind nicht kalt, jedoch kühl. Normalerweise fährt mein Gefährte Garrett in nichts als einer Jeans, einem T-Shirt und einer Lederweste auf seinem Motorrad herum, während ich mich einmummle, als würde ich gleich Skifahren gehen. Doch heute sitze ich in nichts als einer Yogahose und einem leichten Pullover auf der Terrasse.

Ein leises Flüstern ist meine einzige Warnung, dass sich die Fliegengittertür hinter mir öffnet. Für so einen riesigen Mann bewegt sich mein Freund so leise wie eine Katze. Nicht, dass ich ihn jemals laut mit einer Katze vergleichen würde. Höchstes in einem Streit, wenn ich wirklich, wirklich wütend auf ihn bin.

„Hey Babe", erklingt Garretts Stimme eine Sekunde,

bevor er seine Nase an meinem Hals reibt. „Ist dir nicht kalt?"

Meine Lippen biegen sich nach oben und ich greife nach hinten, um ihn näher zu ziehen. Er setzt sich neben mich, legt seine Stiefel auf den Betontisch und nimmt mir mit seinen großen tätowierten Händen das Buch vom Schoß.

Als ich Garrett kennenlernte, jagte er mir eine Heidenangst ein. Er war riesig, mit Tattoos bedeckt und ein harter Motorradtyp, der sich am Rand dessen bewegte, was man als kriminell bezeichnen könnte. Die letzte Art von Person, mit der ich mich abgeben wollte.

Jetzt juckt es mich in den Fingern, seine Tattoos nachzufahren.

„Nein, mir ist nicht kalt. Nicht mehr."

Garrett zieht meine Beine auf seinen Schoß und schließt eine Hand um einen meiner bestrumpften Füße. „Als ich dich kennenlernte, war dir im Winter immer kalt."

„Ich erinnere mich daran." Damals kaufte ich ihm Pullover, nur damit ich sie ihm im Winter klauen konnte.

Er zieht eine Braue hoch und liest meine Gedanken. „Du hast mir immer die Pullover geklaut."

„Du liebst es, wenn ich dir deine Pullover wegnehme", erwidere ich. Vor allem, wenn ich sie und sonst nichts trage. Es ist so eine große Veränderung von meinem typischen steifen Anwaltsselbst, dass es ihm den Kopf verdreht.

„Es gibt einen Grund, warum mir diesen Winter nicht kalt ist." Ich lehne mich zurück und lasse mir von Garrett die Füße massieren, während ich eine Hand auf meinen gerundeten Bauch lege. „Das hier hat mich in einen Ofen verwandelt."

„Tun das Babys?"

„Er tut das."

„Du meinst sie?", entgegnet er.

Ich schüttle den Kopf. „Ich denke, er ist ein Junge. Mütter wissen so etwas immer." In Wahrheit ist es ein Mädchen – ich hatte von Anfang an Visionen von ihr und gestern einen Ultraschall, der es bestätigt hat. Heute Abend werde ich es ihm verraten – aber ich liebe es, wenn wir diskutieren. Das ist die Anwältin in mir.

Garrett lässt sich nicht täuschen. „Du weißt, dass ich erkennen kann, wenn du lügst?"

Ich grinse ihn einfach nur an. Er verdreht die Augen, massiert jedoch weiterhin meinen Fuß mit einem wunderbaren Druck.

„Warum bist du so früh zu Hause? Denk aber nicht, ich würde mich beschweren."

Seine Miene wird ernst. „Ich habe eine Bitte vom Taos-Rudel erhalten."

Ich setze mich so aufrecht hin, wie ich kann, während meine Füße auf seinem Schoß liegen. „Taos? Wen kennen wir in Taos?"

„Einen Alpha namens Rafe Lightfoot. Er hat gerade erst seine Gefährtin gefunden. Noch ein Mensch." Seine Augenwinkel kringeln sich.

„Menschen geben die besten Gefährtinnen ab", ziehe ich ihn auf. „Ihr könnt uns einfach nicht widerstehen."

„Das stimmt." Er drückt meinen Fuß. „Aber es macht den Anschein, als würde eine gute Freundin seiner Gefährtin vermisst werden. Eine Frau namens Tabitha. Sie ist ein Reisevogel, hat jedoch gesagt, dass sie sich vermutlich an Weihnachten melden würde, und das hat sie nicht getan. Sie hat es auch nicht zu ihrem geplanten Ziel geschafft."

„Okay." Ich wechsle in den ernsten Modus.

„Die Jungs besprechen sich gerade mit Kylie, um sich in ihr Handy zu hacken und herauszufinden, ob sie sie auf diese Weise finden können. Aber sie haben einen Gefallen von dir erbeten." Er zögert.

„Sie wollen, dass ich versuche, eine Vision von ihr zu empfangen."

„Ja." Mein Gefährte scheint nur widerwillig fortzufahren und ich weiß warum.

„Es ist okay." Normalerweise biete ich meine übersinnlichen Gaben nicht freiwillig an, aber ich versuche auch nicht mehr, sie zu unterdrücken, wie ich es einst tat. Mit Garretts Hilfe bin ich zu der Erkenntnis gelangt, dass meine Visionen ein Geschenk sind, kein Fluch. Also kann ich sie genauso gut nutzen. „Ich will helfen."

„Ich dachte mir, dass du das tun willst. Sie schicken einen Karton mit ihren Sachen. Rafe hat allerdings schon etwas geschickt, was er bei der Hand hatte. Tabitha hat das hier selbst gestrickt." Er zieht eine Plastiktüte hervor und reicht sie mir.

Darin befindet sich ein cremefarbener Schal.

Ich schwinge meine Beine nach unten und rutsche herum, damit ich Garrett nicht mehr berühre. Seine Arme sind an seiner Seite ausgestreckt, als wolle er mich berühren, doch er hält sich zurück.

Ich atme tief ein, neige die Tüte und lasse den Schal in meine Hand flattern.

*RotesFeuerHitzeSehnsuchtExplosionFlamme!*

Ich schreie auf.

„Amber! Baby, rede mit mir." Garrett kniet sich neben mich. Seine großen Hände legen sich um meine. Jeder seiner Finger ist mit einer anderen Mondphase tätowiert. Ich zeichne die Tattoos oft nach, wenn ich aufgebracht bin. Sie erden mich.

Ich berühre den Sichelmond. „Mir geht's gut."

Er fummelt an meiner Wasserflasche herum, ehe er sie mir reicht. Ich versuche, immer viel zu trinken.

„Bist du dir sicher, dass es dir gut geht?"

Ich nicke. Das Baby tritt mich hart in die Milz. „Uuf." Ich drücke auf meinen Bauch, bis der natale Cancan verebbt.

Garretts Augen blicken wild drein. „Geht es dem Baby gut?"

„Ihr geht es gut", antworte ich rasch.

Er schüttelt den Kopf. „Ich wusste, dass es ein Mädchen ist."

Ich versuche, zu lächeln, kann jedoch nur zittrig ausatmen.

Er legt eine große Hand in meinen Nacken und neigt seine Stirn, um meine zu berühren. Eine Sekunde lang verharren wir so und atmen gemeinsam.

„Mir geht's gut." Ich hebe den Kopf. „Es hat mich einfach nur überrascht." Ich huste leicht, als Garrett meinen Rücken streichelt. Es fühlt sich an, als hätte ich Asche eingeatmet. Sie kratzt hinten in meiner Kehle.

„Baby." Der Schal ist zu meinen Füßen gefallen. Er hebt ihn hoch und wirft ihn weg. „Du musst das nicht noch einmal durchmachen."

„Es ist okay. Ich will helfen. Die Vision war einfach zu mächtig."

*Was hast du gesehen?* Er stellt die Frage nicht, doch sie spiegelt sich in seinen Augen.

Ich atme zittrig ein. „Ich sah Feuer. Nichts als Feuer."

≈

*Tabitha*

*Ich falle in den Traum, als würde er auf mich warten. Ich bin wieder in der warmen Dunkelheit und der angenehme Geruch von Weihrauch umgibt mich. Eine Lampe leuchtet über meinem Kopf. Stapel uralter Münzen schimmern in der Ferne wie eine Fata*

*Morgana. Ein Schatten bewegt sich und wird zu dem Drachen. Der riesige Hals biegt sich und sein Kopf erscheint hoch über mir.*

Hallo du, *sage ich.*

*Der riesige, keilförmige Kopf senkt sich. Der Drache prustet sein eigenes Hallo. Der heiße Atem bläst die Robe zurück, die ich anhabe, und lässt den Stoff um meine Knöchel wirbeln. Ich streiche die Falten glatt. Der Brokat ist rot und golden.* Dir gefallen diese Farben, oder? Und du siehst mich gerne in ihnen.

*Die Robe besitzt das Muster – Reihen um Reihen Borromäischer Ringe. Jede einzelne Drachenschuppe trägt ihr eigenes Set aus ineinander verschlungenen Kreisen. Drei Ringe, die nie gebrochen werden können.*

Ist das dein Siegel? *Ich spanne ein Stück Stoff zwischen meinen Händen, um es dem Drachen zu zeigen.* Dein Wappen?

*Eine gefallene Schuppe schimmert vor meinen Füßen. Ich hebe sie auf und drücke sie an meine Brust.*

Was sollen wir wegen Gabriel unternehmen?, *frage ich traurig.*

*Der Drache antwortet nicht.*

Er sagt, ich soll nicht mit dir reden. Er ist sauer wegen der Flucht, aber du wolltest mir nur helfen, stimmt's? *Ich lehne mich an den Arm des Drachen und zeichne das Symbol auf der Schuppe nach, die ich in den Händen halte.* Ich will dir helfen. Es ist nicht fair, dass er uns beiden die Freiheit genommen hat.

*Sogar im Traum fühle ich den einengenden Griff von Gabriels Kontrolle.* Er lässt mich nicht an sich ran. Er lässt mich nicht rein. Nicht so wie du.

*Ich lasse die Schuppe fallen. Ich wünschte, ich könnte sie aus meinem Traum tragen und ein Stück des Drachen für mich behalten.* Ich bin dir näher als ihm, *gestehe ich dem Drachen.*

*Der Drache schnaubt. Eine warme Luftböe bläst meine Haare zurück.*

Was passiert, wenn ich entscheide, dass Gabriel mich nicht beanspruchen darf? Wenn ich Nein sage?

*Der Drache wirft den Kopf zurück. Da ist ein Hitzeschwall. Tod. Verderben. Die Höhle um uns herum erbebt. Ich schlage um mich und versuche, mich aus dem Traum zu befreien, doch meine Gliedmaße werden zu Beton. Ich kann der Vision nicht entkommen – dem blendenden Rot des Drachenzorns, der atemberaubenden Hitze. Die Höhle verschwindet, genauso wie die Burg, das Dorf, die Welt. Schreie erklingen und ersterben und hinterlassen kein anderes Geräusch als knisternde Flammen. Die Welt verschwindet. Es gibt nichts als Hitze und Asche und Schmerz.*

*Nichts als Feuer.*

ERNEUT WACHE ich allein in meinem Schlafzimmer auf. Der gottverdammte Gabriel schenkt mir eine epische Nacht und lässt mich am Morgen allein. Ich bin noch immer nackt, aber mein Körper ist erfrischt. Das Bad hat seine Wunder gewirkt. Meine Hände sehen wegen der Salbe viel besser aus.

In meiner Brust befindet sich ein nachhallendes Engegefühl. Ich strenge mich an, kann mich jedoch nicht an meine Träume erinnern. Schade. Ich könnte noch einen Kriegsrat mit dem Drachen gebrauchen.

Nach dem Licht zu urteilen, das durch die Fenster fällt, habe ich lange geschlafen. Gestern war ein unvergesslicher Tag. Meine Flucht, die Begegnung mit dem Drachen, der Käfig. Gabriels wundervolle Art, mich zu bestrafen.

Mein Magen knurrt. Das Abendessen hat meinen Bauch gefüllt, doch nach den Aktivitäten der letzten Nacht könnte ich ein ganzes englisches Frühstück verdrücken. Als ich meine Beine über die Bettkante schwinge, zieht es in meiner Mitte. Ich bin auf die beste Weise leicht wund.

Anders als gestern wurde heute kein Outfit für mich rausgelegt. Stattdessen liegt dort eine Nachricht in akkurater Handschrift, die aussieht, als wäre sie mit einer Gänsefeder geschrieben worden.

*Guten Morgen, mein Schatz. Ich hoffe, du hast gut geschlafen. Du wirst dich heute ausruhen und in deinem Zimmer bleiben. Die Mahlzeiten werden dir gebracht werden. Heute Abend komme ich zu dir.* Unterschrieben ist es einfach nur mit *Gabriel.*

Das ist die typische herrische Gabriel-Art. Ich würde die Nachricht gerne ins Feuer werfen, doch die Handschrift ist ein echtes Kunstwerk.

Ich gehe ins Bad, um die Toilette aufzusuchen, und betrachte mich aufmerksam in einem bodenhohen, goldgerahmten Spiegel. Meine Pussy ist leicht geschwollen, aber es gibt einen enttäuschenden Mangel an Knutschflecken. *Schade.* Es wäre schön, einige rote Male von einem zu festen Griff oder dem sexy Spanking zu sehen. Ich habe mich immer nach grobem Sex gesehnt und Gabriel ist derjenige, mit dem ich es wild treiben möchte. Was wäre nötig, damit er die Kontrolle verliert?

Mein zweiter Halt ist der Kleiderschrank. Das Licht geht flackernd an, doch an Stelle der umwerfenden Mode finde ich leere Fächer, leere Regale und leere Schubladen vor.

*Was zum Henker?* Ich klopfe mit der Faust auf ein leeres Regalbrett und überprüfe die Einbauschränke erneut. Da ist nichts. Nicht einmal ein einzelner Kleiderbügel.

Draußen im Schlafzimmer erklingt ein schriller, klingelnder Laut. Ich stürze dorthin und schnappe mir eine Decke, in die ich mich wickle für den Fall, dass gleich ein Haufen Bedienstete mit meinem Frühstück hereinplatzen. Das Klingeln kommt jedoch von einem altmodischen Telefon mit Wählscheibe, das auf meinem Nachttisch steht.

Ich hebe den Hörer ab. „Hallo?"

„Guten Morgen, mein Schatz", säuselt Gabriel. „Wie hast du geschlafen?"

„Großartig", blaffe ich. „Wo zur Hölle sind meine Klamotten?"

„Ich habe sie entfernen lassen."

„Was?", kreische ich. „Bring sie zurück."

Er gluckst. Meine Zehen krümmen sich bei dem dunklen und kehligen Laut.

„Ich meine es ernst, Gabriel. Was soll ich anziehen?"

„Du wirst dir das Recht, Kleidung zu tragen, verdienen, indem du mir gehorchst."

„Wie bitte?" Meine Stimme ist leise und ruhig. Gabriel wird noch lernen, dass ich leise werde, wenn ich wütend bin, da ich innerlich plane, wie ich ihn vernichten kann.

„Du wirst nach meinem Gutdünken, oder so lange du es wünschst, nackt bleiben. Du wirst dich mir unterwerfen, meine Braut."

Ich unterdrücke ein Knurren. „So wirst du mich nicht glücklich machen, Gabriel."

„Gestern Nacht warst du ziemlich zufrieden", erwidert er selbstgefällig.

Ich verkneife mir ein Wimmern. Meine Pussy pocht zwischen meinen Beinen. Anscheinend lässt meine Libido so gut wie alles kalt. Je wütender ich werde, desto mehr fühle ich mich zu Gabriel hingezogen.

„Du kannst dir deine Kleidung mit gutem Betragen verdienen."

„Das wirst du bereuen."

„Ich freue mich darauf. Ich spiele gerne Spielchen." Bevor mir eine Antwort einfällt, fährt er in einem brüsken Tonfall fort: „Dein Frühstück wird in Kürze geliefert werden. Ich muss heute verschiedenen Pflichten nachkommen, aber heute Abend wirst du mit mir speisen."

„Das denkst du", schimpfe ich. Das ist nicht unbedingt eine episch schlagfertige Erwiderung, jedoch das Beste, was mir einfällt. Ich denke bereits darüber nach, wie das Abendessen sein wird, wenn ich nackt bin und er angezogen ist. Vielleicht sollte ich mir davor ein paar Orgasmen verschaffen, um dem Ganzen die Schärfe zu nehmen.

*Nein!*

„Oh Tabitha", sagt er in einem absolut ruhigen, angenehmen Tonfall. „Wir werden gemeinsam dinieren. Ob du nun bei mir am Tisch sitzt oder ob du ans Bett gefesselt bist und ich deine süße Pussy lecke, bis du schreist. Auf die ein oder andere Art wirst du mit mir speisen. Heute Abend."

Bevor ich mich dort, wo ich auf dem Boden dahingeschmolzen bin, zusammenraffen kann, legt er auf.

„Was auch immer, Drachen-Daddy", informiere ich den Piepton und knalle den Hörer auf die Gabel.

Ich hebe das Laken hoch, das ich um mich drapiert hatte. Gabriel denkt, dass er die Oberhand hat, aber das ist nur ein weiteres Hindernis, das es zu überwinden gilt.

Ich mustere die Bettvorhänge. Ich habe die letzten Jahre meine Fertigkeiten als Schneiderin dazu benutzt, Kleider zu verschönern und mir damit meinen Lebensunterhalt zu verdienen. Ich könnte eine *Meine Lieder – meine Träume* Montage nach dem Motto ‚Wie löst man ein Problem wie Maria' erstellen, doch es wäre eine Schande, diese hübschen Vorhänge zu zerschneiden.

Ich wickle die Bettdecke wie eine Toga um mich, wozu ich Haargummis und einige Haarnadeln benutze, die Gabriel in den Badezimmerschubladen vergessen hat.

Das Frühstück wurde noch nicht gebracht, als ich wieder ins Schlafzimmer gehe. Die Tür ist verschlossen, aber einige Versuche mit einer gerade gebogenen Haarnadel schaffen dieses Problem aus der Welt. Meine Mutter versuchte auch, mich mit abgeschlossenen Türen zu kontrollieren.

Ich schleiche auf den Gang. Die Luft ist kühl auf meiner größtenteils nackten Haut.

Es könnte nun jede Minute jemand mit meinem Frühstück vorbeikommen. Daher schloss ich die Badezimmertür und ließ in dessen Innerem das Licht an und das Gebläse laufen. Vielleicht wird es sie eine Weile täuschen. Wegen der Peilsender an meinen Handgelenken wird es vermutlich nicht allzu lange dauern. Gabriel kann meine Bewegungen wahrscheinlich nachverfolgen und schauen, wohin ich gehe. Also sollte ich mich besser beeilen.

Ich habe keinen Fluchtplan. Der Schlüssel liegt denke ich darin, Gabriel dazu zu bringen, einen Fehler zu machen. Bisher hat Mr. Kontrollfreak bei mir nicht in seiner Achtsamkeit nachgelassen. Als ich ihm den Blowjob gab, während ich im Käfig war, kam er dem noch am nächsten. Und selbst da hat er alles so stark wie möglich kontrolliert.

Zeit, sein Leben auf den Kopf zu stellen. Erster Punkt der Tagesordnung: Kleider holen. Zweiter Punkt: Chaos schaffen. Und, wenn möglich, fliehen.

Ich folge dem gewundenen Gang, bis ich die Rüstung finde, die mir zuvor schon als Anhaltspunkt diente. Das Fenster ist verschlossen und Eisengitter bedecken es von außen. Gabriel handelt schnell. Er muss eine Armee aus Bediensteten haben, die diese Burg am Laufen halten. Oder Roboter. Oder beides.

Aus dem Augenwinkel bemerke ich, dass eine Flamme um einen Türgriff zu tanzen scheint. Als ich mich umdrehe, ist sie fort, doch ich weiß es besser, als meine Instinkte zu ignorieren. Ich husche dorthin und knacke das Schloss.

Die Tür schwingt vor mir auf und ein Licht geht an.

Der Geruch von Mottenkugeln dringt in meine Nase. Ich befinde mich in einer Art Salon, der von deckenhohen, goldgerahmten Spiegeln eingefasst wird. Der Raum ist voller Kleiderständer.

Ich schnappe mir das Kleidungsstück, das mir am nächsten ist, eine rote und goldene Robe, die der ziemlich ähnlich sieht, die Gabriel gestern Nacht anhatte. Es macht Sinn, dass er einige von diesen hat, in denen er es sich bequem machen kann, wenn er nicht seine Brioni-Anzüge trägt. Die Robe reicht bis zu meinen Knöcheln und ich muss die Ärmel hochrollen. Als ich den Gürtel allerdings so fest wie möglich um mich binde, sehe ich ziemlich gut aus.

Zeit für die nächste Phase des Plans. Chaos verursachen? Oder sollte ich die Burg weiter erkunden, um Essen zu suchen? Ich werde nicht zurück auf mein Zimmer gehen. Mein Magen knurrt und teilt mir seine Meinung mit.

Ich muss weitergehen.

Als ich aus dem Zimmer trete, befindet sich am Ende des Ganges ein bernsteinfarbenes Leuchten. Es kommt nicht von einer Lampe oder einer anderen Lichtquelle. Das ist noch ein Zeichen. Ich zögere nicht, sondern laufe zu dem Licht. Ich folge ihm durch einen langen Korridor zu einer Stelle, an der er sich teilt, und wähle einen Weg, indem ich erneut dem Licht folge. Eine Sache habe ich von meiner Gefangenschaft in dieser Burg gelernt: Ich darf meine übersinnlichen Gaben nicht ignorieren. Ich habe noch nie zuvor so schnell auf meine Visionen oder Intuition gehört.

Das Leuchten führt mich eine Steintreppe hinab und eine andere hoch. Ich bin in einem anderen Teil der Burg. Die Luft ist kälter. Der Teppich älter und verblasst. Nach einer Biegung verschwinden die modernen Tapeten und

Gipskartonplatten, sodass nur noch die Steinplatten und freigelegten Holzbalken der ursprünglichen Burg zu sehen sind. Mittelalterlicher Shabby-Chic. Der Gang windet sich mal in jene, mal in diese Richtung und kreuzt sich mit anderen wie in einem Labyrinth.

Hoffentlich führt mich meine Vision auch wieder zurück zum Zimmer, ansonsten bin ich nämlich hoffnungslos verloren.

Ich biege um eine Ecke und das Leuchten ist verschwunden.

*Tja, Scheiße.*

Ich befinde mich in einem langen, zugigen Korridor. Einzig ein riesiger roter und goldener Wandteppich, der sich über mehrere Abschnitte entfaltet, bildet einen Puffer zwischen der kalten Steinmauer und mir. Auf den Auktionen, an denen ich teilgenommen habe, wurden eine Menge Wandteppiche versteigert, doch dieser ist der älteste und besterhaltene, den ich jemals gesehen habe. Jedes Stück erzählt eine andere Geschichte. Links, wo die Farben fast verblasst sind, ist eine Waldszene mit allen möglichen Tieren abgebildet. Ein Löwe, ein Lamm, ein Faun und ein Einhorn, die sich alle um ein riesiges goldenes Ei versammelt haben.

Die Geschichte wird von links nach rechts erzählt. Im nächsten Abschnitt liegen gelbe Schalenstücke des Eis um eine winzige, rote, eidechsenähnliche Gestalt. Der Faun und das Einhorn und der Rest der Wesen tanzen um den Babydrachen herum. Es gibt einige Abschnitte, die das Wachstum des Drachen dokumentieren und darin enden, dass er auf einem Berggipfel thront und einen Feuerschwall in einen blauen Himmel bläst. Seine roten Schuppen sind von einem dünnen Goldfaden durchzogen. Weitere Goldfäden säumen den Boden des Wandteppichabschnitts und stellen Goldberge dar.

*Hallo, Gabriel.*

Das mittlere Teppichstück ist ein Portrait von Gabriel. Dunkle Haare, kurzer Bart, lange rote und goldene Robe wie die, die ich gerade trage. Goldfäden als Augen. In seiner linken Hand liegt ein Buch und in seiner rechten hält er goldene Münzen. Ein weiser, gelehrter und reicher Mann.

Dann sind wir wieder im Wald. Dort hat sich ein Haufen Bauern versammelt, von denen manche tanzen, manche Instrumente spielen und andere einen Hochzeitsbogen tragen. Und in der Mitte befindet sich eine marienhafte Frau mit langen Haaren und einem Heiligenschein um ihren Kopf. Anstatt des üblichen goldenen oder cremefarbenen Leuchtens erstrahlt die Lichtblase jedoch in einem kräftigen Lila. *Beinahe so wie meine Aura.* Sie hat auch lange braune Haare wie ich. Sie trägt ebenfalls goldene Manschetten um ihre Handgelenke, die mit dem stilisierten Bild eines Drachen markiert sind.

Meine Hand hebt sich wie von selbst, denn ich will sie berühren. Und dann beginnen die Bilder, sich auf dem restlichen Wandteppich zu bewegen. Meine Vision lässt sie lebendig werden. Die glückliche Szene verblasst zu einer Szenerie der Zerstörung. Der Wald brennt. Die Tiere fliehen oder liegen tot auf dem Boden. Und die Hochzeitsgesellschaft dreht durch. Die zentrale Figur, die Frau, ist fort. An ihrer Stelle ist eine Wolke goldenen Feuers, das von einem riesigen, rotäugigen Drachen ausgestoßen wird.

Der Drache wird immer größer und verdeckt alles andere. Und dann: Nichts als Feuer, das so heiß ist, dass mein Gesicht brennt, als hätte ich es in einen Ofen gesteckt.

Das Feuer verblasst und enthüllt eine karge Einöde. In deren Mitte steht ein dunkelhaariger Mann ganz allein in einem Ring aus Feuer. Auf dem Boden liegt ein Paar goldener Handschellen.

Ein kalter Wind weht meinen Rücken hinauf.

„Madame?"

Ich drehe mich um und bin beinahe erleichtert, Buttons klaren Akzent zu hören. „Guten Morgen."

Buttons verbeugt sich. Er hält ein silbernes Tablett mit einem abgedeckten Teller in der Hand. „Guten Morgen. Darf ich Ihnen das Frühstück servieren?"

Ich werfe meine Haare nach hinten. „Ich werde heute Morgen wieder in der Küche essen", informiere ich ihn erhaben und fordere ihn stumm heraus, mir zu widersprechen. Irgendwie kann ich mir nicht vorstellen, dass mich Buttons durch diesen Gang jagt oder zurück zu meinem Zimmer schleift, wenn ich mich wehre.

Nach einem kurzen Zögern neigt er den Kopf. „Natürlich, Madame."

❧

*GABRIEL*

„Wolf Security hat eine Suche nach Ms. Tabitha gestartet, Sir", berichtet Andrei Hess, mein Sicherheitschef.

„Wie erwartet."

Ich wusste, dass die Wölfe irgendwann nach ihr suchen würden. Ich habe die Anrufe und Nachrichten von Tabithas Freundinnen auf ihrem Handy gesehen. Zunächst waren es freundliche Nachfragen, doch sie schienen erwartet zu haben, an Weihnachten von ihr zu hören, was nicht geschehen war.

Natürlich habe ich den Peilsender ihres Handys entfernen lassen und es vollkommen deaktiviert, weshalb ich ihre Benachrichtigungen auf einem nicht zurückverfolgbaren Computernetzwerk erhalte. Sie werden sie nicht über das Handy finden.

Sie werden sie vermutlich über mich finden. Oder sie werden es zumindest versuchen.

Die Wölfe haben zuvor schon versucht, in eine meiner Festungen einzubrechen. Natürlich habe ich sie erwartet. Ich wusste, dass sie kommen würden und was ihnen wichtig sein würde. Ich veranlasste, dass sie davoneilten, um ihre Gefährtinnen zu beschützen, damit sie mich in Ruhe ließen.

Ich werde auch bereit sein, wenn sie kommen, um Tabitha zu holen.

Allerdings verspüre ich nicht meine übliche Freude über das Katz-und-Maus-Spiel. Denn dieses Mal ist Tabitha der Preis, um den es geht. Und sie ist viel zu wertvoll für mich, als dass ich irgendwelche Risiken eingehen möchte. Falls mein Drache glaubt, dass sie bedroht wird, könnte ich die Kontrolle verlieren. Ich könnte toben und die gesamte Burg mit meinem süßen Schatz darin niederbrennen.

Aus diesem Grund darf ich nicht zulassen, dass sie sie finden. Wenn ich sie durch die ganze Welt transportieren muss, um ihnen einen Schritt voraus zu sein, werde ich es tun.

Natürlich wäre die bessere Lösung, dass mich Tabitha als Gefährte akzeptiert. Dass ich ihr Vertrauen gewinne und sie meines, damit ich ihr das Handy zurückgeben und sie ihre Freundinnen beruhigen kann.

So weit sind wir leider allerdings noch nicht.

Ich weiß nicht, ob es hilfreich oder hinderlich ist, sie heute nackt in ihrem Zimmer einzusperren.

Ich weiß, dass der Gedanke daran und die Aussicht, sie wieder zu sehen, meinen Schwanz hart werden lässt.

Sex ist das einzige Gebiet, in dem Tabitha mit mir

spielt, weshalb ich vorhabe, dieses Spiel fortzuführen, denn sie genießt es.

Ich realisiere, dass Hess noch immer dasteht und Befehle erwartet. „Geben Sie mir augenblicklich Bescheid, wenn einer von ihnen ihr Gelände verlässt."

„Ich überwache all ihre Schritte", erklärt Hess.

„Seien Sie bereit, jegliche Bedrohungen zu neutralisieren, aber nur mit nicht tödlichen Mitteln."

Hess zögert. „Wäre es nicht besser, die Bedrohung einfach... zu eliminieren? Ich könnte ihre Zentrale in Taos angreifen und..."

„*Nein*. Ich will nicht, dass einer von ihnen getötet wird. Sie sind Freunde meiner Braut. So etwas würde sie mir nie verzeihen. Aber ich kann nicht zulassen, dass sie sich in unser Liebeswerben einmischen."

„Verstanden. Das Labor arbeitet an dem hochwirksamen Betäubungsmittel, das einen Gestaltwandler so lange außer Gefecht setzen sollte, dass man ihn in Silberketten legen kann."

„Gut."

Ich zögere.

„Hess."

„Ja, Sir?"

„Ich möchte, dass Sie auch eine Dosis machen, die so stark ist, dass sie einen Drachen Schachmatt setzen kann."

Er erstarrt und in seinen Sibirischen Tigeraugen blitzt gelb die Erkenntnis auf. „Für Sie, Sir?"

Ich stoße einen Luftschwall aus. „Falls mein Drache glaubt, meine Gefährtin sei in Gefahr, könnte er randalieren. Ich kann es nicht riskieren..."

„Ich verstehe", unterbricht mich Hess sofort.

„Sie sind der Einzige, der Zugang zu dieser Dosis haben sollte, und ich autorisiere Sie nur, diese zu benutzen, sollte meine Gefährtin in Gefahr sein. Verstanden?"

„Absolut."

„Ich will nicht, dass jemand anderes von deren Existenz weiß."

„Ich brauche eine ungefähre Gewichtsangabe."

Ein Gewicht. Fuck. Ich muss irgendwo eine Sattelschlepperwaage finden. „Ich werde es Ihnen besorgen."

„Und verwundbare Stellen."

Alles in meinem Körper rebelliert gegen diese Forderung. Ein Drache gibt seine Schwächen nicht preis. Niemandem.

Wie sehr vertraue ich Hess?

Und dennoch reden wir hier über Tabithas Sicherheit.

Diese ist von größter Wichtigkeit.

Ich recke das Kinn und deute auf die weiche Stelle zwischen Kehle und Kiefer. „Hier." Ich spüre, dass der Drache in mir aufbegehrt. Ein ruheloses, wütendes Rumoren. Ein Dampfstrahl schießt aus meinen Nasenflügeln. Ich hebe den Arm und deute auf die weiche Stelle dort. „Und hier."

Ich fixiere ihn mit einem Blick. „Wenn Sie irgendeiner anderen Seele davon erzählen, werde ich Ihnen sämtliche Gliedmaße einzeln ausreißen und Ihrer Mutter schicken."

„Ich verdanke Ihnen mein Leben", sagt er mit einer leidenschaftlichen Note in der Stimme. Ich habe ihn aus einer Gestaltwandler-Sklaven-Organisation befreit, die ich vor acht Jahren zerschlug. Seitdem ist er mir nicht von der Seite gewichen, obwohl ich ihm so viel gezahlt habe, dass er ein neues Leben beginnen könnte.

„Deine Loyalität wird immer belohnt werden."

Er verbeugt sich vor mir, denn sein Kung-Fu-Training hat ihm diese Art des Respekts eingetrichtert trotz der Jahre, die er in einem Käfig gefoltert wurde.

Nachdem er gegangen ist, rufe ich die Peilsender-App auf. Technologie ist so nützlich. Von allen Drachen, die ich kenne, bin ich derjenige, der die Macht, die mir die Moderne bietet, am begeistertsten angenommen hat. Doch ich war schon immer besessen von Macht.

Und jetzt bin ich von Tabitha besessen. Meiner Braut. Die verdammten Peilsender haben mir gestern nichts genutzt, als sie floh, weil ich zu aufgewühlt war, um in meiner Menschengestalt zu bleiben.

Dem Schicksal sei Dank hat mein Drache irgendwie gespürt, dass sie Hilfe brauchte.

Die beiden haben eine Verbindung.

Wie ironisch.

Der Teil von mir, den ich von ihr fernzuhalten versuche, um sie zu beschützen, ist der einzige Teil, den sie zu mögen scheint.

Nun, vielleicht nicht der einzige Teil. Ich lächle, als ich mich daran erinnere, wie sie mich gestern Nacht angefleht hat.

Obwohl ich weiß, dass sie sicher in ihrer Kammer eingesperrt ist, überprüfe ich ihren Standort auf meiner App.

Verflucht!

Das blinkende Licht signalisiert ihre Anwesenheit auf der anderen Seite der Burg. Unten in der Küchenetage.

Meine Krallen fahren aus. Meine Augen sind vermutlich schlitzartig wie die einer Schlange. Ich rausche durch die Burg und knalle Türen, um meine Anwesenheit kundzutun.

Sanftes, heiseres Lachen weht die Treppe von den Quartieren der Bediensteten herauf. Ich werde auf der Treppe langsamer.

Tabitha ist in der Küche und sitzt an dem niedrigen, abgenutzten Holztisch auf einem Hocker. Mein Koch und Butler füttern und unterhalten sie. Sie lacht erneut und der musikalische Laut beruhigt mich bis in die Tiefen meiner Seele.

Sie hat meine Robe an. Sie ist aus ihrem Zimmer entkommen und hat sie irgendwie gefunden. *Kluge Gefährtin.*

Ihre Haut leuchtet im Feuerschein und dem Rot und Gold der Robe. Sie wurde dazu geboren, meine Farben zu tragen.

Befriedigung schlängelt sich durch mich hindurch und lässt mich in der Tür innehalten. Ich könnte für immer in ihrem Licht baden.

Doch dieses Verhalten erfordert eine Korrektur.

*Tabitha*

Ich spüre Gabriel, bevor ich ihn sehe.

Ich weiß nicht, wie lange ich schon hier bin, auf dem Hocker sitze und Giampis Geschichten über seine *Nonna* lausche. Der kleine, italienische Koch mit den Lockenhaaren ist urkomisch. Sogar Buttons – den ich jetzt als James kenne – hat einen trockenen Humor, der mich zum Lachen bringt.

Mein Bauch ist voll, mir ist warm und ich bin ruhig, in meiner Brust flattert es jedoch ein wenig. Es fühlt sich an wie eine Kompassnadel, die ständig nach dem wahren Norden sucht.

Ich drehe mich auf meinem Hocker und dort ist er. Er steht in der Tür und sieht aus, als wolle er mich erneut bestrafen. Oder mich lecken und mir sein Sperma füttern.

Vermutlich alles drei.

Koch Giampi und James begrüßen ihn, doch er hat nur Augen für mich.

„Hallo, Drache", sage ich.

„Lasst uns allein", befiehlt er leise, woraufhin Koch Giampi und James den Raum sofort verlassen.

Rauch strömt aus seinen Nasenflügeln. Seine Hände glitzern, als würde sich seine Haut jeden Moment in Schuppen verwandeln. Er tritt nach vorne und eine Hitzewelle trifft meine Haut.

Ich neige den Kopf in seine Richtung und atme den kräftigen Weihrauchgeruch ein. „Du riechst nach ihm. Dem Drachen."

„Hast du gestern Nacht von ihm geträumt?"

„Oh ja. Wir haben Zeit miteinander verbracht. Momentan mag ich ihn lieber als dich."

„Das ist definitiv neu. Die meisten Leute haben schreckliche Angst vor ihm."

„Ich bin nicht die meisten Leute."

„Das verstehe ich allmählich." Er starrt mich noch immer an. Mein Körper wird jeden Moment innerlich verbrennen.

Ich drehe mich halb und stecke meinen Finger in eine Schüssel. Wie sich herausstellt, ist es eine Pastetenfüllung. Es wäre sexier, wenn es Schlagsahne wäre, aber das hier tut es auch. Ich lecke die erdig schmeckende Creme so sexy wie möglich von meinen Fingern.

Seine Augen folgen jeder meiner Bewegungen. „Du hast meine Befehle missachtet. Ich habe dir aufgetragen, in deinem Zimmer zu bleiben."

Ich zucke mit den Achseln. „Ich wollte aus meinem Zimmer raus. Also habe ich mich rausgelassen."

„Ich verstehe." Seine Stimme ist gefährlich leise. Er ist wie ich und wird ruhiger, wenn er wütend ist. „Und du bist zur Küche gegangen?"

„Ja." Ich werde Buttons nicht verraten. Gabriel kann ruhig denken, dass ich selbst hierher gefunden habe. „Es war schön, ein Gespräch mit anständigen Menschen zu führen."

Er schlendert näher. „Worüber habt ihr euch unterhalten?"

„Tatsächlich dich."

Er bleibt einen halben Meter entfernt stehen und seine Stirn legt sich in Falten. „Hast du etwas Interessantes herausgefunden?"

Ich zucke mit den Schultern. „Sie haben mir nichts Peinliches erzählt. Sie halten dich für einen Gott."

Er zieht eine schwarze Braue hoch.

„Kein Gott. Aber ein wirklich großartiger Chef. Sie haben von dir geschwärmt. Du bist aufgetaucht und hast die Burg renoviert. Du hast allen Dorfbewohnern im Umkreis von fünfzig Kilometern Jobs gegeben. Du hast eine Keramikfabrik wiederbelebt. Neue Straßen bezahlt und Brücken repariert. Und anscheinend hältst du einen schicken Ball ab, um Weihnachten zu feiern. Am orthodoxen Datum im Januar. Dieses Jahr wird er am neunten gefeiert."

„Das stimmt."

„Du bist ein gewöhnlicher, gütiger Burgherr. Ein moderner ‚Wenzeslaus von Böhmen' dem Heiligen."

Er schnaubt. „Fürst Wenzel hat für niemanden auch nur einen Finger gekrümmt."

„Oooh, war er ein Angeber? Natürlich weißt du das. Du bist ein Anachronismus."

Ich lehne mich an die Kücheninsel, um zu ihm auf zu blicken. Er beugt sich nach vorne und stützt seine Arme zu beiden Seiten von mir ab.

„Wir müssen deinen fortwährenden Ungehorsam besprechen."

„Was wirst du deswegen unternehmen?", frage ich. „Alter Mann", füge ich hinzu.

Er lehnt sich zurück. Ich atme scharf ein. Wir sind in dem Bruchteil einer Sekunde gefangen, in dem ich über eine Klippe getreten bin und bemerke, dass ich gleich fallen werde.

Er wirbelt mich herum, packt mich im Nacken und fixiert meine Vorderseite auf der Kücheninsel. Er reißt den Gürtel der Robe ab. Meine Arme sind in den Ärmel gefangen und die Robe bauscht sich in meinem Rücken, sodass mein Hintern entblößt ist.

Er umfängt meine linke Pobacke. „Ich denke, du wolltest mir nicht gehorchen. Ich denke, du wolltest, dass ich dich richtig bestrafe." Seine Hand kracht auf meinen Hintern. „Ich denke, dir gefällt es."

„Vielleicht tut es das", keuche ich.

„Nimm das wie ein braves Mädchen", säuselt er. „Und ich werde dich belohnen."

Ich presse mich an die Kücheninsel und präsentiere ihm meinen Hintern.

Dieses Mal versohlt er mich mit etwas anderem als seiner Hand. Ich schreie. Der kleinere Bereich brennt. Ich schaue nach hinten. Auf meinem Hinterteil prangt ein leuchtend rotes Mal und Gabriel schwingt einen hölzernen Kochlöffel.

*Was Koch Giampi nicht weiß, macht ihn nicht heiß.*

Er schlägt mich mit dem Löffel und markiert meine rechte Pobacke mit einem ähnlichen Mal. Obwohl es wehtut, beuge ich mich wieder nach vorne. Ich will diese Male. Mein Körper steht unter Strom seit dem Moment, in dem ich in dieser Burg aufwachte. Ich bin erregt und sehne mich nach Sex und Stimulation. Ich verzehre mich stets nach Befriedigung.

Er hält mich mit einer Hand auf meiner Hüfte fest, tritt meine Füße weiter auseinander und tippt mit dem Holzlöffel auf meine Pussy.

Obgleich es nur ein leichtes Antippen war, ist es intensiv und mein Schrei erklingt und prallt vom Herd und den Fliesenwänden ab.

Ich versuche, meine Beine zu schließen, doch er presst sich an meinen Rücken und fixiert meine linke Seite an der Kücheninsel. Sein rechter Fuß hindert mich daran, meine Beine zu schließen.

„Nein, nein", raunt er in einem seidigen Tonfall. „Du kannst das ertragen."

Mir stockt der Atem, aber ich bin jetzt entschlossen. Er tritt beiseite, streichelt meine Hüfte und stützt mich. Der Löffel tippt leicht auf meine feuchten Falten. Jedes Antippen schickt Funken durch meine Mitte.

„Gabriel", hauche ich.

Eine Dampfwolke weht an mir vorbei. Ich habe seinen Drachen aufgeweckt. Er ist so erregt wie ich. Ich liebe es, zu versuchen, ihn außer Kontrolle zu bringen.

„Versohl mich", befehle ich. „Meinen Hintern, nicht meine Pussy."

„Du hast hier nicht das Sagen, meine reizende Braut", verkündet er, tut dann jedoch genau das, worum ich ihn gebeten habe, und versohlt meine rechte und linke Pobacke mit schnellen, kurzen Schlägen.

„Autsch, ooh." Ich tänzle unter den Hieben hin und her.

Er hört auf und lässt den Löffel fallen, woraufhin er das Brennen wegmassiert und die Hitze in die Haut reibt. Ich stöhne meine Befriedigung hinaus und strecke eine Hand nach hinten, um nach ihm zu suchen. Meine Finger schließen sich um sein Hemd und ich nutze es, um seinen Körper an meinen zu ziehen. Nun, ich versuche es jedenfalls. Zunächst ist er unnachgiebig, denn er muss offensichtlich wie immer die Szene kontrollieren.

Doch dann tritt er an mich heran und presst die

Wölbung seines Schwanzes an meinen Hintern. „Willst du, dass ich dich hier in der Küche ficke, Tabitha?"

„Ja." Daran ist irgendetwas so Verdorbenes, was das Ganze so richtig macht.

„Gut." Er wickelt sich meine Haare um die Faust und zieht meinen Kopf sachte nach hinten. „Denn ich denke, dass du mich jetzt tief aufnehmen musst. Denk daran, wem du gehörst."

Auf irgendeiner Ebene bin ich sicherlich beleidigt, doch nichts davon erreicht jetzt mein Gehirn. Stattdessen entzünden seine Worte weitere Flammen des Begehrens und ich lasse ein leises Wimmern verlauten. Er verpasst meinem Hintern einen Schlag mit der Hand und ich drehe mich, um dabei zuzuschauen, wie er seinen Reißverschluss öffnet und seine Erektion befreit.

„Zeig mir, was du draufhast, Drachenmann", gurre ich.

Seine Lippen biegen sich nach oben und seine Pupillen werden zu Schlitzen. „Du bist zu perfekt für Worte", haucht er, schiebt mir die Haare von den Schultern und streift meine Haut mit den Zähnen, als er sich an meinen Eingang drängt.

Ich greife mit einer Hand zwischen meine Beine, um ihn in mich einzuführen.

Er erschaudert in dem Moment, in dem er sich tief in mir versenkt, und sein Atem weht heiß über meine Wange. Er schlingt einen Arm um meine Taille, wodurch er ein Polster zwischen meinem Hüftknochen und der Küchen-insel schafft. Daraufhin beginnt er, sich mit tiefen harten Stößen rhythmisch in mich zu rammen.

„Ich sehe gerne, wie du die Kontrolle verlierst", infor-miere ich ihn, was ich sogleich bereue, weil er aufhört, sich zu bewegen.

Ich neige meine Hüften nach hinten, um ihn tief

aufzunehmen, woraufhin er mich festhält und mit seinem Arm um meine Hüften gefangen nimmt.

„Ich verliere nicht die Kontrolle", knurrt er an meinem Hals. Sein offener Mund ist an meiner Haut heiß und feucht.

„Das wirst du noch." Ich weiß nicht, warum ich ihn reize. Ich schätze, ich will einfach nur seine Spielchen unterbrechen. Ich will den echten Mann hinter den teuren Anzügen, den perfekten Haaren und der glatten Fassade sehen. Ich will den echten Gabriel – unvollkommen, angeschlagen, vielleicht sogar ein wenig gebrochen wie ich.

Bis ich diese Seite von ihm sehe, bis er sich öffnet und mir zeigt, wer er wirklich ist, werde ich vor ihm wegrennen. Und bis er kapiert, dass ich weder gefangen gehalten noch kontrolliert werden kann. Ich bin nicht meine Mutter. Ich werde mich von Gabriel Dieter nicht kaufen, einsperren oder fesseln lassen.

„Das werde ich nicht tun." Zum Glück beginnt er, sich wieder langsam in mich rein und raus zu rammen.

Es ist quälend langsam, fühlt sich allerdings wundervoll an. Gabriels rauchiger Duft windet sich um mich und seine sengende Berührung erdet mich.

Er stößt härter zu und hält jedes Mal inne, wenn er sich fast rausgezogen hat, nur um sich wieder in mich zu rammen und erneut innezuhalten. Es fühlt sich wie eine Bestrafung an. Als würde er mir eine Lektion erteilen. Was ich lernen soll, kann ich nicht mit Sicherheit sagen.

Dass er das Sagen hat. Dass er nicht die Beherrschung verlieren wird. Dass ich noch seine Gefangene bin.

Nichts davon ist wahr. Ich weiß das, weil sein Atem immer schwerer geht. Er denkt vielleicht, dass er mich hier gefangen hält, doch die Wahrheit ist, dass ich ihn gefesselt habe. Er braucht mich viel dringender, als ich diesen

Orgasmus will. Letztendlich habe ich die Oberhand und irgendwann werde ich meinen Willen bekommen.

Ich konzentriere mich darauf, meinen Kanal um seinen Schwanz anzuspannen, woraufhin sich seine Atmung beschleunigt und er sich schneller rein und raus bewegt. Seine Stöße erschüttern die Kücheninsel. Eine Vase kippt um und verschüttet Blumen und Wasser.

Wir ignorieren die Sauerei. Wir sind jetzt beide zu nahe am Höhepunkt. Es fühlt sich zu gut an, um jetzt aufzuhören oder langsam zu machen. Ich lasse ihn mein Verlangen in meinen kehligen Schreien hören und daran erkennen, wie ich meine Hüften nach hinten neige, um seinen entgegenzukommen.

Dampf umwölkt meine Sicht. Das Zimmer füllt sich mit einem rauchigen Duft. Von ihm?

Das muss es sein.

Unser Atmen vermischt sich im Takt mit seinen Stößen. Meine Augen rollen nach hinten in meinen Kopf und meine Beine beginnen, zu zittern. Mein Orgasmus droht hell und gelb und schimmert in einem pulsierenden Rot.

„Tabitha." Noch mehr Dampf weht an meinem Gesicht vorbei. „Tabitha."

Gabriel zieht sich aus mir und bewegt den Arm um meine Taille, sodass er mich zwischen den Beinen umfangen kann. Er schiebt mehrere Finger in einer Kegel-form in mich und ich komme auf ihnen, während er seine Ladung über meinen Hintern verspritzt. Sein Sperma ist wunderbar heiß und dick.

Ich zittere und drücke seine Finger, während ich komme.

Ich war noch nie ein Fan der Rauszieh-Methode und das nicht, weil es eine unzuverlässige Verhütungsmethode ist. Irgendetwas daran, allein zum Höhepunkt zu kommen, ist nicht befriedigend.

„Hast du Angst, dass ich schwanger werde?", frage ich. Vielleicht weiß er nicht, dass es im einundzwanzigsten Jahrhundert andere Methoden der Verhütung gibt.

„Was?" Er verlagert seine Hand, um meine Klit zu massieren, und ich komme erneut, wobei ich mit den Hüften gegen die Kücheninsel schaukle.

„Kommst du deswegen nicht in mir?"

Er atmet scharf ein und steckt seinen Schwanz weg, wobei es ihm irgendwie gelingt, nach dem, was wir gerade getan haben, zurechtgemacht und geschäftsmäßig auszusehen. „Nein. Eines Tages werde ich dich schwängern."

Oh Gott. Mini Orgasmus. Ich will nicht einmal Kinder, aber irgendetwas daran, dass es der strenge Drachen-Daddy so klingen lässt, als hätte ich keine Wahl? *Heiß*. „Das ist irgendwie schwer zu bewerkstelligen, wenn du nicht in mir kommst." Ich zwinge meine Stimme, leicht und ruhig zu bleiben. „Außer du hast diese mittelalterliche Biologiestunde verpasst." Ich werde ihm später erklären, wie mein Verhütungsimplantat funktioniert.

Er funkelt mich unter seinen buschigen Brauen finster an.

„Du hältst dich zurück", stelle ich fest und meine Stimme wird trotz meiner besten Bemühungen höher. „Bitte sag mir warum."

Er greift noch einmal nach mir, zieht mich an seine Vorderseite und umfängt meinen Busen mit einer Hand, meine Pussy mit der anderen. Eine effektive Methode, um meinen Fragen auszuweichen, aber ich werde ihm erlauben, mich abzulenken.

Nach einigen Berührungen fällt mein Kopf nach hinten an seine Schulter.

„Das ist es", raunt er und seine kratzende Stimme in

meinem Ohr steigert meine Erregung. „Gib die Kontrolle ab." Noch ein Nachbeben durchläuft mich. Gabriel spielt meinen Körper wie ein Musiker sein Instrument und scheint zu wissen, wie er jede Note mit perfekter Deutlichkeit treffen muss. Wie er sie zusammenstellen muss, um eine Symphonie aus Empfindungen zu erstellen, die wie keine ist, die ich jemals zuvor verspürt habe.

„Ich verstehe nicht…", keuche ich. Mein Gehirn ist wie Brei. „Ich war noch nie zuvor in der Lage…" Ich verstumme, denn ich bin nicht gewillt, den Satz zu beenden, doch Gabriel hat es bemerkt.

„Verrate es mir."

Ich lecke mir über die Lippen. Ich bin bisher bei keinem anderen so gekommen. Meine vorherigen sexuellen Begegnungen waren so leicht zu vergessen, dass es lachhaft ist. Falls der Kerl herumfummeln und sogar meine Klit finden konnte, wusste er nicht, was er damit tun sollte. Gabriel stimuliert meinen Körper, als würde er jeden Zentimeter kennen, als hätte er ihn entworfen und jede Ecke und Winkel studiert. Er könnte mich auseinanderreißen und wieder zusammensetzen. „Ich war noch nie mit jemandem zusammen, mit dem ich eine so explosive Chemie geteilt habe", weiche ich aus. „Vor allem nicht mit jemandem, den meine Mutter gutheißen würde."

„Deine Mutter würde mich gutheißen?" Er erlaubt mir, mich zu ihm umzudrehen.

„Oh ja." Ich liste die Argumente mithilfe meiner Finger auf. „Gut gekleidet, gut aussehend, offensichtlich stinkreich, besitzt eine Burg. Sie würde mir pausenlos damit in den Ohren liegen, dass ich dafür sorgen muss, dass du mir ja gutgesinnt bleibst. Sie würde mir einen Termin zum Wachsen machen und mir anzügliche Dessous kaufen, damit ich dich *bei Laune halten* kann."

„Ich verstehe." Seine Augen werden schmal. „Aber was ist mit dir, Tabitha? Bin ich dein Typ?"

„Nun." Es gefällt mir irgendwie, dass er keine Fragen mehr zu meiner Mutter stellt. Allerdings versucht er, mich dazu zu bringen, mich zu öffnen, obwohl er mir meine Fragen nicht beantwortet. „Nein, nicht wirklich." *Abgesehen vom Aussehen und im Bett.* „Ich neige dazu, vor Männern wie dir davon zu rennen. Reich, mächtig, herrisch. In meiner Kindheit hatte ich zu viele Männer, die so waren. Das ist der Typ meiner Mom."

„Was für einen Mann würdest du vorziehen?"

„Spielt das eine Rolle? Würdest du dich für mich ändern?"

„Ich bin zu Veränderungen in der Lage."

Ich rümpfe die Nase. Will ich, dass Gabriel mehr wie die Männer ist, mit denen ich zusammen war? Diese Kerle waren alles Freigeister wie ich. Vagabunden ohne Jobs und Wurzeln. In Taos sind es die Hippies, die sich selbst neue Namen geben, eine Menge Gras rauchen und davon reden ‚sich selbst zu finden'. Bei ihnen fühlte ich mich wohl. Aber wir waren wie Quallen und trieben durchs Leben.

Gabriel ist keine Qualle. Er ist ein Drache. Ein intensiver, mächtiger, unausstehlich kontrollierender und besessener Drache. Zu ihm gibt es keinen Vergleich.

Verglichen mit Gabriel war der Sex mit den Kerlen, mit denen ich zusammen war, als würde ich schmutziges Brackwasser an Stelle eines edlen Weins trinken. Was vermutlich der Grund dafür ist, dass ich nur eine Handvoll Affären hatte. Ich dachte, ich wäre einfach nicht der Typ für Langzeitbeziehungen. Aber vielleicht wählte ich nicht die Kerle, mit denen ich zusammen sein wollte. Ich befriedigte ein Bedürfnis und zog weiter.

Gabriel… er könnte meine Welt verzehren. Ich könnte

besessen von ihm werden. Und das ist genau das, was er will. Ein Schauder durchläuft mich.

Ich hoffe, er bemerkt es nicht, doch er ist so sehr im Einklang mit mir wie ich mit ihm.

„Ich kann dich nicht mit diesen Männern vergleichen. Mit dir zusammen zu sein, ist so viel befriedigender", gestehe ich. „Auf einer anderen Ebene."

„Und deswegen bist du so erpicht darauf, mich zu verlassen?"

Mein Inneres windet sich und ich werfe ihm einen verzweifelten Blick zu.

„Ah ja." Er streichelt mein Gesicht. „Du hast Angst vor dem, was wir teilen."

„Liebe ist Kontrolle."

„Ah, aber Tabitha, Kontrolle befreit dich."

Ich hebe meine Handgelenke. „Nimm mir diese Peilsender ab und wir können ein Gespräch über Kontrolle führen."

Er presst die Lippen zusammen.

„Das habe ich mir gedacht." Ich lege eine Hand auf seine Brust und schiebe ihn aus dem Weg, denn ich möchte einen Lappen, um mich zu putzen. Ich bin nackt und Gabriel ist nach wie vor vollständig bekleidet. Erneut.

Ich packe die Robe und ziehe sie mir an. „Ich werde immer wieder versuchen, dir zu entkommen."

„Du kannst mir nicht weglaufen. Ich werde es nicht erlauben." Er packt mein Handgelenk oberhalb der Goldmanschette. Seine Faust spannt sich an. „Ich kann nicht erlauben, dass du noch einmal verletzt wirst."

*Noch einmal?* Kurz habe ich ein klares Bild des Wandteppichs vor Augen, über den ich in dem verstaubten Teil der Burg gestolpert bin. Des Teppichs mit der Frau mit den langen braunen Haaren. *Sie sieht ein bisschen wie ich aus.*

„Um der Veränderung willen", er spuckt das Wort wie

etwas Schmutziges aus, „und um dich glücklich zu machen, schlage ich einen Kompromiss vor."

„Was?" Das ist neu.

Gabriels dunkle Brauen ziehen sich zusammen. „Verstehe mich nicht falsch. Ich würde es vorziehen, dich in einem Käfig zu halten. Dich die nächsten zehn Jahre nur auf dem Rücken liegen oder schwanger zu sehen."

Meine Pussy verkrampft sich, obwohl mein Verstand rebelliert.

Seine Lippen kräuseln sich. Er schiebt mich vor sich, lässt seine Hand um mich gleiten und drückt sie auf meinen Bauch, während er mir ins Ohr krächzt: „Ich könnte es noch immer tun. Ich könnte dich in den Käfig stecken, während ich arbeite, und dich nur nachts rauslassen. Ich könnte dich zu meinem Bett tragen, dich füttern…" Rauch rollt über meine Wange. Sein harter Schwanz pikt gegen meinen Po. „Es würde dir gefallen, Tabitha. Ein Teil von dir würde aufblühen."

Ich stemme mich von ihm und drehe mich zu ihm um. „Und ein Teil von mir würde sterben."

„Ja." Er klingt traurig. „Daher schlage ich einen Kompromiss vor. Vierzig Tage und vierzig Nächte als meine Braut. Du bleibst an meiner Seite und befolgst meine Befehle. Danach werde ich dich gehen lassen, wenn du gehen möchtest."

„Auf keinen Fall."

„Vierzig Tage und vierzig Nächte. Die Anzahl an Tagen, die der Nazarener durch die Wüste wanderte."

„Oder wie der Probezeitraum von WinRAR."

Meine Lippen zucken bei Gabriels verwirrtem Gesichtsausdruck.

„Das ist eine Packsoftware." Ich betrachte ihn. „Woher weiß ich, dass du dein Wort nicht brechen wirst?"

„Mein Wort gilt."

„In Ordnung." Vierzig Tage und Nächte ist nicht so schlimm. Ich darf meine Prinzessinnen-Träume in einer Burg ausleben und mich dann aus dem Staub machen. „*Eine drei Stunden Tour*", singe ich und verziehe das Gesicht, als seines ausdruckslos bleibt. „Komm schon, du kennst *Gilligans Insel* nicht? Ich muss an deiner modernen Bildung arbeiten, damit du meine Anspielungen verstehst. Lass uns das auf die To-Do-Liste setzen."

Eine leichte Milde legt sich auf Gabriels Miene und die Anspannung weicht aus seinem Kiefer. Er ist erleichtert, dass ich zugestimmt habe, zu bleiben, wenn auch nur für eine begrenzte Dauer.

„Aber ich muss mich bei meinen Freundinnen melden. Und meiner Mom. Sie müssen wissen, dass es mir gut geht."

„Du verdienst dir das Recht, deine Freundinnen anzurufen, wenn ich das Gefühl habe, dass ich dir vertrauen kann. Ich werde nicht zulassen, dass du diesen Wölfen den Standort meiner Burg verrätst."

„Was ist mit einer E-Mail?"

„Ich werde eine E-Mail in Erwägung ziehen."

„Na schön. Das akzeptiere ich. Eine E-Mail von mir würde bei meinen Freundinnen allerdings mehr Warnglocken schrillen lassen als eine SMS oder ein Anruf…"

„Es wird keine SMS oder Anrufe geben, Tabitha." Er senkt die Stimme. „Vielleicht sollte ich dich für die Dauer unserer Abmachung in dem Käfig festhalten."

„Das gehörte nicht zu der Vereinbarung", sage ich. Meine Innenschenkel pressen sich allerdings in Reaktion auf die Drohung aneinander, als hätte er mir gerade Lust versprochen.

Er neigt den Kopf näher. „Das würde dir gefallen, nicht wahr?", raunt er. „In dem Käfig eingesperrt zu sein, während ich arbeite. Nackt und meiner Gnade ausgeliefert."

„Nein", krächze ich. Ich lüge. Meine Mitte pocht, als hätte er meine Klit gestreichelt.

„Bist du dir sicher? Ich könnte dich mit einem Spielzeug zwischen deinen Beinen fesseln. Ich würde oft Arbeitspausen machen, um dir... Erleichterung zu verschaffen. Wenn du brav bist. Und ich würde dich bestrafen, wenn du ungezogen warst."

„Das klingt schrecklich." Das klingt großartig. Ich winde mich und bin unfassbar angetörnt. „Ist es hier drin heiß?"

Sein dunkles Glucksen jagt Schauder über mein Rückgrat. „Du liebst es, wenn ich dich dazu zwinge, mir zu gehorchen. Ich könnte dich für immer so festhalten. Du würdest deine Tage eingesperrt in dem Käfig verbringen und deine Nächte an mein Bett gefesselt. Irgendwann würdest du vergessen, wie es war, frei zu sein."

Ich schlucke. „Du hast es versprochen."

„Ja, ich habe es versprochen. Mein Wort gilt. Die nächsten vierzig Tage und Nächte... bist du allerdings mein."

## Kapitel Neun

*Gabriel*

Ich fege Tabitha in meine Arme und trage sie in Richtung ihrer Kammer.

„Wohin gehen wir?"

„Zu deiner Kammer."

Sie tritt mit ihren hübschen Füßen um sich. „Nein. Das kommt nicht infrage. Wir haben gerade eine Abmachung getroffen."

„Ich wollte, dass du nackt in diesem Zimmer auf mich wartest, wenn ich von der Arbeit komme. Ich wollte mir vorstellen, wie du nackt, bereit und ungeduldig auf dem Bett liegst."

Ihr Lachen ist kehlig. „Du bist wahnsinnig, Drache. Der wahnsinnigste Mann, dem ich jemals begegnet bin."

Nehme ich da einen Hauch von Zuneigung in ihrem Tonfall wahr? Sie ist jedenfalls in der Art zu finden, mit der

Tabitha ihre Arme locker um meinen Hals geschlungen hat. Sie fühlt sich in meinen Armen wohl und damit, von mir getragen zu werden.

„Ich kann nicht zulassen, dass du nackt durch meine Burg rennst. Das ist nicht akzeptabel."

„Ich bin nicht nackt, ich trage deine Robe. Die übrigens ziemlich bequem ist. Aber wenn du mich in Kleidern haben willst, wirst du mir meine Garderobe zurückgeben müssen. Du kannst mich nicht mehr in das Zimmer einsperren. Wir haben eine Vereinbarung getroffen."

„Ich habe dir bereits mitgeteilt, dass es im Bereich meiner Rechte liegt, dich in den Käfig zu stecken."

„Du hast keine Rechte auf mich, Drache."

Wir haben ihr Zimmer erreicht und ich marschiere zum Bett. „Ich habe jedes Recht." Ich werfe sie auf das Bett und klettere über sie.

Sie lacht, als wäre das alles ein Spaß für sie. Sie erkennt nicht, dass es die Wahrheit ist.

„Ich bin dein Gefährte, kleiner Mensch. Das macht mich zu deinem Wächter. Deinem Beschützer. Deinem Folterer. Und deinem Versorger."

„Soll ich bei diesen Worten etwa in Verzückung geraten? Denn ich finde sie nicht sonderlich poetisch."

„Du solltest bei dem hier in Verzückung geraten", informiere ich sie, schiebe ihre Knie weit auseinander und lasse mich zwischen ihren Beinen nieder. Ich lecke über sie und teile ihr pralles Fleisch mit der Zunge.

„Mmmh. Oh", keucht sie, schiebt meinen Kopf allerdings nicht weg. „Warte, warte. Warte, Gabriel."

„Was ist los, mein Schatz?"

Sie stemmt sich auf die Ellbogen. „Ist das dein Plan?"

Ich wölbe eine Braue.

„Mir vierzig Tage lang morgens, mittags und nachts

Orgasmen zu verschaffen? Willst du mich so überzeugen, bei dir zu bleiben?"

Ich blinzle sie an. „Funktioniert es?"

„Nein", lügt sie und reibt die Lippen aufeinander. Ich will sie küssen, traue mir aber nicht zu, nicht die Beherrschung zu verlieren.

„Was würde funktionieren, mein Schatz?"

„Ich will ein Ende der Geheimnisse und Rätsel und Spiele. Ich will dein wahres Ich kennenlernen."

„Spiele sind das, was ich bin. Sie sind das, was ich liebe."

Sie schüttelt den Kopf. „Nein. Spiele sind das, hinter dem du dich versteckst."

Meine Brauen senken sich. Ich kann nicht entziffern, was sie von mir will. Ich kann das nicht verstehen. Ich bin völlig ratlos.

Ein Anflug kalter Verzweiflung bringt meine Brust zum Gefrieren. Was, wenn… mich nichts anderes ausmacht? Was, wenn die Person, die sie sucht, nicht existiert?

„Da!" Sie pikt mit einem entzückenden Finger in meine Brust. „Was denkst du gerade?"

Mein Kopf ist wie leergefegt. „Wie bitte?"

„Was hast du gedacht? Was hat dich zum Stirnrunzeln gebracht? Ich will wissen, was in deinem Kopf vor sich geht – nein, nicht in deinem Kopf. Deinem Herz."

Meinem… Herz?

„Du willst wissen, was in meinem Herz los ist?"

„Ja."

Ich nehme ihre Hand und halte sie an meine Brust, wo das fragliche Organ liegt. „Es gibt viele, die dir sagen würden, dass ich kein Herz habe, Tabitha. Doch das stimmt nicht. Ich habe eines, es schlägt jedoch nur für dich. Du hast mich aus meinem Schlaf geweckt. Ich habe nur gelebt, um dir wieder zu begegnen, und jetzt bist du zu mir gekommen. Ich habe hunderte Jahre ohne dich gelebt. Viel zu viele Jahre. Also vergib mir bitte, wenn ich nicht einmal weiß, wie es ist, mit einem Herz zu leben, denn ich bin erst vor kurzem wieder lebendig geworden."

Verflucht.

Ich habe zu viel gesagt. Ich habe ihr erneut Angst gemacht. Ihre jadegrünen Augen werden rund vor Sorge.

Doch Tabitha streckt die Hand aus und zeichnet die Konturen meiner Wange nach, dann meinen Kiefer. „Es kann sehr schwer sein, mit Herzen fertig zu werden", murmelt sie.

„Ja."

„Hast du Probleme, mit deinem fertigzuwerden?"

Emotionen durchströmen mich. Das ist neu für mich, sowohl in dieser Quantität als auch Qualität. Ich verstehe es kaum. „Ja." Meine Stimme kratzt in meiner Kehle. So ehrlich war ich ihr gegenüber noch nie zuvor.

„Komm her", murmelt sie, schlingt ihre schlanken Arme abermals um meinen Hals und zieht mich auf sich herab. „Ich werde dir zeigen, wie man das macht."

Und dann küsst sie mich. Ihre Lippen sind unendlich weich. Eine sanfte Erkundung. Sie bewegt sie einige Male über meine, ehe sie ihre Zunge zwischen meine schiebt.

Unterdessen verharre ich mit vollkommen reglosem Mund über ihr. Ich habe Angst, mich zu bewegen. Angst, den Kuss zu erwidern. Ihren umwerfenden Mund auf die Weise zu erobern, wie ich es gerne tun würde.

„Küss mich", flüstert sie an meinen Lippen. Ihre Augenlider flattern.

Sie ist so wunderschön. So fürchterlich reizend. Sie ist das Sternenlicht und der Sonnenschein und das Lachen. Sie ist Frühlingsblumen und das süße Brabbeln eines Babys.

Mein Drache tobt in mir. Ich zwinge mich, mich

langsam zu bewegen. Ich nehme ihren Kopf in beide Hände, trinke von ihren Lippen und atme zugleich tief ein, um ihren Duft nach Frühlingsregen und Geißblatt in mir aufzunehmen.

Und… nichts Schreckliches geschieht.

Ich spucke kein Feuer in ihr Gesicht und zerstöre das Eine in dieser Welt, das ich liebe. Ich verspüre nicht einmal den Drang, sie zu beanspruchen. Der Kuss war zärtlich. Liebevoll. Ein Geschenk an meine Braut. Der Drache schweigt, als würde ihm das ebenfalls reichen.

Ich weiche langsam zurück und Tabitha lächelt. „Das war schön."

Mein Schwanz wird in meinem Hosenbein länger, was ich jedoch ignoriere.

„War es das, was du gebraucht hast, Tabitha?"

„Ja."

„Ich denke, ich verstehe jetzt." Das tue ich und ich tue es nicht. Ich verstehe die Essenz, aber nicht wie ich nun vorgehen soll.

„Ich will meine Kleider zurück", verkündet Tabitha.

Ich feixe. „Ich werde sie herbringen lassen, mein Schatz. Gefallen sie dir?"

„Ja." Sie errötet leicht. „Designerklamotten sind mein Laster. Ich mache gerne meine eigenen Kleider und ich liebe es, alte Klamotten zu kaufen, aber manchmal geht nichts über ein gutes Paar Dior-Schuhe, weißt du?"

Ich streiche mit dem Daumen über ihre Unterlippe. „Darf ich mit dir einkaufen gehen? Wir könnten nach Paris und Mailand fliegen, um dir ein Gewand für den Weihnachtsball zu kaufen. Vielleicht könnten wir das neue Jahr an einem besonderen Ort einläuten?"

Ich erwarte von meinem Drachen einen Anflug von Zorn bei der Vorstellung, sie aus der Burg zu lassen, bevor sie vom Feuer gezeichnet wurde, spüre jedoch nichts.

Natürlich war er derjenige, der ihr gezeigt hat, wie sie fliehen kann. Das kann ich nicht einmal ansatzweise verstehen.

Tabitha setzt sich auf und strahlt. „Ooh, das klingt nach Spaß!"

Endlich eine Möglichkeit, sie zu beeindrucken.

Ich drücke einen Kuss auf ihre Stirn. „Ich werde den Piloten anrufen und ihn den Jet vorbereiten lassen. Und ich werde deine Kleider zurückbringen lassen, damit du packen kannst."

Sie rappelt sich auf dem Bett auf die Füße und hüpft auf und ab. „Wir gehen shoppen!"

Meine Brust füllt sich mit einer verwirrenden Wärme. Ich habe endlich meine Gefährtin auf eine nicht sexuelle Weise zufrieden gestellt. Ich ignoriere all die Bedenken, die ich darüber hege, dass sie den Ausflug nutzen könnte, um vor mir zu fliehen. Wir haben eine Vereinbarung getroffen.

Sie wird sich doch sicherlich daran halten.

*Tabitha*

Mit einem Handtuch um die Haare komme ich aus der Dusche und finde Gabriel auf dem Bett liegend vor. Dort befindet sich ebenfalls ein geöffneter, ordentlich gepackter Koffer und meine Schränke sind zu ihrer vorherigen Pracht zurückgekehrt.

„Wie organisierst du nur immer alles so schnell?", wundere ich mich laut.

„Ich habe viele Tricks auf Lager", informiert er mich. Seine Augenlider senken sich halb, während sein Blick über meinen nackten Körper wandert. Ich ziehe das Handtuch von meinem Kopf und schüttle die feuchten

Haare über meine Schultern. Dabei fühle ich mich sexier, als ich es in all den Jahren als Model tat.

„Wann reisen wir ab?"

Gabriel hebt seine eleganten Schultern. „Lass dir Zeit, mein Schatz. Wenn du bereit bist, werden wir das Flugzeug besteigen. Mein Pilot fliegt nach unserem Zeitplan."

„Wow. Aber wir fliegen heute Abend ab? Jetzt gleich? Sobald ich bereit bin?"

Es ist schon komisch, dass es mir trotz all der unfassbaren Dinge, die mir zugestoßen sind, seit ich in dieser Burg aufgewacht bin, am schwersten fällt, eine kurzfristige Abreise nach Paris zu glauben.

Ich meine… Drachen.

Diese Information hätte mich komplett umhauen sollen.

Dennoch habe ich es irgendwie mühelos akzeptiert. Vielleicht weil ich vorher von Werwölfen erfahren hatte. Vielleicht wegen des Traums. Aus irgendeinem Grund ergab es einfach Sinn. Gabriel ist ein Drache. Das erklärt seine Exzentrizitäten. Es entschuldigt seinen Wahnsinn. Das bedeutet allerdings nicht, dass ich bleibe.

Das tue ich nicht.

Ich meine, nicht ohne ihn…

Mein Gehirn überlegt sich, was nötig wäre, damit ich bei Gabriel bleibe, nachdem die vierzig Tage und Nächte vergangen sind.

Er müsste mir mehr von sich zeigen. Er müsste einen Teil seiner Kontrolle abgeben − mehr ein Freigeist wie ich sein. Und ich würde mehr Küsse wollen.

Vielleicht freue ich mich deswegen so sehr auf diese Paris-Reise. Ich verspüre eine Reiselust, die befriedigt werden muss. Dass Gabriel die Reise spontan vorgeschlagen und anschließend innerhalb von Minuten organisiert hat, begeistert mich.

Ich meine, er hat einen Privatjet. Luxus ist mir egal, aber der Komfort ist ziemlich cool.

Ich ziehe einen weichen, bauchfreien Pullover und eine Gucci-Jeans zusammen mit hochhackigen Stiefeln und einem passenden Gürtel an. Ich liebe Klamotten, habe jedoch seit meiner Zeit als Model kein komplettes Designer-Outfit mehr getragen. Es fühlt sich auf eine Weise komisch an, wie es damals nie der Fall war.

Im Bad lasse ich mir Zeit, föhne meine Haare, lege Makeup auf und trete schließlich hinaus, wobei ich die Arme weit ausbreite und verkünde: „Ich bin bereit." Ich lasse den Waschbeutel in den Koffer fallen und ziehe den Reißverschluss zu.

„Du bist umwerfend", murmelt Gabriel, der sich von der Stelle erhebt, wo er auf meinem Bett gelegen hat. Daraufhin hebt er den Koffer zur gleichen Zeit hoch, in der er mir eine Hand reicht.

Ich nehme sie. Mein Puls beschleunigt sich bei seiner Freude. Wir hatten einen holprigen Start, aber jetzt, da wir zu einem Abkommen gelangt sind, fühlt es sich an, als würden wir einander daten. Und ich werde tatsächlich zum ersten Mal überhaupt von meinem Date erregt.

Er holt mir einen Kaschmirmantel aus dem Schrank und legt ihn mir um die Schultern. Anschließend trägt er den Koffer (obwohl er Rollen hat) und führt mich aus dem Zimmer.

Wir reisen in einem Aufzug zu einem niedrigeren Stockwerk – niedriger als das bösartige Schurkenlager mit dem Käfig – und als wir ihn verlassen, befinden wir uns in einer Art riesigem Hangar, in dem Reihen um Reihen Luxusautos stehen. Lamborghinis, Porsches, Teslas, ein Bentley, ein perlengrauer Aston Martin.

Bin ich beeindruckt? Okay, vielleicht ein wenig. Nur

weil sie hübsch und sexy sind. Nicht, weil mich ein Mann mit einem fetten Bankkonto antörnt.

Gabriel führt mich zu einem Learjet, wo ein uniformierter Pilot bereitsteht. Sie unterhalten sich auf italienisch und dann gehen wir an Bord des Jets, woraufhin der Pilot ihn rückwärts aus dem Hangar lenkt.

„Meine Mom wäre so beeindruckt", informiere ich Gabriel, als er mich zu meinem Platz führt und mir eine Flugbegleiterin ein Glas Sekt anbietet.

Er greift über mich, um mich anzuschnallen, als sei ich ein Kind. Normalerweise würde ich Anstoß daran nehmen, doch nachdem ich gesehen habe, wie sehr er zusammengebrochen ist, weil ich an der Bergwand in Gefahr war, verstehe ich, welch große Angst er davor hat, dass ich verletzt werde. „Aber du nicht?"

Ich zucke mit den Achseln. „Geld ist nicht alles."

„Es ist allerdings auch nichts, was es zu verachten gilt, oder, mein Schatz? Wirst du die Geschenke ablehnen, mit denen ich dich überhäufen will?"

Ich recke das Kinn. „Ich werde meine Freiheit nicht gegen dein Gold eintauschen."

Gabriel mustert mich. „Das ist deiner Mutter passiert." Es ist eine Aussage, keine Frage.

Ich nicke.

„Was ist geschehen?"

Ich seufze. „Das Gleiche ist immer wieder passiert. Meine Mom strengte sich sehr an, sich einen reichen Mann zu angeln. Er nahm uns bei sich auf. Versorgte uns mit Dingen. Meine Mutter versorgte ihn mit Dingen. Er wurde kontrollierend. Stellte Forderungen. Irgendwann ging die Beziehung in die Brüche und sie zog erneut los, um nach einem neuen Mann zu suchen."

„Du verurteilst sie dafür."

Gabriels Feststellung raubt mir den Atem. Nicht auf

gute Weise. Eher wie bei einem Schlag in die Magengrube. Verurteile ich meine Mom? Ich sehe es nicht so, aber vielleicht tue ich es.

„Ich will nicht wie sie sein", antworte ich, klinge jedoch ein wenig abwehrend. Ich halte mich nicht für eine voreingenommene Person. Ich runzle die Stirn und denke über meine Gefühle bezüglich des Verhaltens meiner Mom etwas genauer nach. „Ich schätze…", sage ich langsam, „Ich schätze, ich konnte immer die Furcht meiner Mom fühlen. Es war, als versuchte sie mit aller Kraft, an Geld zu kommen, obwohl wir diese Art von Luxus nicht brauchten. Ihr haftete stets ein Hauch Verzweiflung an und das hat dazu geführt, dass sie diese weniger als idealen Beziehungen eingegangen ist."

Gabriel nimmt meine Hand, als der Jet über die Startbahn fährt. „Sie hat nie etwas von dem Geld gespart? Es investiert?" Der Jet hebt vom Boden ab. Ich frage mich, ob es sich für Gabriel unnatürlich anfühlt, in einem Jet zu fliegen, obwohl er in der Lage ist, mit seinen Flügeln zu fliegen. Oder vielleicht genießt er das Fliegen, egal wie.

„Nie. Das ist so traurig, aber sie hat nie von einer der Beziehungen profitiert. Sie hatte nie eigenes Geld. Sie war dreimal verheiratet, aber immer mit einem Ehevertrag, der ihr im Falle einer Scheidung nichts ließ. Und es endete immer in einer Scheidung."

„Was ist mit deinem Vater? Hat er nicht für dich gesorgt?" In Gabriels Knurren schwingt um meinetwillen eine Schärfe mit.

Ich zucke mit den Achseln. „Er starb bei einem Autounfall, bevor ich geboren wurde, und ließ meine Mom mit einem Haufen Arztrechnungen und einem Baby allein."

„Und jetzt ist sie mit einem Börsenmakler in Scottsdale."

„Du hast deine Hausaufgaben gemacht. Ja, ein mürrischer, steifer Börsenmakler, der stinkreich ist und ihr sagt, was sie tun und nicht tun kann."

„Vielleicht gibt sie gerne die Kontrolle ab?", schlägt Gabriel mit einem subtilen Wackeln seiner Augenbrauen vor. Als würde er denken, dass ich gerne die Kontrolle abgebe.

Das tue ich nicht.

Ich meine… nun, nur im Bett. Aber das ist etwas anderes.

„Nein. Es störte sie. Ich denke, deswegen stört es mich. Also beschloss ich schon in einem ziemlich frühen Alter, dass ich diesen Weg niemals beschreiten würde. Geld und schöne Dinge sind mir einfach nicht so wichtig. Da du eindeutig Nachforschungen über mich angestellt hast, weißt du vermutlich, dass ich in einem Zugwagen lebe. Er ist *tres* Boho-Chic."

Gabriels Lippen biegen sich nach oben. „Ich habe deinen kleinen Waggon gesehen, Tabitha. Er ist so einzigartig und charmant wie du."

Einzigartig und charmant ist eine Möglichkeit, ihn zu bezeichnen. Meine Mom denkt, er ist voller Müll. „Er hat dir gefallen? Ich habe alles selbst renoviert und dekoriert."

„Das ist offensichtlich. Er ist vollkommen nach deinem Geschmack eingerichtet. Ich habe ihn geliebt. Ich liebe alles an dir, mein Schatz."

Seine Reaktion befriedigt mich wahnsinnig. Ich vermute, ich ging davon aus, dass er meinen Lebensstil wie sämtliche Freunde meiner Mutter ablehnen würde.

„Würdest du dort mit mir wohnen?" Es ist eine Herausforderung. Ich will wissen, was er sagen wird. Er denkt, dass ich seine Gefährtin bin – würde er sich für mich verbiegen? Oder erwartet er einfach, dass ich alles, was ich bin, zurücklasse, um seine Drachenbraut zu werden?

„Ich wäre entzückt. Mein Drache zieht allerdings viel Freiraum vor. Es könnte schwer für mich sein, lange Zeitspannen auf einem so beengten Raum zu verbringen."

„Das verstehe ich. Ich mag auch meinen Freiraum – mit Menschenmengen komme ich nicht gut klar. Die Energien und Emotionen der Leute, ihre Auren, das wird einfach zu viel für mich." Ich wedle mit den Händen, als würde ich die Luft um meinen Kopf klären.

„Wanderst du deswegen umher?" Er wirkt aufrichtig interessiert.

„Ja. Meine besten Freundinnen rechnen schon damit, dass ich einen Monat am Stück verschwinde. Ich brauche die Stille, die Einsamkeit, die Leere, um mich neu zu kalibrieren. Um zu atmen. Aber… Taos ist mein Zuhause." Ich halte inne und verarbeite, was er gesagt hat. „Du würdest kommen? Nach Taos? Du würdest bei mir wohnen?" Zu sagen, dass ich schockiert bin, wäre eine Untertreibung.

„Gewiss. Du hast dort Freunde. Freunde, die wie eine Familie für dich sind. Deswegen werde ich deinen Wölfen nicht schaden trotz ihrer Wünsche, mir zu schaden."

Ich bekomme fast keine Luft mehr, denn plötzlich zieht sich meine Brust zusammen. „Sie wollen dir schaden?" Ich sollte keine Angst um Gabriel haben. Er ist ein Drache. Er atmet Feuer. Doch der Gedanke, dass ihm irgendetwas zustößt, jagt unerklärliche Blitze der Angst durch meinen gesamten Körper hindurch.

„Hab keine Angst, Tabitha", sagt Gabriel mit einer lässigen Handbewegung. „Ich komme mit deinen Wölfen zurecht."

„Warum wollen sie dir schaden?"

„Ihre Regierung hat sie geschickt, damit sie mich ausspionieren, und ich habe das Feuer erwidert. Es ist ein Katz-und-Maus-Spiel, mehr nicht." Sein Blick ist warm auf mein Gesicht gerichtet. Er streckt die Hand aus und streichelt mit dem Daumen über meine Wange. „Hast du dir Sorgen um mich oder um sie gemacht?"

Ich schlucke. „Um euch beide." Es ist keine Lüge, aber es ist eine Verschleierung der Wahrheit. Es war Gabriels Sicherheit, um die ich mir die größten Sorgen machte. Eine Tatsache, wegen der ich jetzt Schuldgefühle empfinde.

„Wann können wir nach Taos gehen?", frage ich. Je eher ich mich bei meinen Freundinnen melden kann, desto besser, und zwar aus so vielen Gründen – wovon der größte meine Freiheit ist.

„Nachdem ich dich beansprucht habe." Seine Lider senken sich, als würde ihn die Vorstellung, mich zu beanspruchen, antörnen. Wir haben die Flughöhe erreicht und der Jet nimmt eine waagrechte Position ein. Der Himmel ist klar und blau.

„Heißt das, dass du mich heiraten willst?"

„Ja."

Aus irgendeinem Grund habe ich das Gefühl, als würde er etwas verschweigen. Als würde eine Beanspruchung mehr als eine Ehe bedeuten, er sagt jedoch nichts mehr, sondern beobachtet mich nur mit seinem funkelnden Blick.

„Ich weiß nicht, ob ich dir glaube, Gabriel."

„Ich würde dich nie belügen, mein Schatz."

## Kapitel Zehn

*Gabriel*

„Das ist es." Tabitha dreht sich in einem trägerlosen Kleid von Carolina Herrera in Burgunderrot, Rot und Gold. Es hat einen kurzen Rock, aber hinten eine lange Schleppe und vorne an ihrer Taille eine riesige Schleife.

„Nur jemand mit einer Figur wie Ihrer kann dieses Kleid tragen", sagt unsere private Stylistin mit einem melodischen französischen Akzent. „Es ist eines dieser Kleider, die für Models entworfen wurden, nicht für die Allgemeinheit."

Tabitha wirft mir unter ihren langen Wimpern einen Blick zu. „Die Farben sind richtig, nicht wahr, Gabriel?"

Ich muss mir übers Gesicht reiben, um den Dampf zu verbergen, der aus meinen Nasenflügeln strömt. Das Bedürfnis, Tabitha zu beanspruchen, erfasst mich immer stärker, seit wir in Paris sind. Ich habe die letzten zwei

Nächte überstanden, aber mein Drache wird immer ruheloser.

Momentan macht es mich wahnsinnig vor Verlangen, sie in unseren Farben zu sehen.

„Du siehst spektakulär aus." Zu der Stylistin sage ich: „Wir nehmen es."

„Wundervoll, brauchen Sie noch passende Schuhe?"

„Ja, was haben Sie auf Lager?", fragt Tabitha.

„Ich werde Ihnen ein paar Optionen bringen. Welche Größe tragen Sie?"

„Meine US-Größe ist acht, was 39 nach europäischem Maß ist."

Die Stylistin verschwindet und Tabitha dreht sich noch einmal für mich im Kreis, wobei die Schleppe wie ein Drachenschwanz hin und her schwingt.

„Du bist unglaublich." Meine Stimme ist schroff vor Verlangen.

Sie stolziert herbei und reißt mir die Sonnenbrille aus dem Gesicht. Ihr breites Lächeln ist triumphierend, als sie meine Drachenaugen sieht. „Du liebst es, mich in deinen Farben zu sehen."

„Das tue ich", gestehe ich. Ich liebe es auch, dass sie Spaß hat.

Tabitha ist entspannt, seit wir vor zwei Nächten in Paris ankamen. Sie hat das Shoppen und Sightseeing genossen. Sie hat weder versucht, zu fliehen noch ihr Handy zu benutzen. Allerdings erlaubte ich ihr gestern Abend, ihren Freundinnen eine E-Mail zu schicken. Ich konnte es nicht riskieren, dass sie mit ihnen spricht. Noch nicht.

Ich hoffe jedoch, dass mich meine Braut bald akzeptieren wird.

In der Zwischenzeit muss ich alles in meiner Macht Stehende tun, um die Kontrolle zu bewahren. Was leider mit jeder Minute schwieriger wird. Vor allem, wenn ich in einer Großstadt eingesperrt bin ohne Platz zum Verwandeln und Fliegen.

Doch heute Abend ist Silvester. Ich habe ein privates, romantisches Abendessen im edelsten Restaurant in Paris organisiert. Ich kann keine Menschenmengen riskieren oder irgendetwas, was meinen Drachen eifersüchtig machen oder dafür sorgen würde, dass er um ihre Sicherheit fürchtet. Jetzt, da sie das Kleid gefunden hat, das sie liebt, können wir morgen nach Rumänien zurückkehren.

Die Stylistin kehrt zurück und Tabitha setzt mir rasch die Sonnenbrille wieder auf die Nase.

„Ich habe mehrere wirklich hübsche Optionen gefunden, die das Kleid vervollständigen würden."

„Rubinrote Schuhe!", ruft Tabitha, als sollte mir das etwas sagen. „Nein?" Sie zieht sie an und schlägt die Hacken aneinander. „Dann wollen wir mal sehen, ob sie funktionieren." Sie schließt die Augen. „Es gibt keinen Ort wie zu Hause. Es gibt keinen Ort wie zu Hause."

Es ist irgendeine kulturelle Anspielung, die ich verschlafen habe. Danach zu urteilen, dass die Stylistin Tabitha genauso verwirrt anstarrt, vermute ich allerdings, dass es eine amerikanische ist.

„Das ist ein alter Film, no?", fragt die Stylistin.

Tabitha zieht die Schuhe aus und probiert ein Paar roter Stilettos an. „Ja. *Der Zauberer von Oz*. Die Geschichte wurde als Sinnbild der Amerikanischen Politik während der Jahrhundertwende geschrieben. Die meisten Leute wissen das aber nicht. Sie halten es für einen Familienfilm."

Ich beobachte, wie Tabitha ihre Füße in ein Paar goldener, hochhackiger Sandalen schiebt und der Stylistin erlaubt, die schmalen Goldriemen um ihre Knöchel zu befestigen. Sie hat zwar in einem Waggon gelebt, ist jedoch so königlich wie jede Königin in jedem Jahrhundert. Meine Braut wurde dazu geboren, an meiner Seite zu herrschen.

„Wir müssen wirklich an deinem Wissen über die Popkultur arbeiten, Gabriel." Sie blickt zur Stylistin. „Er ist der Einzige auf dem Planeten, der *Friends* nicht gesehen hat. Ich will beinahe, dass er es nicht tut. Dass er rein bleibt."

Die Stylistin lacht. „Sogar ich habe *Friends* angeschaut." Sie lehnt sich zurück und betrachtet Tabitha. „Das sind Ihre Schuhe, no? Sie sehen perfekt aus."

„Das tun sie, aber ich will irgendwie auch die rubinroten Schuhe."

„Wir nehmen beide", werfe ich ein. Sie soll alles haben, was ihr Herz begehrt.

„Wirst du ungeduldig?" Ein Lachen liegt auf Tabithas Gesicht.

„Nie, mein Schatz. Ich könnte den ganzen Tag zuschauen, wie du Kleider anprobierst."

„Du *hast* mir den ganzen Tag zugeschaut, wie ich Kleider anprobiert habe", erinnert sie mich. „Gestern ebenfalls. Und du hast mir fast alles gekauft, was ich anprobiert habe."

„Ich will, dass du alles hast, was dir Freude bereitet."

„Taos bereitet mir Freude", sagt sie spitz, tritt aus den geöffneten Sandalen und dreht sich, um sie der Stylistin zu geben, die ihr hilft, den Reißverschluss des kunstvollen Gewands zu öffnen. „Meine Freunde bereiten mir Freude. Ich rufe meine Mutter am Neujahrstag gerne an, um ihr ein gutes neues Jahr zu wünschen. Vor allem, wenn ich sie bereits an Weihnachten nicht angerufen habe, weil mich jemand über den Ozean geflogen hat!"

Mein Schwanz wird steinhart, als das Kleid von ihrem Körper gleitet und meine hübsche Gefährtin in nichts als einem winzigen Tanga in dem privaten Ankleideraum steht. Aber wir sind nicht allein und mein Drache ist labil.

Ich muss sie zurück zu meinem Penthouse bringen, wo ich vor dem Abendessen über sie herfallen kann.

„Wir werden deine Mutter vor dem Abendessen anrufen", teile ich ihr mit, denn mein Wunsch, meine Braut zufrieden zu stellen, ist stärker als mein übliches Bedürfnis, die Situation und sie zu kontrollieren.

„Wirklich?" Sie wird fröhlicher, hebt ihren BH auf und zieht ihn an. Anschließend schlüpft sie in das Sweaterkleid, in dem sie in den Laden gegangen ist.

„Ich will diese Frau kennenlernen, die auf meiner Seite sein wird, wenn es darum geht, dich dazu zu überreden, mich zu heiraten."

Tabitha zieht ihre Kalbslederstiefel an und wickelt einen passenden Gürtel um ihre Hüften. „Wenn du denkst, meine Mutter hat irgendeinen Einfluss auf mein Liebesleben, irrst du dich gewaltig."

Ich liebe den neckenden Tonfall in ihrer Stimme. Es besteht eine Verspieltheit, eine Leichtigkeit zwischen uns, die von Anfang an da war. Das liegt alles an Tabitha. Sie ist Leichtigkeit und Lachen. Freude und Freundlichkeit.

„Oh, ich habe die Herausforderung, die du mir präsentierst, nicht unterschätzt, Tabitha." Ich fange ihren Blick auf und halte ihn. Ich liebe es, wie ihr Atem stockt und ihr Puls an ihrem Hals flattert. Ich reiche ihr meine Hand. „Komm, Hübsche. Ich muss derjenige sein, der dich das nächste Mal entkleidet."

～

*Tabitha*

Gabriel sitzt auf dem Bett, wobei ich zwischen seinen Knien sitze und mein Rücken an seiner Vorderseite ruht.

Er hält ein Tablet vor mich und ist bereit für einen Video-anruf mit meiner Mom.

Wir befinden uns in einem atemberaubenden Pent-house in Paris – noch eine Immobilie, die Gabriel gehört. Dank der Obsession meiner Mutter für Männer mit viel Geld habe ich schon viele luxuriöse Unterkünfte besucht, doch diese verfügt über eine Ausstattung, von deren Exis-tenz ich nicht einmal wusste. Anders als in der Burg in Rumänien ist die Dekoration hier supermodern. Sie besteht aus kühlen Farben, glatten Linien und viel Hightech.

Die Badewanne ist aus weißem Quarz gemacht und von lila und schwarzen Schlieren durchzogen. Der Boden ist beheizt, weshalb man nie kalte Fliesen berührt, wenn man aus der Wanne kommt. Die Handtücher werden an einem Handtuchhalter vorgewärmt.

Das Bett scheint über dem Boden zu schweben, was jedoch bloß eine Illusion aufgrund der Bauweise ist. Die Fenster, die von einer Wand zur anderen reichen, überbli-cken die Kathedrale Montmartre. Eine Treppe führt zu einer Dachterrasse mit Gas-Feuertischen und Fackeln, sodass es sogar jetzt im Winter recht angenehm ist, in einer Sexpause auf gepolsterten Gartenmöbeln zu fläzen und Champagner zu trinken.

„Denk an die Regeln, mein Schatz. Unsere Vereinba-rung ist nichtig, wenn du sie brichst."

Ich ramme Gabriel den Ellenbogen in die Rippen. „Sei kein Arsch, Gabriel. Ich habe den Regeln bereits zuge-stimmt." Die Regeln bestanden darin, nicht zu erwähnen, wo wir momentan sind, oder wo sich seine Burg befindet. Außerdem darf ich nicht versuchen, meiner Mutter eine geheime Botschaft zu übermitteln.

Ich verspüre keinen Bedarf dazu. Zum einen weiß ich, dass meine Mutter zu sehr in ihren eigenen Dramen gefangen sein wird, um eine geheime Botschaft zu bemerken, sollte ich versuchen, ihr eine mitzuteilen. Zum anderen fühle ich mich bei Gabriel sicher. Ich vertraue darauf, dass er sich an unsere Vereinbarung hält. Ich bin zwar seine Gefangene, aber es ist nicht dauerhaft. Es ist die einzige Art und Weise, auf die mich ein besitzergreifender, altmodischer Drache umwerben kann. Denn etwas anderes kennt er nicht. Ich finde es nicht toll, verstehe es jedoch.

Zudem beginne ich, meine Zeit mit Gabriel wirklich zu genießen. Momentan ist mein Körper träge von den multiplen Orgasmen, die er mir schenkte, als wir von unserer Shoppingtour zurückkamen. Das war, nachdem er heute Morgen zwei volle Stunden damit verbracht hatte, meinen Körper zu verwöhnen, noch ehe wir aufgebrochen waren. Außerdem habe ich das Gefühl, dass ich ihm vertrauen kann jetzt, da er sich ein wenig geöffnet hat und ich gesehen habe, was er hinter der makellosen Fassade verbirgt.

Ich hoffe es jedenfalls.

Er knabbert an meinem Hals. „Vergib mir", raunt er an meiner Haut. „Ich habe Angst, dich zu verlieren."

Und er tut es schon wieder. Er öffnet sich. Ich denke, ihm ist bewusst geworden, dass er mein Herz erweicht hat, indem er mir gezeigt hat, wie viel ich ihm bedeute.

Er drückt auf dem Tablet auf Anrufen und meine Mutter wird angerufen. Er hat mich irgendwie auf dem iPad angemeldet, obwohl ich ihm nie meine Login-Informationen gegeben habe. Es ist noch früher Morgen in den Vereinigten Staaten. Meine Mom sollte das Gespräch also annehmen.

„Tabitha!" Ihr Gesicht kommt näher, dann zieht sie es zurück, als würde sie realisieren, dass die Verbindung steht. „Wie geht es dir, mein Liebling? Ich habe deine Anrufe vermisst. Du weißt, dass ich es hasse, wenn du… oh!" Sie erblickt Gabriel, als er das Display leicht bewegt, unterbricht sich mitten im Satz und reißt den Mund auf. „Wer ist das?"

„Das ist Gabriel. Der Mann, der..." *Mich gefangen hält. Angeblich vom Schicksal zu meinem Gefährten bestimmt wurde. Mir wahnsinnige, wilde Orgasmen schenkt.* „... mit mir zusammen ist."

„Sie können nicht ihre Mutter sein. Sie sind sicherlich Schwestern", meint Gabriel, der seinen Charme und Charisma voll aufgedreht hat. Allein der Klang dieser sexy, weltmännischen Stimme veranlasst meine Schenkel dazu, sich zusammenzupressen, um das Pochen zwischen meinen Beinen zu lindern.

Meine Mutter liebt das natürlich. „Du bist zu nett. Ich bin Celeste. Du kannst mich gerne duzen."

„Ich sehe, woher deine Tochter ihre Schönheit hat."

Meine Mutter klimpert mit den Wimpern und wedelt mit der Hand. „Also wo habt ihr euch kennengelernt? Was ist dein Beruf? Du siehst nicht wie der übliche Einwohner von Taos aus."

„Du hast recht, ich komme nicht aus Taos, aber Tabitha hat mich überredet, dort mehr Zeit zu verbringen."

Ich werfe ihm über meine Schulter einen überraschten Blick zu. Er hatte mir gesagt, dass er dorthin gehen würde, das Gespräch fühlte sich jedoch eher hypothetisch an. Jetzt sagt er es, als wäre es schon entschieden. Wir werden zusammen sein und er wird Zeit mit mir in Taos verbringen.

Ich bin schockiert davon, wie reizvoll ich die Vorstellung finde. Könnte es sein, dass ich nicht mehr allein nach Hause zurückkehren möchte?

„Womit verdienst du dir deinen Lebensunterhalt, Gabriel?"

Das ist der Meinung meiner Mutter nach immer eine wichtige Frage für einen gut aussehenden Mann.

„Mit ein bisschen von allem", antwortet er.

„Gabriel ist finanziell unabhängig", ergänze ich. „Ich glaube nicht, dass er irgendetwas arbeiten muss, außer er möchte es."

Ich rechne mit der sofortigen Anerkennung meiner Mutter und sie enttäuscht mich nicht. In ihren Augen leuchtet Interesse auf. „Nun dann kümmere dich gut um meine Tochter", weist sie ihn an.

Hm. Ich habe erwartet, dass sie mir auftragen würde, mich gut um ihn zu kümmern.

„Wo wir gerade davon sprechen, Liebling, ich habe wunderbare Neuigkeiten."

Ich schiebe mich von Gabriel, weil ich meiner Mom ein wenig Privatsphäre für ihre wunderbaren Neuigkeiten geben will, doch er fängt mich um die Taille ein und zieht mich zurück. Natürlich will er jedes meiner Worte überwachen.

Grr.

Ich neige das Tablet so, dass sein Gesicht nicht auf dem Bild zu sehen ist. „Was für Neuigkeiten sind das?"

„Ich bin selbst zu Geld gekommen. Eine große Summe. Ich kann dir jetzt helfen, ein richtiges Haus zu kaufen, und dir einen Treuhandfond einrichten, damit du nicht mehr durchs Land streunen und Antiquitäten kaufen musst."

Ich öffne den Mund, um gegen ihren Streuner-Kommentar aufzubegehren, schließe ihn jedoch wieder, als mir etwas bewusst wird.

„Woher kam das Geld, Mom?"

„Nun... ich versuche noch, das herauszufinden. Es war ein Geschenk von einem meiner vergangenen Bewunderer. Ich kann nur nicht festlegen von welchem. Ich weiß nicht, ob er gestorben ist und mir das Geld in seinem Testament hinterlassen hat, oder was genau passiert ist. Ich erhielt einen Brief von einem Anwalt und am nächsten Tag war das Geld auf meinem Konto. *Dreißig Millionen!*" Sie flüstert die letzten zwei Worte.

Mir geht ein Licht auf. Ich will kichern und zugleich in Tränen ausbrechen. Ich habe einen starken Verdacht, woher das Geld kam.

„Wow, Mom. Was wirst du damit machen?"

„Nun, zum einen werde ich James verlassen", erklärt sie. „Ich habe es satt, dass er Geld dazu benutzt, mich zu kontrollieren."

Ich atme scharf ein. Tränen brennen in meinen Augen. „Das ist klasse." Meine Stimme zittert. „Ich vermute, deine nächste Beziehung kannst du zu deinen Bedingungen aufbauen."

„Das stimmt, Liebling. Genauso wie du deine." Sie sieht mich eindringlich an. „Das Einzige, was ich jemals wollte, war, dir ein Leben der Behaglichkeit und des Luxus zu bieten. Jetzt kann ich das endlich tun."

Mein Gott. Hatte meine Mutter sich all diese Jahre mit schrecklichen Beziehungen abgefunden in der Überzeugung, dass sie es *für mich* tat?

Wie absolut tragisch.

Zwei Tränen laufen über meine Wange. „Mom, das brauchte ich nicht", sage ich. „Behaglichkeit und Luxus werden überbewertet. Freude allerdings nicht. Persönliche Erfüllung. Liebevolle Beziehungen."

Meine Mom wedelt erneut mit der Hand und bemerkt nicht, dass ich weine. „Ich weiß, dass du so denkst, Liebling, aber ich wollte für dich sorgen. Ich wollte, dass du versorgt bist. Ich will, dass meine Enkel ein geborgenes Leben führen."

„Das werden sie sicherlich tun", murmelt Gabriel nur

für meine Ohren, wobei seine Lippen sanft über meine Schulter streifen. Seine Finger streicheln leicht meinen Bauch auf und ab.

„Also glaubst du nicht mehr, dass ich mir einen reichen Mann angeln muss?" Ich bemühe mich, mit lockerer Stimme zu sprechen, obwohl meine Kehle leicht zugeschnürt ist.

„Du solltest nach dieser Freude suchen, Tabitha. Liebe und persönliche Erfüllung. Du hast jetzt eine reiche Mom."

Ich lache tränenerstickt. „Das ist großartig, Mom. Ich freue mich so sehr für dich."

„Ich hab dich lieb, Liebling."

„Ich hab dich auch lieb. Ein frohes neues Jahr."

„Ein frohes neues Jahr. Zeig mir noch einmal deinen gut aussehenden Freund."

Ich verlagere den Bildschirm, damit Gabriels Gesicht zu sehen ist.

„Sei nett zu meiner Tochter. Sie verdient es", sagt sie.

„Ich bete den Boden unter ihren Füßen an", schwört Gabriel.

Ich schnaube und er knabbert an meiner Schulter.

„Tschüss, Mom."

„Frohes neues Jahr, Celeste", sagt Gabriel und beendet den Anruf.

Ich stehe auf und drehe mich zu ihm um. „Du hast das getan, oder?"

„Was, mein Schatz?" Seine Miene ist glatt und ausdruckslos.

„Das Geld. Hast du es meiner Mutter geschickt wegen dem, was ich dir erzählt habe?"

Er neigt den Kopf. „Deine Mutter muss sich nie wieder wegen Geld Sorgen machen."

Frische Tränen schießen mir in die Augen. „Du weißt,

dass du dir damit selbst in den Fuß geschossen hast, oder? Denn jetzt spielt sie nicht mehr für das *Verheirate Tabitha mit einem reichen Mann* Team."

Gabriels große Hände legen sich auf meine Taille. „Ich glaubte ohnehin nicht, dass sie die Stimme sein würde, die dich umstimmen würde", sagt er sanft. Sein Blick ist warm und zärtlich. Er greift nach oben, um mit dem Daumen eine Träne wegzuwischen.

Ich falle gegen ihn, schlinge meine Arme um seinen Hals und setze mich mit angewinkelten Knien rittlings auf seine Taille. „Das hättest du nicht tun müssen."

„Selbstverständlich musste ich das tun. Sie ist jetzt auch Teil meiner Familie." Er reibt seine Nase an dem offenen Ausschnitt meines Bademantels und öffnet ihn mit Küssen, bis er meinen Busen erreicht.

„Du bist ziemlich von dir überzeugt, oder, Drache?"

Er saugt einen Nippel in seinen Mund. Er ist bereits wund und aufgescheuert von seinen vorherigen Zuwendungen, aber das hindert den lustvollen Blitz nicht daran, direkt in meine erregte Mitte zu schießen.

„Ich darf nicht darin versagen, dich für mich zu gewinnen, Tabitha."

*Das wirst du nicht*, erwidere ich beinahe. Ich bin jedoch noch nicht bereit, meine Niederlage einzugestehen. Falls es wirklich eine Niederlage ist. Ich denke allmählich, dass es eine Win-win-Situation sein könnte. Das Happy End, an das ich immer geglaubt habe. Ich hatte nur gedacht, dass es nicht mit dem Prinzen, sondern mit dem Bettelknaben sein würde.

Ich weiche zurück und nehme sein Gesicht in die Hände. „Dankeschön. Es bedeutet meiner Mom eine Menge und das bedeutet mir etwas."

„Ich weiß, mein Schatz. Mach dir keine Gedanken. Ich

werde mich immer um die Leute kümmern, die du liebst. Sogar um deine Wölfe."

„Ich glaube nicht, dass du dich um sie kümmern musst. Sie machen das selbst recht anständig."

„Ich meine nur, dass ich ihnen nicht schaden werde. Sie waren meine Gegner, aber ich werde sie nicht zerstören."

Oh. Wow. Ich bin ein wenig verstört von seinen Worten, andererseits vermutete ich bereits, dass Gabriel gefährlich ist.

„Schadest du... vielen Leuten?" Diese Frage muss ich stellen. Ich meine, ich kann mich nicht einfach mit dem Bösewicht niederlassen, ganz gleich, wie nett er zu mir ist.

„Nicht den Unschuldigen, nein." Doch sein Blick wendet sich ins Leere und ein gequälter Ausdruck legt sich auf sein Gesicht. „Außer aus Versehen."

Ich erinnere mich an die goldenen Manschetten, die ich in der Vision an seinem Drachen sah.

„Dein Drache ist gefährlich."

Sein Blick schnellt zu meinem und sein Gesicht wird ausdruckslos. Er hebt mich an der Taille hoch, um mich auf die Füße zu stellen. „Wir sollten uns zum Abendessen fertig machen, Menschlein."

„Also habe ich recht", bohre ich nach, er ist jedoch bereits aufgestanden und läuft mit einem Handy am Ohr davon. Das war eine Frage, die er nicht beantworten wollte.

Ich sollte Angst haben, zu hören, dass er die tierische Seite in sich nicht immer kontrollieren kann, aber das habe ich nicht. Aus irgendeinem Grund verspüre ich großes Mitleid mit dem Drachen.

Er kann nichts dafür, wer er ist.

Oder wie gefährlich er sein kann.

Und dann tut mir auch Gabriel leid. Er wirkt so

gesammelt, so beherrscht, doch das ist aus gutem Grund so. Er hat eine dunkle Seite, die eine ganze Landschaft mit einem wütenden Feuerschwall vernichten könnte.

Wie einsam das für ihn sein muss – dieses Relikt aus der Vergangenheit zu sein, eine Bestie, die er von all denen fernhalten muss, die ihn umgeben, aus Angst, dass sie verletzt werden.

Noch ein Grund mehr für mich, bei ihm zu bleiben.

Gabriel Dieter – Mann und Drache – braucht mich.

Kapitel Elf

*Rafe*

„Ich weiß nicht, Sarge. Das ist eine beschissene Spur",
mault Channing.

Wir kauern in einer dunklen Ecke und warten im
eiskalten Regen. Auf den Straßen Paris sind nur wenige
Menschen unterwegs. Die einzige Bewegung kommt von
einigen Clubbesuchern, die sich in einen dunklen Hausein-
gang ducken, der von einem Neonschild erhellt wird.

Channing sieht aus wie ein Möchtegernrapper in
seiner ausgebeulten Jeans, den siebenhundert Dollar Sneakers und einem hellen Markenshirt. Clubkleidung, damit
er sich unter die Leute mischen kann, falls nötig.

Deke ist ein stummer Schatten an meiner Seite. Er und
ich sind zum Kämpfen angezogen. Nur wir drei sind hier.
Lance ist zu Hause in Taos, wo er die Stellung hält und
unsere Gefährtinnen bewacht.

„Mehr haben wir nicht", informiere ich Channing. „Aber es ist eine gute Spur. Du warst nicht dabei, als mir der Tucson-Alpha das Ohr abgekaut hat. Seine Gefährtin hatte eine Vision, als sie etwas in der Hand hielt, was Tabitha gemacht hat. Sie sah Feuer."

„Das kann eine Menge Dinge bedeuten", widerspricht Channing.

„Ihr zufolge nicht. Das Feuer und Tabitha waren untrennbar miteinander verbunden. Wie ein Band. Wie bei einem Gefährten. Und wen kennen wir, der Feuer atmet und nach seiner Gefährtin sucht?"

„Gabriel Dieter", knurrt Deke.

„Ich hasse ihn", sagt Channing.

„Ja, willkommen im Club", erwidere ich. „Gabriel Dieter ist untergetaucht. Bei keiner seiner bekannten Zentralen hat sich etwas getan. Er hat Tabitha, ich weiß es." Mein Atem formt in der kalten Luft Wölkchen. „Das ist unsere einzige Spur."

„Nun, wenigstens wissen wir, dass sie in Sicherheit ist, falls er sie hat. Zumindest körperlich. Er würde seiner eigenen Gefährtin nicht schaden", argumentiert Deke.

„Stimmt", sage ich. „Aber der Kerl liebt es, Spielchen zu spielen. Wer weiß, was für einen psychologischen Schwachsinn er bei ihr gerade abzieht. Und ich bezweifle ernsthaft, dass sie freiwillig mit ihm zusammen ist."

„Was ist mit der E-Mail?", will Channing wissen.

Deke knurrt. „Diese E-Mail ist Schwachsinn. Sadie sagt, dass Tabitha nie eine E-Mail schreibt, wenn sie anrufen könnte, und sie ruft nie an, wenn sie eine SMS schicken könnte."

„Na schön. Wann gehe ich rein?" Channing nickt zum Neonschild des Clubs. „Es ist ja nicht so, dass ich mich beschwere, dass ich hier im Regen warten muss. Es ist nur so, dass ich mir so viel Mühe gegeben habe, dieses coole

Outfit zu finden, dass ich jetzt damit angeben will." Er grinst seine orangenen Joggingschuhe an. Sie haben eine so grelle Farbe, dass sie im Dunkeln leuchten.

Deke blickt Channing aus schmalen Augen an. „Du siehst…"

„Fantastisch aus? Episch? Genial?" Channing summt eine Partyhymne und schiebt seine Füße in einer armseligen Imitation eines Moonwalks über den Boden.

Deke legt den Kopf schief. „Nein. Du siehst falsch aus. Einfach nur… falsch."

Channing hört zu tanzen auf. „Das tue ich nicht! Dieses Outfit ist cool. Ich bin cool."

„Leider nein." Deke neigt sich aus dem Regen. Er ist das Bild eines gelangweilten Wolfs, der einen Streit vom Zaun brechen will. „Eher spießig."

„Was soll das jetzt heißen…"

„Ruhe." Ich hebe eine Hand und ihr Streit verstummt. „Da ist unsere Zielperson."

Ein schlaksiger junger Mann mit rot gefärbten Haaren verlässt den Club. Er schlendert durch den Regen, wobei Dampf von seiner Jacke aufsteigt, und lehnt sich an die mit Graffiti besprühte Mauer.

Ich schnipse mit den Fingern und gebe das Signal. Wir können es nicht riskieren, miteinander zu sprechen, denn unsere Zielperson ist ein Gestaltwandler. Channing nickt und beginnt, über die Straße zum Club zu laufen. Deke verschwindet in die Nacht.

Ich warte kurz und folge Channing, wobei ich mich nach links wende, während er nach rechts geht. Er stellt sich zwischen die Clubtür und die Gasse, wo sich der Rotschopf eine Zigarette anzündet.

Ich kann erkennen, dass unsere Zielperson ein Drachengestaltwandler ist, weil er das Ende seiner Zigarette mit einem Fingerschnipsen entzündet.

Ich ziehe meine Jacke um mich fest, als würde ich vor dem Winterwind fliehen, und betrete die Gasse.

Der Rotschopf richtet sich auf, da er die Gefahr spürt. Seine Augen blitzen rot auf.

Ich halte die Hände hoch. Es macht keinen Sinn, sich einem Drachen bewaffnet zu nähern. Nicht, wenn er sich verwandeln und Feuer spucken kann. „Ich will nur reden", sage ich auf Englisch und wiederhole den Satz auf Französisch.

Der Rotschopf wirbelt von der Wand weg und wendet sich ab, um in die entgegengesetzte Richtung zu rennen.

Deke fällt vom Dach des Clubs und schneidet ihm so den Fluchtweg ab. Jetzt ist die Zielperson zwischen Deke und mir gefangen, während Channing am Eingang der Gasse Wache hält.

Es erklingt ein Schrei und Hitze flammt hinter mir auf. Ich ducke mich. Ein Feuerball rast über meinen Kopf und verpasst Deke nur knapp. Er zieht den Kopf ein, um den Rotschopf anzugreifen.

Channing zerrt einen zweiten dunkelhaarigen Drachengestaltwandler in die Gasse. Ich helfe ihm, diesen nach unten zu drücken, und lege ihm Handschellen an. Der Drache wehrt sich. Funken fliegen von seinen Fingern, aber in dem Moment, in dem er die Silberhandschellen anhat, verlöschen die Flammen. Nichts als Rauch bleibt zurück.

„Keine Feuerbälle mehr, Arschloch." Channing verpasst der Schulter des dunkelhaarigen Gestaltwandlers einen Schubs.

„Verdammte Hunde", schimpft der Gestaltwandler auf dem Asphalt. Sein Akzent klingt mehr Englisch als Französisch. Wir ziehen ihn auf die Füße. Er hat das gleiche bleiche, sommersprossige Gesicht wie sein Bruder.

„Sie sind zu zweit", stellt Channing fest.

„Zwillingsdrachen." Ich drehe mich. Deke hat den Rotschopf am Kragen gepackt und beide schauen zum Bruder des ersten Drachengestaltwandlers. Der Rotschopf leistet keinen Widerstand mehr jetzt, da wir seinen Bruder haben. Es ist eine Pattsituation.

„Seid ihr Engländer?", fragt Channing.

„Fuck nein", antworten beide Brüder. Im Kopf nenne ich den rothaarigen Castor und seinen Bruder Pollux.

Pollux lacht spöttisch. „Wir sind Waliser."

„Genug." Ich wedle mit einer Hand. „Haltet euch zurück. Channing, nimm ihm die Handschellen ab."

Channing gehorcht wortlos. Ich spreize die Hände. „Wir kommen in Frieden. Wir wollen nur reden."

„Worüber?" Rauch strömt aus Castors Nasenflügeln, obwohl seine Zigarette längst verschwunden ist.

„Über Gabriel Dieter."

Pollux, der jetzt von den Silberhandschellen befreit ist, massiert die roten Male an seinen Handgelenken und flucht. „Mit ihm legen wir uns nicht an."

„Wir brauchen nur Informationen", sage ich.

„Ne, Mann", entgegnet Pollux und stellt sich neben seinen rothaarigen Bruder. „Wir halten uns von ihm fern."

Deke meldet sich zu Wort. „Ihr seid nicht stark genug, um euch gegen ihn zu wenden, oder?"

Castor schnaubt. „Er ist alt, Mann, wirklich alt."

„Im Sinne von Mittelalter alt", fügt Pollux hinzu.

„Ihr wisst, wie alt Wesen werden können", sagt Castor. Seine Stimme vermischt sich mit der seines Bruders.

„Sie haben nichts, wofür es sich zu leben lohnt. Sie haben nichts anderes zu tun, als ihre Psychospielchen zu spielen."

„Wie Blutsauger", sage ich.

„Richtig." Castor schnippt mit den Fingern und noch

eine Flamme tanzt über seine Fingerspitze. „Ihnen ist langweilig."

„Langweilig", wiederhole ich.

„Ja." Pollux stellt den Kragen seines Mantels auf. „Sie mögen ihre Spielchen. Dieter hatte viel Spaß, eines mit euch zu spielen."

„Die Sache ist die, er hat jemanden von uns entführt. Die beste Freundin meiner Gefährtin. Sie stand unter unserem Schutz."

Die Zwillinge verstummen.

„Ihr kennt mich nicht und ich kenne euch nicht", sage ich. „Aber diese Frau verdient es nicht, in Dieters Fängen zu sein."

Die Drachen wechseln verwirrte Blicke. „Aber sie ist seine Gefährtin", erwidern sie gleichzeitig.

Scheiße. Das habe ich befürchtet.

„Er denkt vielleicht, dass…"

„Nein, nein, Mann. Er hat Jahrhunderte geschlafen. Wegen ihr ist er aufgewacht. Er hat diese Welt auf den Kopf gestellt und überall nach ihr gesucht."

„Fick mich", flucht Channing genau das, was ich denke.

Ich will mir die Stirn massieren. Der verdammte Drachenrauch bereitet mir Kopfschmerzen. „Wir wollen sie einfach nur zurückholen. Sicherstellen, dass sie in Sicherheit ist. Sie weiß nichts von unserer Welt."

„Mittlerweile schon", brummt Pollux.

„In Ordnung", sage ich. „Aber es sollte ihre Entscheidung sein."

„Ihr werdet euch gegen den Drachen stellen?" Jetzt sieht Castor interessiert aus. „Dann bringt ihr besser Verstärkung mit."

„Die können wir besorgen."

Die Zwillinge blinzeln.

„Niemand wendet sich gegen Dieter", sagt Pollux.

Castor sieht noch immer fasziniert aus. „Wir sollen ihn warnen, wenn ihr auf dem Weg zu ihm seid. Aber wisst ihr was? Ich denke nicht, dass wir das tun werden."

Die Zwillinge wechseln ein Grinsen. Eines ist das Spiegelbild des anderen. „Wenn ihm langweilig ist, dann lasst uns das Spiel aufmischen."

„Wenn ihr uns helft, stehen wir in eurer Schuld", sage ich.

„Ne, Mann, es ist alles okay." Castor winkt mein Angebot ab. Er zieht noch eine Zigarette heraus und steckt sie zwischen seine Lippen, bevor er sie mit den Fingerspitzen anzündet. „Dieter steht schon viel zu lange an der Spitze. Ihr könnt ihn gerne runterholen."

Zehn Minuten später laufen Deke, Channing und ich aus der Gasse und lassen die Zwillingsdrachen − im wahrsten Sinne des Wortes − rauchend in der Gasse zurück.

Ich ziehe mein Funkgerät heraus. „Oberst, haben Sie das gehört?"

Oberst Johnsons Stimme knistert am anderen Ende der Leitung. „Lance hat mir die Übertragung geschickt. Ich habe alles gehört."

„Silber funktioniert bei Drachen. Wir haben die Bestätigung. Und jetzt haben wir Dieters Adresse. Eine Burg in Rumänien", berichtet Channing.

„Gute Arbeit, Jungs", krächzt Johnson.

„Wenn wir das tun wollen, müssen wir die ganze Kavallerie mitbringen", sage ich.

„Die Kavallerie ist bereit und erwartet Ihre Befehle", sagt Johnson.

„Dann tun wir es." Ich wende mich an Channing und Deke. „Operation Drachensturz beginnt bald."

~

*GABRIEL*

Ich tanze mit Tabitha in den Armen über den Boden des Ballsaals. Nichts hat sich jemals so richtig angefühlt. So perfekt.

Die Dorfbewohner sind genauso verzaubert von ihr wie ich und sie ist die perfekte Gastgeberin, obwohl sie kein Rumänisch spricht. Ihre Herzlichkeit und aufrichtige Präsenz zeigen sich in ihrem Lächeln und freundlichen Händedruck.

Ich muss gegen den Drang ankämpfen, ihnen nicht jedes Mal die Arme abzureißen, wenn einer von ihnen ihre hübsche Hand in seine nimmt. Mein Drache kann die Unruhe kaum aushalten. Es ist stetig schlimmer geworden, seit wir zur Burg zurückgekehrt sind.

Er will, dass ich sie beanspruche.

Natürlich will er das!

Ich sehne mich selbst danach.

Doch auch wenn Tabitha dem Feuermal zustimmen würde, kann ich mir meines Drachen nicht sicher sein. Was, wenn ich die Kontrolle verliere? Was, wenn mein Feuer zu heiß ist? Was, wenn ich in Flammen aufgehe oder schlimmer − meine Feuerkraft freisetze − wenn ich mich in den Fängen der Leidenschaft befinde?

Jede Nacht mache ich Liebe mit ihr, es wird jedoch immer schwieriger, mich zurückzuhalten. Das Verlangen bringt mich beinahe um. Ich muss mitten in der Nacht aufstehen und fliegen. Mitten am Tag.

Ich muss mir in der Dusche einen runterholen, mit meiner Hand, auf ihrem Bauch oder Schenkel, und das mindestens viermal am Tag, nur damit ich nicht die Beherrschung verliere.

Und heute Abend ist es so schlimm wie noch nie.

Sie trägt dieses umwerfende Kleid und sieht aus, als sei sie bereit, meine Königin zu werden.

Da ich es keinen Augenblick länger ertragen kann, führe ich sie zu der Stelle, wo das Orchester spielt, und unterbreche es, indem ich das Mikrofon an mich nehme. Der Dirigent lässt die Musik sofort verstummen.

„Meine Gäste", spreche ich auf Rumänisch ins Mikrofon. „Danke, dass ihr heute Abend mit uns gefeiert habt. Ihr könnt gerne bleiben, so lange ihr wollt. Die Musik und Erfrischungen werden bis zur Morgendämmerung angeboten."

Die Dorfbewohner jubeln alle und Tabitha lächelt, da sie anscheinend trotz ihrer Sprachschwierigkeiten alles versteht. Sie winkt Giampi und James, die die ganze Nacht lang miteinander getanzt haben.

„Komm, meine hübsche Braut. Ich muss dir dieses Kleid ausziehen."

„Das hier fühlt sich irgendwie wie eine Hochzeit an", murmelt sie, als sie mir erlaubt, sie zum Aufzug zu geleiten, der sie zu meinem Turm bringen wird.

Mein Herz hämmert bei ihren Worten schneller und Rauch ergießt sich aus meinen Nasenlöchern. „Heißt das, dass du bereit bist, beansprucht zu werden?" Ich ersticke beinahe an meinen Worten.

Sie atmet scharf ein und blinzelt. „Ähm… nein."

Mir rutscht das Herz in die Hose. Feuer regt sich in meiner Körpermitte und droht, hervorzubrechen. Ich muss mich verwandeln und fliegen, um meinen Drachen unter Kontrolle zu kriegen, bevor ich versuche, Liebe mit meiner Gefährtin zu machen.

„Ich erhalte vierzig Tage und Nächte, bis ich mich entscheiden muss, Gabriel. Dräng mich nicht, bevor diese Zeit abgelaufen ist."

Meine Haut leuchtet vor Hitze. Ich ziehe meine Hand

von ihrem Rücken für den Fall, dass sie sich für sie zu heiß anfühlt. „Vergib mir, mein Schatz." Jedes Wort kommt mit einer Rauchwolke aus meinem Mund. Der Aufzug ist im obersten Stockwerk meines Turms angekommen, aber ich drücke auf den Knopf, um nach unten zu fahren. Ich muss sie zu ihrer Kammer bringen, bevor der Drache erscheint.

Tabitha dreht sich um und schaut mich mit aufgerissenen Augen an. „Was ist los?"

Ein Gefühl der Dringlichkeit legt sich wie eine enge Faust um meine Kehle. „Mein Drache ist ungeduldig wegen unserer Vereinbarung." Ich drücke erneut auf den Aufzugknopf, um zurückzukehren, und realisiere, dass ich nicht das Gefühl habe, als könnte ich es rechtzeitig schaffen. Ich werde sie allein nach unten schicken müssen. Das entspricht nicht dem Verhalten eines Gentlemans, ich kann es allerdings nicht ändern.

Ich trete aus dem Aufzug, halte jedoch meine Hand hoch. „Geh zu deiner Kammer, Liebes", sage ich, währen ich bereits meine Fliege und Smokingjacke ausziehe.

Meine sture Gefährtin weigert sich und springt aus dem Aufzug, als sich die Tür schließt. „Nein! Was ist los? Wirst du dich verwandeln?"

Ich kann lediglich nicken, als ich die Smokinghose zusammen mit meinen Boxerbriefs und Socken ausziehe. Ich mache mich an den Knöpfen meines Hemdes zu schaffen, bin jedoch zu zittrig.

Tabitha tritt nach vorne, um mir mit geschickten Fingern zu helfen. Ihr Frühlingsregenduft füllt meine Nase und lässt meinen Drachen noch verzweifelter werden.

„Ich will dich sehen", verkündet Tabitha, als sie mich von dem letzten Knopf befreit hat.

Ich reiße mir das Hemd vom Körper und ziehe das Unterhemd über den Kopf. „Du willst meinen Drachen sehen?"

„Ja."

„Nein. Das ist nicht sicher. Geh auf deine Kammer."
Ich renne zu dem offenen Türmchen, wo ich mich verwandeln kann.

„Es ist sicher für mich", beharrt sie und verfolgt mich.

Bevor ich es kontrollieren kann, habe ich meine Gestalt gewechselt. Ich zwinge meinen riesigen Kopf herum, damit meine gefährlichen Flammen nicht in ihre Richtung ausgestoßen werden, doch es kommen keine heraus.

*Da bist du ja.* Es ist Tabithas Stimme, allerdings in meinem Kopf.

Ich drücke mich flach auf den Steinboden und spreize meine Flügel tief für sie. Ein Teil von mir wehrt sich dagegen. Ich sollte wegfliegen und eine sichere Distanz zu meiner Braut halten, aber mein Drachen-Selbst hat eine andere Vorstellung. Er will sie in seiner Nähe haben.

Ich lasse ein leises, einladendes Grollen verlauten. Ein liebevolles Schnauben. Es weht Tabithas frisierte Haare nach hinten, aber sie wirkt nicht verängstigt.

Ihre Augen strahlen.

Tabitha rennt an meine Seite und streichelt über meine Schuppen. Ich kann ihre Berührung nicht fühlen – die Schuppen sind ein zu großer Schutz, doch die Verbindung, die Nähe, die ich zu ihr habe, ist mit nichts zu vergleichen, was ich in meiner Menschengestalt erlebe.

*Hallo, Drache*, raunt sie in meinem Kopf. Unsere Gedanken sind miteinander verschmolzen. Wir sind beste Freunde. Wir sind im Einklang miteinander. Wir sind eins.

Winzige Blitze goldenen Lichts sausen um meinen Kopf. Meine Aura – ich sehe, was Tabitha sieht. Ihre Aura leuchtet dunkellila und ist von einem rötlichen Gold durchzogen.

Einen Moment lang blitzt ein Bild von ihr in meinem Kopf auf, wie sie auf meinem Rücken reitet. Ihr reizendes rotes und goldenes Gewand weht in der Brise und verschmilzt optisch mit meinen Drachenschuppen. In dem Moment, in dem ich dieses Bild auffange, keucht Tabitha.

*Ich würde wahnsinnig gerne reiten!*

Warte... was passiert hier? Das ist nicht sicher. Die Krallen meines Drachen klacken über die Steinplatten.

Meine reizende Gefährtin hat bereits herausgefunden, wie sie nach oben klettern kann, und sucht sich einen Platz an meinem Hals, wozu sie sich rittlings auf die Kerbe vor meinen Flügeln setzt. Ihr Gewicht ist nichts für mich und als sie sich an meinen Hals presst, fühlt es sich richtig an.

*Fliegen wir!*, spricht sie in meinen Gedanken.

*Mein Schatz...* Ich versuche, zu protestieren, aber mein Drachen-Selbst überwältigt mich, stößt sich von dem Türmchen ab und steigt in die Luft. Meine Flügel schlagen Luft und lassen den Steinturm weit unter mir zurück.

Tabitha keucht und ich lausche angestrengt auf ein Kreischen oder einen Angstschrei. Das Einzige, das ich höre, ist jedoch ein: „Oh!"

*Geht es dir gut?* Es ist eigenartig, dass ich mich telepathisch mit ihr unterhalten kann.

*Das ist fantastisch!*

Ich spüre ihre Freude oder vielleicht kommt sie von meinem Drachen-Selbst – das ist schwer zu sagen. Ich weiß nur, dass Woge um Woge alles umfassender Freude durch meinen Körper und Wesen hindurch schwappt.

Ich schlage einige Male mit den Flügeln, dann gleite ich in ruhigen Kreisen über die Landschaft und zeige ihr mein Land von oben. Natürlich kann sie nicht wie ich in der Dunkelheit sehen.

*Liebe.*

Ich weiß nicht, ob es ein gesprochenes Wort war oder nur ein Gefühl. Ich weiß nicht, ob es von Tabitha oder mir kam. Ich weiß nur, dass es sich vollkommen anfühlt. Ehrlich. Wahr.

Liebe ist keine Emotion, über die ich vor diesem Moment viel nachgedacht habe. Sie war für mich kein Bedürfnis. Ich war nicht aus Liebesgründen auf der Suche nach meiner Gefährtin – ich war nur auf der Suche nach Vollendung. Nach dem letzten Teil des Schatzes, den ich nicht herbeischaffen konnte. Die Fähigkeit, mich fortzupflanzen.

Doch momentan würde ich jedes Goldstück, jedes Grundstück, jeden Soldaten eintauschen, nur damit ich diese Ausdehnung in meiner Brust weiterhin fühlen kann. Das pulsierende Leuchten der Liebe, das wie die Bedeutung des Lebens selbst wirkt.

*Liebe.*

Dieses Mal weiß ich, dass ich gesprochen habe. Mein Drache.

*Ich liebe dich auch, hübscher Drachen-Mann.* Das war Tabitha.

Sie liebt mich. Obwohl ich es für unmöglich gehalten hätte, noch mehr zu fühlen, dehnt sich das Gefühl der Liebe noch weiter aus.

*Liebe.* Dieses Mal schießen Flammen aus meinem Mund – gelb und rot leuchten sie in der Nacht. Ich fliege in die Rauchwolke.

Tabitha kreischt nicht. Sie lacht.

*Ich liebe dich auch,* wiederholt sie.

Es fühlt sich wie ein Wunder an. Eine unmögliche Heldentat.

Ohne nachzudenken, fliege ich in einer Kurve zurück zur Burg und lande sanfter und geschmeidiger als je zuvor. Ich senke den Kopf und sie rutscht meine Schnauze hinab, um sich auf den Boden fallen zu lassen. Sie lacht noch immer vor Freude wie ein Kind auf einem Spielplatz.

Ich verwandle mich und hebe sie in meine Arme, ehe ich mit raschen Schritten zu meinem Bett marschiere. Die Klänge von Musik und das Gelächter der Feiernden hallen den Turm hinauf.

Tabitha saugt an meinem Hals. Küsst meinen Kiefer entlang.

Ich zittere vor Verlangen und kann meine Leidenschaft nicht mehr zügeln. Ich will als Liebhaber charmant und geschickt sein, stattdessen benehme ich mich wie ein brünstiges Tier. Ich werfe sie aufs Bett und klettere über sie, wobei ich meinen Schwanz mit der Faust umschließe.

Ihre Augen werden von der gleichen Leidenschaft glasig. Sie hebt ihren kurzen Rock an der Vorderseite ihres Kleides hoch und spreizt die Knie für mich. Ich reiße ihr Höschen nach unten und ramme mich in sie, bevor es über ihre Knie gerutscht ist. Sie strampelt es unter mir von ihren Beinen, die sie anschließend hinter meinem Rücken verschränkt. Dann zieht sie mich in sich und spannt ihren engen Kanal um meinen pulsierenden Schwanz an.

*Liebe.*

Es spricht noch immer mein Drache.

Das ist das erste Mal seit Jahrhunderten, dass ich ihn in meiner Menschengestalt gehört habe.

„Tabitha… Tabitha", skandiere ich, während ich mich in sie rein und raus stoße. Dabei stimme ich meine Stöße auf das Heben und Senken ihrer Hüften sowie den Druck ihrer inneren Muskeln ab. „Mein Schatz. Tabitha, mein Schatz."

*Feuermal.*

Mein Drache will, dass ich sie markiere und für uns beanspruche.

„Nein, wir können nicht", brumme ich.

„Was?" Tabitha greift nach meinem Gesicht und streichelt es im Feuerschein.

Ich schüttle den Kopf. Schweiß sammelt sich auf meiner Brust und Stirn. Ich muss kommen, will jedoch nicht, dass das hier jemals aufhört. Ich will meine Gefährtin befriedigen und ich habe kaum mehr getan, als mich mit großer Hektik und Kraft in sie zu rammen.

„Was ist ein Feuermal?", hakt sie nach.

„Du kannst das hören?" Die Gaben meines Schatzes sind in der Tat mächtig. Sie ist mit dem Drachen verbunden – stärker als ich.

„Was ist es?"

Ich bin nicht ganz klar im Kopf. Mein Verlangen ist zu groß. „Es ist… so beanspruche ich dich. Wenn du bereit bist", füge ich hinzu. Ich werde sie nicht beanspruchen, bevor sie dem nicht zugestimmt hat. Das wäre falsch.

Außerdem kann ich sie jetzt nicht beanspruchen. Ich bin viel zu sehr von Sinnen. Meine Kontrolle hängt nur noch an einem seidenen Faden. Wenn ich Tabitha verletze… würde ich mich nie wieder davon erholen.

„Gabriel." Tabithas Augenlider flackern, als ihre Augen zurück in ihren Kopf rollen. „Es ist so gut." Sie bäumt sich unter mir auf.

Das ist es. Meine Hoden ziehen sich zusammen.

Ich verliere vollkommen die Beherrschung.

Ich hämmere mich in sie und vergesse, mich vor dem Höhepunkt aus ihr zu ziehen. Heiße Strahlen meines Spermas schießen meinen Schaft hinab.

Tabitha schreit auf, ihre Muskeln spannen sich um meinen Schwanz an und melken noch mehr Sperma aus mir.

„Oh Gott!", brülle ich, als ich realisiere, was ich getan habe. Feuer aktiviert sich in meinem Machtzentrum. Ich reiße mich zurück, ziehe mich aus ihr und verspritze den Rest meiner Essenz auf dem Boden, während ich zurückweiche.

„Neeeiiiin", stöhnt Tabitha, führt ihre Finger zwischen ihre Beine und versenkt zwei von ihnen in ihrem feuchten Kanal, als sie zum Höhepunkt kommt.

Ich sinke auf die Knie, benommen von dem Orgasmus und aus Angst vor dem, was ich beinahe getan hätte.

„Geht es dir gut?", krächze ich.

Ihr geht es eindeutig gut. Mein Sperma hat sie nicht verbrannt. Sie ist noch gesund und munter. Prachtvoll lebendig und spektakulär hübsch, als sie sich mit ihrer Hand zwischen den Beinen zum Kommen bringt.

Ich zwinge mich, auf meine zittrigen Beine zu stehen, und eile zu ihr. „Mein Schatz." Ich schiebe ihre Hand aus dem Weg, um sie mit meinen Fingern zum Orgasmus zu bringen, da ich derjenige sein muss, der sie zum Kommen bringt.

Bei meiner Berührung erreicht sie den Höhepunkt. Ihre Füße ruhen sicher auf dem Bett, damit sie ihre Hüften in die Luft heben kann.

„Meine süße, kostbare, hübsche Gefährtin. Es tut mir so leid. Geht es dir gut? Du bist nicht verletzt?"

Tabitha keucht auf dem Bett und ihr Körper fällt wie eine Stoffpuppe auf die Decken. Sie öffnet blinzelnd die Augen. „Verletzt?" Sie klingt benommen. Ihre karamellfarbenen Locken fallen ihr ins Gesicht. Sie schiebt sie aus dem Weg und stützt sich auf ihre Ellenbogen. „Verletzt wovon?"

„Mir." Ich kann nach wie vor kaum sprechen.

Dann greift sie nach mir und mein Herz explodiert erneut. Sie zieht mich auf sich herab. „Warum sollte ich verletzt sein? Benimm dich nicht lächerlich, Drachen-Mann." Sie bietet mir ihre Lippen für einen Kuss an.

Ich wage es, ihr einen zu geben. Er ist zärtlich. Kurz.

„Das war wundervoll", raunt sie an meinen Lippen. „Ich habe es geliebt."

Ich atme zittrig ein und versuche, meinen hektischen Herzschlag zu beruhigen.

„Ich liebe dich." Es fühlt sich wichtig an, dass ich das sage. Der Mann, nicht der Drache.

Sie lächelt an meinen Lippen. „Ich liebe dich auch, Gabriel. Dich und deinen Drachen."

Etwas in mir summt und zwar vor Freude, nicht aus den üblichen Qualen. Da ist eine Energie – zu viel angestaute Energie – aber sie ist nicht aufgewühlt.

Es ist… eine freudige Energie.

Ich rolle Tabitha auf die Seite und kuschle mich an sie. Wir können das mit uns hinkriegen. Wir stehen uns so nahe. Sie wird mich bald akzeptieren und ich werde ihr mein Feuermal nur ganz vorsichtig geben. Bis dahin kann ich den Drachen kontrollieren.

Wir stehen uns so nahe.

## Kapitel Zwölf

*Tabitha*

*Ich träume, dass ich mit dem Drachen in der warmen Dunkelheit der mit Schätzen gefüllten Höhle bin. In meinen Händen glüht ein Lichtball und ich werde ihn dem Drachen geben. Das Licht leuchtet rötlich lila, in der gleichen Farbe wie mein Herz. Goldene Lichtblitze zucken um uns herum, als ich meine Hände hebe, um dem Drachen meine Essenz anzubieten.*

*Ich werde ihm mein Herz geben und er mir seines.*

*Er kann es jedoch nicht tun, weil er gefesselt ist, seine Aura unter-drückt wird und tief in ihm steckt. Ich würde danach greifen, wenn ich könnte, kann sie allerdings nicht erreichen.*

*Seine Flügel explodieren aus seinem Rücken. Der Luftstoß wirft mich zur Seite. Er legt den Kopf in den Nacken. Da ist ein Rauschen. Er wird gleich in diesem beengten Raum sein Feuer spucken.*

*„Nein", schreie ich, doch die Welt wird so heiß wie Lava. Die Luft verbrennt. Ich ersticke. Das ist das Ende.*

Ich wache in eine Seidendecke verheddert und keuchend auf. Gabriel liegt ausgestreckt und noch immer nackt neben mir. Rauch steigt von den Bettvorhängen auf, die an jedem Holzpfosten zusammengefasst wurden.

*Das Bett steht in Flammen!*

„Gabriel!"

Im gleichen Moment ist er wach und auf den Beinen. Ich greife nach ihm und er reißt mich in seine Arme. Ich klammere mich an seinen Hals, während er mich aus dem Turm und die kalte Treppe hinab trägt.

Schreie und Brüllen hallen vom Ballsaal und dem Burghof herauf. Gabriel rennt durch die gewundenen Gänge und betritt einen langen, von Fenstern gesäumten Korridor. Auf der anderen Seite des Burghofes, hoch über der Burg, durchbrechen Feuerwolken die Nacht. Der Turm ist eine Feuersäule. Wie etwas aus der Bibel oder etwas, was aus einem Drachenmaul kommt.

„Sir." James rennt in einem verkehrt herum angezogenen Bademantel herbei. Giampi folgt ihm dicht auf den Fersen. Seine Locken stehen in alle Richtungen ab und eine Decke liegt um seine nackten Schultern. Der Koch gibt James die Decke, der sie Gabriel reicht, der uns beide so gut wie möglich darin einwickelt. Er lässt mich auf meinen zwei Füßen stehen, hält mich jedoch im Kreis seiner Arme fest.

James brummt Giampi etwas zu, der nickt und aus dem Zimmer rennt, wobei er die Türen hinter sich zuschlägt. Der Rest von uns steht in der Dunkelheit, während Schatten und Licht von dem Brand über unsere Gesichter flackern.

„Ein Notfallhelikopter ist auf dem Weg", berichtet James. „Das Security-Team hat das Feuersicherheitsprotokoll gestartet. Sie werden den Brand dank der Brandschutztechnik, die Sie installieren ließen, und dank des erhöhten Notfallbudgets löschen."

Gabriel sagt nichts. Ich kann hören, dass er sich selbst die Schuld gibt. Ich lege eine Hand auf seinen angespannten Unterarm, seine Miene verändert sich allerdings nicht.

Giampi kehrt mit einem Arm voller Decken und Kleider zurück. Er und James unterhalten sich leise miteinander.

Auf der anderen Zimmerseite tritt ein schwarz gekleideter Mann in die Tür und klopft an den vergoldeten Rahmen. „Sir", spricht er Gabriel an.

Gabriel macht Anstalten, sich von mir zu lösen, woraufhin ich mich an ihn klammere. Ich will nicht zu anhänglich sein, aber mein Inneres ist in Aufruhr.

Gabriel streicht mit einer großen Hand über meinen Kopf. Seine sonstige Eleganz ist von Unbeholfenheit ersetzt worden. „Ich muss mit meinem Sicherheitschef sprechen." Er zieht die Decke um mich herum fest, woraufhin er nackt ist. „James?"

Der Butler kommt, um mich zu holen. Gabriel gibt mich ab, ob mir das nun passt oder nicht.

„Ich werde in der Bibliothek einen Platz für Madame herrichten, wo sie sich ausruhen kann", sagt James.

„Geh mit Buttons", befiehlt mir Gabriel sanft. „Du wirst in Sicherheit sein. Bitte."

„Okay." Meine Stimme zittert. Um Gabriels Kopf befindet sich eine Leere, die in starkem Kontrast zu den sanften Farben von James' und Giampis Auren steht. Mein Drachen-Mann ist noch immer ein Schloss mit sieben Siegeln und ich habe keinen einzigen Schlüssel. „Komm bald zu mir."

Jᴀᴍᴇs ʙʀɪɴɢᴛ mich in der Bibliothek unter und sucht mir Hausschuhe sowie Wechselkleider. Ich kann nicht schlafen, weshalb ich dasitze und an dem Tee nippe, den er mir gebracht hat. Den Teller mit Biscotti, die mir Giampi geschickt hat, ignoriere ich allerdings.

Die Dämmerung vergoldet die Fensterrahmen, bevor mich Gabriel findet. Er trägt einen dicken Wollpullover und eine Hose, die an seinem Hintern eng sitzt und mehrere Zentimeter Knöchel entblößt. Weniger wie eine Caprihose, sondern mehr so, als wäre sie beim Waschen eingegangen. Ich habe mit meiner weichen Jogginghose und einem verschlissenen *Forza Azzurri* T-Shirt das bessere Los gezogen. James muss seinen und Giampis Schrank geplündert haben, um Kleider für uns zu finden.

Ich richte mich auf, als Gabriel den Raum betritt. Die Bibliothek ist dunkel und still. James wollte den Gaskamin anmachen, doch ich bat ihn, das zu unterlassen. In die Flammen zu starren, während der Rauchgeruch noch an meinen Haaren haftete, schien mir nicht angemessen zu sein.

Gabriel steht so lange in der Tür, als würde er im Stehen schlafen. Er starrt auf den leeren Kamin. Ich sehne mich danach, zu ihm zu gehen, aber etwas an seinem Gesichtsausdruck sorgt dafür, dass ich auf dem Sofa bleibe.

„Was ist mit dem Feuer?", frage ich.

„Gelöscht."

„Und der Turm?"

„Fort."

„*Fort?*" Das Innere könnte zu Asche werden, der Turm war jedoch aus Stein gebaut.

„Die Flammen waren zu heiß. Der Mörtel hat nachgegeben."

*Wie ist das Feuer so heiß geworden?* Ich spreche die Frage nicht aus.

„Drachenfeuer", murmelt Gabriel. Er befindet sich noch immer auf der anderen Zimmerseite und starrt mit Gespenstern in den Augen ins Leere. „Der Drache hat sich einen Moment lang befreit, während ich schlief."

„Gabriel." Ich strecke meine Hand nach ihm aus.

Er schnellt nach vorne. Anstatt sich hinzusetzen und mich in seine Arme zu nehmen, fällt er mit den Knien vor mir auf den Teppich und lässt seinen Kopf auf meinen Schoß fallen.

Ich beuge mich über ihn und drücke ihn fest an mich. Meine Finger graben sich in seine dichten, schwarzen Haare.

„Mein Schatz." Seine Stimme ist gedämpft. „Du hättest sterben können." Seine Schultern beben.

„Ich weiß. Ich träumte, dass ich tot war." Ich kann die Worte kaum aussprechen. „Dein Drache…"

„Er hat das getan." Gabriel löst sich von mir und weicht so schnell zurück, dass ich nicht nach ihm greifen kann. Er bewegt sich blitzschnell, erhebt sich und tigert so schnell durch den Raum wie eine Kugel, die aus einem Gewehr geschossen wurde. Seine Haare sind wild zerzaust. „Er hat dich umgebracht."

Es wirkt merkwürdig, dass er *er* an Stelle von *ich* sagt. Dass diese Trennung zwischen seinen zwei Seiten besteht. Darum geht es bei den Goldmanschetten in meiner Vision mit dem Drachen.

„Nein." Ich versuche, aufzustehen, aber meine Beine sind zu wacklig. „Mir geht's gut."

Gabriel schüttelt den Kopf hin und her. „Das erste Mal. Er hat dich umgebracht." Rote und goldene Lichter tanzen über seine Haare. Einen Moment sind sie da und im nächsten verschwunden. Wie Flammen, die von der Dunkelheit gelöscht werden.

„Du bist gestorben", erklärt er mit gruselig kalter

Stimme. „Du warst meine Gefährtin und bist gestorben. Du wurdest vor hunderten von Jahren geboren."

Meine Hand presst sich auf meinen Mund. Ich erinnere mich nicht daran, sie dort platziert zu haben. Ich senke sie. „Ich erinnere mich nicht daran."

„Dem Schicksal sei Dank."

Ich beiße mir auf die Lippe. Ich glaube an vergangene Leben, weshalb ich offen für das bin, was er sagt. Wenn ich vor hunderten von Jahren gelebt habe, wäre ich gestorben, um wiedergeboren zu werden. Es wäre beschissen, mich an meinen Tod zu erinnern.

Ich stemme mich mithilfe der Sofalehne nach oben und laufe auf unsicheren Beinen zu ihm. Er dreht sich nicht um. Ich lege meine Arme um ihn und presse mein Gesicht an seinen Rücken. Eine Weile atmen wir einfach nur gemeinsam.

„Erzähl es mir. Erzähl mir alles."

Die Bibliothek ist abgesehen von der tickenden Standuhr in einem Zimmer drei Türen weiter still. Ich zucke zusammen, als es leise rauscht und plötzlich nach Gas riecht. Der Kamin in der Bibliothek ist automatisch angegangen.

Gabriels ganzer Körper ist zu Stein geworden. Er ist kalt. Nur das langsame Heben und Senken unter seinem Pullover verrät mir, dass er am Leben ist.

Ich will gerade etwas sagen, als er die Stille durchbricht.

„Du warst eine Bauernfrau. Ich jagte im Wald und witterte deinen Duft. Du warst einige Jahre jünger, als du jetzt bist, aber weit über das heiratsfähige Alter hinaus. Du nähertest dich dem Alter einer alten Jungfer, weswegen sich deine Eltern Sorgen machten." Er schüttelt den Kopf und erzählt weiter. „Als ich dich kennenlernte, pflücktest du Wildblumen. Du drücktest dich immer vor deinen Pflichten. Du brauchtest Freiheit."

Ein Gefühl der Gewissheit legt sich über mich. Gabriel erzählt die Wahrheit.

„Wir fanden sofort eine Verbindung zueinander. Ich wollte dich augenblicklich davontragen, tat jedoch, was anständig war. Ich zahlte deinen Eltern das Brautgeld. Sie hießen unsere Ehe gut, bestanden allerdings auf einer formellen Hochzeit.

Alles war bereit, als mich die Nachricht über einen Aufstand erreichte. Feindliche Truppen drohten mit Krieg. Ich musste dich beschützen und dafür sorgen, dass unser Königreich sicher war. Für dich. Ich zog los, um die Grenzen meines Landes zu verteidigen." Seine Stimme ist weit entfernt. Er macht einige Schritte weg von mir und ich lasse ihn gehen, obwohl ich seine Wärme vermisse.

„Ich dachte, es wäre einfach. Menschen sind so zerbrechlich. Niemand kann dem Drachen standhalten." Er reibt mit einer großen Hand über sein Gesicht. „Ich ließ meinen Drachen frei und wir ließen Feuer und Tod auf alles an der Grenze regnen. Kilometerweit war nur Rauch zu sehen. Doch dann zog ein Sturm auf. Die Feuer wurden angefacht und tobten. Sie breiteten sich sofort aus."

Er dreht sich und sein Gesicht ist hager, Schatten zeichnen sich unter seinen Wangenknochen und Augen ab. „Ich flog zu dir." Er schluckt schwer. „Doch es war zu spät. Die Feuer waren so heiß. Dein Dorf lag in Asche. Die Kirche hatte Feuer gefangen und war eingestürzt. Der Brautzug…" Er kneift die Augen zu.

Das ist die letzte Szene auf dem Wandteppich.

*Menschen sind so zerbrechlich. Niemand kann dem Drachen standhalten.*

„Du warst tot. Und es war meine Schuld."

Ich tapse näher zu ihm und greife nach seiner Hand.

Er bewegt sich in der letzten Sekunde, verschwimmt und erscheint einen halben Meter entfernt. „Es war meine Schuld."

Wenn er mir wirklich entkommen will, muss er weiter wegrennen. Ich überwinde die Distanz zwischen uns, packe seine Hand und drücke sie, um ihn zu mir zurückzubringen.

„Es war nicht deine Schuld", informiere ich ihn. „Es war ein Unfall. Und das liegt alles in der Vergangenheit. Jetzt bin ich hier. Wir sind zusammen und wir können das klären. Okay?"

Er wirbelt so schnell herum, dass ich rückwärtsfalle. Er fängt mich auf und seine Hand schließt sich um die Manschette an meinem Handgelenk.

„Nein. Es ist zu viel." Er packt mein anderes Handgelenk und hält meine Hände zwischen uns fest. „Ich bin eine Gefahr für dich. Ich dachte, ich könnte dich beschützen, aber ich kann es nicht."

„Ich bin noch immer in Sicherheit", heule ich, weil ich etwas Endgültiges in seinem Tonfall spüre. Als würde er mit mir Schluss machen. Ich erschaudere wegen der Kälte auf seinem Gesicht.

Gabriel wird reglos. Er zieht den Pullover, den er anhat, aus und lässt ihn über meinen Kopf fallen, sodass er oberkörperfrei ist. Sein Weihrauchduft umgibt mich und kurz bin ich ruhig.

Dann schüttelt Gabriel den Kopf. Seine Augen sind stumpf, seine Miene ausdruckslos. „Das wirst du nicht lange sein, wenn du hierbleibst. Ich werde den Jet vom Piloten vorbereiten lassen, damit er dich zurück nach New Mexico bringt. Ich kann nicht in deiner Nähe sein." Er dreht sich um und marschiert zur Tür.

„Was? Nein! Gabriel!" Ich stolpere hinter ihm her und bleibe wie angewurzelt stehen, als er eine Hand hebt.

„In dieser Sache wirst du mir gehorchen." Seine Stimme ist eisig. „Du wirst freiwillig gehen oder ich werde dich deinen Freundinnen in einem Käfig liefern."

Er wartet, bis ich widerwillig nicke, und verlässt den Raum.

Ich bleibe allein zurück und schlinge in dem Versuch, mich zu wärmen, die Arme um mich. Ich will ihm hinterherrennen, aber ich kann es nicht ertragen, dass er mich wieder einsperrt. Dass er mich wie den Drachen wegsperrt.

Gerade als wir endlich Fortschritte machten und ich anfing, zu glauben, dass diese Beziehung möglich sein könnte, beendet er sie. Ich kann es nicht fassen.

Ich schlage mir eine Hand vor den Mund und sinke mit zittrigen Beinen auf das Sofa.

Ich werde nach Hause gehen. Ohne Gabriel. Vor einigen Wochen wäre ich glücklich darüber gewesen. Jetzt? Mein Herz wird in Stücke gerissen.

Das ist falsch. So falsch.

*GABRIEL*

Dunkelheit überkommt mich. Mein Zorn vermischt sich mit meinem Drachenverstand und ehe ich mich versehe, bin ich in der Luft und habe mich von meiner Menschengestalt in das riesige Monster verwandelt, das beinahe meine eigene Burg vernichtet hätte.

Ich fliege hart und schnell und schlage mit den Flügeln, denn ich muss die Luft an meinen Schuppen spüren, um die Flammen zu kühlen, die meine Kehle hinauf züngeln. Ich gelange über das Schwarze Meer, wo ich in das dunkle Wasser tauche und tiefer denn je schwimme in dem Versuch, den Sturm in mir abzukühlen.

Es funktioniert nicht.

Ich tauche auf und spucke Feuer, das jedes Schiff in einem Umkreis von einem Kilometer verbrannt hätte, wäre eines in der Nähe gewesen.

Ich kann Tabitha nicht haben.

Ich kann sie *nicht* haben.

*Gefährtin*, protestiert mein Dracheninstinkt.

*Du hast unsere Gefährtin beinahe umgebracht! Erneut!*

Ich spucke noch mehr Feuer und bringe das Wasser unter mir zum Kochen. Um das Inferno abzukühlen, tauche ich abermals unter die Oberfläche und schlage mit den Flügeln, um mich immer tiefer zu befördern. Dann tauche ich auf und fliege wieder davon, wobei Wasser von meinen heißen Schuppen strömt und Dampfwolken erschafft.

*Gabriel.*

*Komm nach Hause.*

Oh beim Schicksal. Sie ruft mich. Ihre Stimme ist in meinem Kopf.

Und sie hat meine Burg ihr Zuhause genannt.

Ein heftiges Schluchzen erschüttert meinen riesigen Körper und ich drehe mich im Kreis, wodurch ich einen Sturm auslöse. Einen Hurrikan.

*Gabriel.*

*Komm nach Hause. Ich brauche dich hier.*

Beim Schicksal!

Ehe ich mich versehe, bin ich umgekehrt. Meine kräftigen Flügel tragen mich in die Richtung meiner Burg.

Ich kann ihren Ruf nicht ignorieren. In meiner menschlichen Gestalt hätte ich womöglich mehr Kontrolle gehabt, aber in diesem Körper? Unmöglich.

Der Drache will Tabitha und sie weiß, wie sie direkt in unseren Gedanken sprechen kann.

Warnglocken schrillen immer wieder in meinem Kopf,

als ich mich der Burg nähere. Warnen sie mich, dass sie in Gefahr ist?

Oder, dass ich eine Gefahr für sie bin?

Ich kann es nicht entziffern. Mein Gehirn ist zu benebelt und ich bin zu traurig, um die Gefahr am Fuß des Berges zu erkennen.

Es erklingt ein pfeifendes Geräusch und ein Knall. Feuriger Schmerz durchfährt mich.

Ich wurde getroffen.

Eine Wunde direkt unter meinem Flügel an der empfindlichen Stelle, wo ich am verletzlichsten bin.

Ich versuche, weiterhin mit den Flügeln zu schlagen. Ich muss zu Tabitha gelangen. Sie braucht mich womöglich. Doch mein verwundeter Flügel ist nutzlos und bewegt sich kaum noch. Ich falle. Schnell. Meine Muskeln sind schwach und reagieren nicht.

*Getroffen!*, schicke ich ihr irgendwie.

*Gabriel!* Ihre Stimme ist ein Schrei in meinem Kopf.

Der Boden erhebt sich und ich schlage so hart auf, dass die Erde selbst einen Riss bekommt. Und dann fällt ein Netz auf mich und Silber brennt sich durch meine Schuppen hindurch.

Ich liege auf der Seite, meine Brust hebt und senkt sich schwer und ich kann mich nicht bewegen.

*Gefangen.* Mein Drache sendet das Wort wie ein Telegramm an unsere Gefährtin.

❧

*Tabitha*

„Gabriel!"

Ich renne blindlings durch die Burg. Etwas stimmt nicht. Etwas stimmt ganz und gar nicht. Ich finde eine schwere Tür und zerre am Griff. Daraufhin schwingt die

Tür auf. Kalte Luft schlägt mir ins Gesicht und ich eile in den Burghof, wo ich auf dem Eis ausrutsche.

Ein schwarz gekleideter Mann – Gabriels Sicherheits-chef – joggt zu mir. „Ma'am?", ruft er.

Ich haste zu ihm. Er wirft meinen Hausschuhen und meinem Outfit einen schrägen Blick zu, was ich jedoch ignoriere. „Gabriel steckt in Schwierigkeiten!", kreische ich. „Der Drache wurde getroffen. Er fiel vom Himmel und jetzt ist er gefangen."

Die Lippen des Mannes werden schmal und er schluckt. „Ich soll dem Wolfrudel erlauben, die Burg zu betreten und Sie mitzunehmen", sagt er steif. Ich kann seine Missbilligung über diese Befehle an seiner Miene ablesen. Er nickt zu der Seite des Burghofes, die uns am nächsten ist und wo die riesigen Tore knarzend geöffnet werden. Wind weht in den Burghof. Die Haare peitschen mir ins Gesicht.

„Was?" Mit dem Sicherheitschef an meiner Seite jogge ich zu den offenen Toren. Eine Straße, die so groß ist, dass sie Platz für zwei Panzer nebeneinander bietet, windet sich zur Burg hinauf. Doch es ist weit und breit keine Invasion zu sehen. „Wo sind sie? Sind sie hier?"

„Sie nähern sich jetzt." Er hält ein Fernglas an seine Augen und deutet in die Richtung der Straße weit unter uns.

„Aber wo ist Gabriel? Ich glaube, er ist verletzt."

Der Mann neigt den Kopf. „Dann hat er zugelassen, dass er gefangen genommen wurde." Er blickt zu dem zerstörten Turm hoch. Rauchfäden steigen von den verkohlten Steinen auf. „Er befürchtete, dass es dazu kommen würde."

„Zu was würde es kommen?" Ich massiere mir die Stirn. Meine Haare sind wild zerzaust. „Hören Sie mir zu.

Gabriel wurde gefangen genommen. Sie müssen ihn retten."

„Meine Befehle lauten, mich zurückzuhalten und Sie dem Wolfrudel sicher zu übergeben."

„Ich werde nicht gehen!" Ich hebe die Stimme. „Das ist nicht richtig. Nichts davon ist richtig."

Ein Militärkonvoi rollt in mein Sichtfeld – drei Jeeps beladen mit etwas, was wie Maschinengewehre und andere Geschütze aussieht.

Scheiß darauf. Gabriels Angestellter wird nicht auf mich hören.

Teils renne, teils schlurfe ich die Straße hinab, laufe aus der Burg und zu den Jeeps. Gabriels Sicherheitschef folgt mir nicht.

Als die Kavallerie näher kommt, wedle ich mit den Armen durch die Luft.

„Tabitha!" Lance, der Freund meiner Freundin Charlie, springt aus dem ersten Jeep und rennt zu mir.

„Wo ist der Drache?", will ich wissen, die Hände in die Hüften gestützt.

Lances Schritte stocken und er wird langsamer, als er mich erreicht. „Mach dir keine Sorgen, du bist in Sicherheit. Wir haben ihn außer Gefecht gesetzt." Sein Blick fällt auf die Manschetten um meine Handgelenke, dann sieht er besorgt in mein Gesicht.

„Warum habt ihr das getan?", brülle ich. „Lasst ihn gehen!" Ich marschiere zu dem Jeep und steige auf der Beifahrerseite ein. „Bring mich dorthin."

„Auf keinen Fall. Das ist nicht sicher. Dieter ist eine Gefahr."

„Jetzt, Lance!", schreie ich. „Er braucht mich. Ich bin seine Gefährtin!"

„Äh, okay. Warte kurz." Lance klettert hinter das

Lenkrad und fährt zum Glück los, bevor er Fragen stellt. Es macht Sinn – er ist ein Mann der Tat. Das sind sie alle.

*Ein Wolf*, erinnere ich mich.

Er wendet den Jeep und wedelt mit einem Arm durch die Luft, womit er den zwei Fahrzeugen, die ihm folgen, bedeutet, das Gleiche zu tun.

„Ich weiß, was ihr seid", platze ich heraus. „Und Gabriel ist ein Drache und ich denke, ihr habt ihn verletzt."

Er tritt aufs Gaspedal. „Er ist nicht verletzt. Er ist außer Gefecht gesetzt. Aber Tabitha, er ist sehr, sehr gefährlich. Berichten zufolge hat er gestern Nacht einen der Türme verbrannt. Warst du in dem Turm?"

Tränen brennen in meinen Augen. „Ja, ich war in dem Turm. Aber es war ein Unfall. Wir waren gemeinsam im Bett und er…" Meine Stimme stockt.

Lance nimmt eine Hand vom Lenkrad, um meine Schulter zu drücken. „Es ist okay, Schätzchen. Wir sind jetzt hier. Wir werden dich nach Hause bringen."

„Nein." Ich reibe mit einer Hand über mein Gesicht und streiche die Tränen weg. „Gabriel ist mein Zuhause. Der Drache. Ich gehöre zu ihm. Ich bin seine Gefährtin. Das Feuer war, weil… ich glaube, sein Drache muss mich beanspruchen."

Lance pfeift. „Fuck. Das ist ein Problem. Kein Wunder, dass er außer Kontrolle ist." Er wirft mir von der Seite einen Blick zu. „Wirst du es ihm erlauben?"

„Ja!" Ich realisiere die Wahrheit des Wortes, als ich es brülle. Ich habe es zurückgehalten, weil ich es konnte. Weil mir Gabriel vierzig Tage und Nächte gab, damit ich mich entscheiden konnte. Doch ich brauche keine Zeit mehr. Ich war mir noch nie in meinem Leben in Bezug auf etwas sicherer. Gabriel Dieter ist mein Gefährte. Natürlich werde ich ihm erlauben, mich zu beanspruchen.

„Verstanden", erwidert Lance und nickt. Er kommt wirklich schnell mit. „Dann wollen wir dich zu dem Drachen bringen. Vielleicht ist es noch nicht zu spät."

„Was meinst du mit zu spät?"

Lance blickt unverwandt auf die Straße, als würde er seine Worte abwägen. „Wenn ein Wolf seine Gefährtin nicht beansprucht, kann er wahnsinnig werden. Mondwahnsinnig. Das bedeutet, dass er wild wird. Sein Tier übernimmt und er kann sich nicht mehr in einen Menschen verwandeln. Wenn das geschieht, muss er getötet werden."

*Nein.*

Nein, nein, nein, nein, nein.

Es ergibt plötzlich alles Sinn. Dieser innere Kampf, den Gabriel der Mann mit Gabriel dem Drachen austrug. Ich darf nicht zulassen, dass einem von ihnen etwas zustößt. Ich muss ihn retten.

Staub erhebt sich hinter uns auf der felsigen Straße, als wir zum Fuß des Berges fahren. Ich wappne mich, als Lance mit dem Jeep die Straße verlässt und durch ein Feld holpert. Ein Helikopter surrt über uns. In der Ferne steigt eine Rauchwolke auf und viele weitere Militärfahrzeuge stehen in einem Ring um eine große Gestalt.

„Ist er das?", keuche ich. „Was habt ihr mit ihm gemacht?"

„Er steckt in einem Silbernetz, damit er regungslos ist. Wir haben ihm ein Betäubungsmittel gegeben, aber es verliert seine Wirkung sehr schnell." Lances Brauen ziehen sich zusammen. „Ich will nicht, dass du zu nahe an ihn herangehst. Er ist in diesem Zustand gefährlich, Tabitha."

„Nicht für mich", erwidere ich, obwohl mich das Feuer der letzten Nacht beinahe in dem Bett verbrannte, in dem ich schlief. Das war ein Unfall. Der Drache hatte nicht vor, mich zu verletzen. Es gibt eine Lösung für diese Situation. Gabriel hat aufgegeben, ich aber nicht.

Es liegt an mir.

Ich schließe die Augen und versuche erneut, mit Gabriel zu kommunizieren. *Ich komme*, informiere ich ihn.

Je näher wir kommen, desto wärmer ist die Luft. Das Drachenfeuer hat dem Wintertag milde Temperaturen geschenkt. Der Helikopter ist in der Nähe gelandet und seine Rotorblätter drehen sich weiterhin träge.

Ein Feuerstrahl schießt in den Himmel und Artillerie- feuer erklingt.

„Tabitha, du machst es womöglich nur schlimmer", sagt Lance, als er vor dem äußeren Ring an Fahrzeugen hält. „Falls Gabriel denkt, wir halten dich von ihm fern, dreht der Drache vielleicht durch. Wenn das die Version von Mondwahnsinn bei Drachen ist, ist er außer Kontrolle."

Ich ignoriere Lances Warnung und haste aus dem Jeep. Der Schnee ist auf diesem Teil des Feldes geschmolzen. Meine Hausschuhe klatschen auf weiches Gras, als ich mich zwischen den geparkten Fahrzeugen hindurch schlängle und zu dem gefangenen Drachen laufe. Die glän- zende rote und goldene Gestalt liegt gekrümmt auf ihrer Seite und ist von dem engen Silbernetz gefangen. In meiner Brust wird es eng.

„Gabriel", schreie ich und renne zu ihm.

Deke tritt hinter einem grünen Panzer hervor und fängt mich in seinen Armen auf. „Tabitha, beruhige dich. Wir…"

Der Kopf des Drachen ruckt in die Höhe und dann brüllt er, als hätte er Schmerzen.

„Das Netz tut ihm weh!", schreie ich und wehre mich gegen Deke. „Nehmt es ihm ab!"

Doch Lance hatte recht. Mein Anblick lässt den

Drachen durchdrehen. Ich höre keine Worte in meinem Kopf, spüre jedoch den heftigen Beschützerinstinkt. Meine Aufregung erzürnt den Drachen noch mehr.

Er brüllt und bricht aus dem Silbernetz aus.

Seine Flügel entfalten sich und Feuer flammt auf. Der Hitzestrahl röstet mein Gesicht, als hätte ich es in einen Ofen gesteckt. Rauch steigt dort auf, wo das tote Wintergras unter dem geschmolzenen Schnee Feuer gefangen hat.

Soldaten schreien und rennen weg.

„Fuck", flucht Deke.

Ich drehe mich um und reiße mich los, als sich der keilförmige Kopf des Drachen in die Luft hebt und sein Maul weit aufklafft.

„Nein!", kreische ich. Deke kracht gegen mich und schubst mich hinter einen Panzer, als eine Feuerkugel in der Nähe explodiert. Gras knistert und die Luft schimmert.

Die fliehenden Soldaten sind dunkle Formen vor den gelben Flammen. Auf der anderen Seite packt Rafe einen silberhaarigen Mann in einer Uniform der US-Armee und sie springen beide hinter eine Reihe aus Metallfässern. Noch ein Feuerschwall und die Ausrüstung explodiert.

Das ist schlimm. Gabriel hat vielleicht gerade sämtliche Gefährten meiner Freundinnen verbrannt. Der Drache ist außer Kontrolle.

Gabriels riesige Flügel entfalten sich und er schwingt sich in die Lüfte. Der so entstehende Wind schleudert uns nach hinten und entfacht die Flammen auf dem Boden. Die Gestalt des Drachen senkt sich leicht, da ein Flügel verletzt zu sein scheint. Er kämpft darum, höher zu fliegen.

Ich muss mich beruhigen. Ich packe Dekes Arm. „Bring mich zu diesem Helikopter."

Deke zögert.

„Jetzt", schreie ich.

„Er muss bloß seine Gefährtin beanspruchen", schreit

Lance Deke von hinter mir zu. „Tabitha ist vielleicht die Antwort."

Deke nickt, hebt mich in die Arme und rennt über das leere Feld.

Ein riesiger Kerl mit einer Fliegerbrille sitzt auf dem Pilotensitz. Seine tätowierten Bizepse spannen die Ärmel seines militärgrünen T-Shirts.

„Hab einen Passagier für dich, Teddy", brüllt Deke. Ich klettere von seinen Armen auf den Beifahrersitz.

„Wie hoch kannst du fliegen?", frage ich den Piloten.

„So hoch wie du willst, Babygirl." Teddy legt eine Reihe Schalter um und hält dann inne, um seine Brille nach oben zu schieben. In seinen Augen blitzt ein organgenes Licht auf. „Heilige Scheiße. Du bist die Alte des Drachen."

„Gefährtin." Ich nicke. „Ich bin seine Gefährtin." Ich deute zum Himmel hinauf, wo der Drache kreist. Er könnte sich jeden Moment umdrehen und erneut Feuer auf uns spucken. „Ich muss dort oben sein – bei ihm."

„Roger, Drachenmama. Dann schwingen wir diesen Helikopter mal in die Luft."

Ich grabe meine Nägel in die Seite des Sitzes. Der Helikoptermotor heult auf und die Rotorblätter surren immer lauter.

„Hast du einen Plan?", brüllt Teddy, der die Steuerknüppel beinahe erwürgt. Die Rotorblätter über uns klackern und der Boden entfernt sich.

„Mehr oder weniger", rufe ich zurück. Unter uns steht Deke und schirmt seine Augen ab, während seine Haare im Wind wehen.

Teddy neigt das Kinn. Er fliegt mit einer fremden Frau, um einen Drachen zu jagen, und ihn scheint das kein bisschen aus der Ruhe zu bringen.

Eine Windböe bläst den Helikopter zur Seite. Ich

packe den Sitz. „Halt dich fest", warnt er. „Du hast keinen Fallschirm wie ich."

Ich wappne mich, als wir an Höhe gewinnen. „Ich brauche keinen."

Der Drache kreist in der Luft, dreht sich um und fliegt tief über die Militärgruppe. Rafe und der silberhaarige Mann sind aus ihrem geschwärzten Versteck gekommen und strecken Hände mit Waffen aus. Es knallt immer wieder.

„Nein." Ich beuge mich keuchend vornüber. Sie schießen auf den Drachen.

Teddy hält ein Funkgerät in der Hand. Er brüllt: „Feuer einstellen! Wiederhole, Feuer einstellen!"

Der Drache fegt herab, packt einen Panzer und dreht ihn um. Soldaten suchen schreiend Schutz.

Ich schließe die Augen und finde meine Mitte. Das ist meine Gabe und ich hatte sie schon immer. In meinem Kopf entfalten sich meine übersinnlichen Kräfte wie die Flügel des Drachen.

*Es ist okay*, teile ich dem wütenden, roten Licht mit, das der Drache ist. *Ich bin hier. Ich bin bei dir. Ich bin dein.*

Der Drache brüllt.

„Scheiße", blafft Teddy. Meine Augen öffnen sich, als sich der Helikopter neigt.

„Es ist okay", rufe ich. „Flieg höher. Wir müssen höher sein!"

Der Helikopter schwebt aufwärts. Unter uns befindet sich eine Decke aus schwarzem Rauch. Der keilförmige Kopf des Drachen durchschneidet das Herz der riesigen Wolke. Sein langer Hals durchbohrt die schwarzen Schwaden, seine Flügel und peitschender Schwanz vertreiben den wogenden Rauch. Er hat aufgehört, Feuer auf die Soldaten zu spucken, und verfolgt stattdessen uns.

Ich strecke eine Hand aus, als könnte ich ihn berühren.

*Ich bin hier.*

Wir sind hoch genug. Das vom Militär besetzte Feld ist ein rauchender, grauer Punkt weit unter uns. Ich erhebe mich von meinem Platz und packe das Bedienungspult, als der Wind um mich herum peitscht.

„Was zum Henker treibst du da?", brüllt Teddy.

Mein Herz schlägt einen Purzelbaum und droht, aus meiner Brust zu brechen. Das hier ist verrückt. „Es ist die einzige Möglichkeit", schreie ich und rücke vorwärts. Ich befinde mich am Rand des Helikopters und beuge mich in die leere Luft.

Das wird ein wahnsinniger Vertrauensfall werden. *Drache, du musst mich auffangen.*

Ich stürze mich in die eiskalte Luft. Meine Arme fliegen nach oben, meine Haare peitschen nach hinten.

Einen Augenblick lang herrscht Stille. Meine Brust schmerzt, als würde sich mein Inneres ausschalten. Der Boden nähert sich mit großer Geschwindigkeit.

Ein ursprüngliches Brüllen füllt meine Ohren und ein großer Schatten fliegt über meinen Körper. Ich krache gegen den Käfig seiner Krallen.

*Er hat mich gefangen.* Gefrorene Tränen überziehen meine Wangen. *Ich bin in Sicherheit.*

Mein Mund ist geöffnet, aber ich schreie nicht. Ich habe schreckliche Angst, will den Drachen allerdings nicht noch mehr beunruhigen. Daher krümme ich mich in der knochigen Klaue zu einem Ball und streichle blind die Drachenschuppen.

*Wir sind in Sicherheit,* informiere ich ihn. *Wir beide. Wir sind zusammen. Und sicher.*

Wind peitscht gegen mein Gesicht. Ich kneife zwischen den Klauen des Drachen die Augen zusammen.

Der silbergraue Umriss der Burg erscheint. Der geschwärzte Turm ist in Nebel gewickelt. Der Drache schlägt mit den Flügeln, sein ganzer Körper hat sich zu einem rot-goldenen Pfeil arrangiert, der nach unten geneigt ist und direkt auf den Berg zielt. Wir werden gegen die Bergseite krachen. Doch als wir näher kommen, wird ein dunkler Spalt in der Bergflanke immer größer und zu einem Höhleneingang, der so groß ist, dass ein Drache Platz darin findet.

Ich drücke die Augen zu. Der einzige Laut ist der heulende Wind und das Knarzen der Drachenflügel.

Als ich die Augen erneut öffne, ist alles dunkel. Die Luft ist kühl und rauchig. Da ist ein Weihrauchduft, der mir vertraut ist.

Wir befinden uns in der Höhle des Drachen.

Er stellt mich ab und Metall klirrt unter meinen Füßen. Ich erinnere mich aus meiner Vision an den Schatz.

Das ist seine Höhle. Sie ist echt.

Ich ringe nach Luft und warte, bis sich der Drache beruhigt hat. „Ein wenig Licht?", frage ich.

Fackeln gehen überall in der riesigen Höhle flackernd an. Der Raum ist größer als der Burghof.

„Gabriel." Ich renne zu dem Drachen, der sich weit entfernt von mir niedergelassen hat, als hätte er noch immer Angst davor, mir wehzutun. Im Fackelschein kann ich sehen, dass seine Schuppen in einem Kreuzmuster verbrannt wurden – das Silbernetz hat ihn verletzt.

Ich will weinen, reiße mich jedoch zusammen. Ich muss mich am Riemen reißen.

„Gabriel, es ist alles in Ordnung." Ich renne zu ihm und er senkt seinen großen Kopf. Ich strecke die Arme weit aus und schlinge sie in einer versuchten Umarmung um seine gigantische Schnauze. „Ich liebe dich. Ich bin bereit, du kannst mich beanspruchen. Ich werde dich nicht verlassen. Okay? Du musst zu mir zurückkommen. Ich brauche jetzt Gabriel den Mann, bitte."

Der Drache schnaubt verärgert und ich werde vom Boden gehoben, als er den Kopf schüttelt. Ich lasse los und falle auf meine Füße. „Whoa. Immer mit der Ruhe, Junge. Ich brauche den Mann zurück. Kannst du dich für mich zurückverwandeln?"

Der Drache schüttelt seinen prächtigen Kopf, als sei er wütend auf Gabriel den Mann. Ich schaue mich in der Höhle um. Es ist genauso wie in meinem Traum, in dem der Drache in Goldmanschetten steckte wie das Paar, das ich trage. Als wäre der Drache von Gabriel dem Mann in diese Höhle verbannt, versteckt, nein! – *weggesperrt* worden.

Vielleicht hat er jetzt den Mann-Teil eingesperrt und weigert sich, ihn freizulassen. Die zwei Seiten von Gabriel haben hunderte von Jahren miteinander gekämpft wegen...

Mir.

Weil der Drache mich in seinem vergangenen Leben tötete.

Als er letzte Nacht aus Versehen das Bett in Brand steckte, beschloss Gabriel, dass ich nicht in Sicherheit war, und versuchte, sein Drachen-Selbst von mir fernzuhalten, was den Drachen nur labiler machte.

Man kann keinen Teil seiner selbst wegsperren, ohne sich irgendwann den Konsequenzen stellen zu müssen. Vielleicht war das Feuer ein *Ergebnis* von Gabriels Bemühungen, den Drachen in Ketten zu halten, und kein Grund dafür, dass er mit solch albernen Taten fortfahren sollte.

„Gib ihn zurück", sage ich sanft und strecke meine Hand aus, um seine Schnauze zu streicheln. „Ich werde ihm nicht mehr erlauben, dich in Fesseln zu legen oder zu kontrollieren."

Der Drache senkt seine Schnauze auf den Boden.

„Du würdest mir niemals wehtun, nicht wahr?"

Der Drache schüttelt seinen gewaltigen Kopf.

„Was ist gestern Nacht passiert?"

*Brauche dich*, sagt der Drache. *Feuermal.*

„Du musst mich beanspruchen?"

Eine Rauchwolke kommt von dem Drachen, was ich als Ja auffasse.

„Gabriel hat dich zurückgehalten, weil ich nicht bereit war", erkläre ich. „Aber ich bin jetzt bereit. Du kannst mich haben. Beide Seiten von euch können mich haben. Ich gehöre euch."

Der Drache erschaudert, dann verschwindet die riesige Gestalt und wird von Gabriels wunderschönem Körper mit bronzefarbener Haut ersetzt, die nackt und prächtig ist. Gabriels Haut ist in einer kleineren Version des Kreuzmusters verbrannt, als wäre es mit ihm geschrumpft, als er seine Größe verändert hat. Um ihn herum leuchtet eine Aura – die Aura, die seit dem Tag fehlte, an dem ich ihn kennenlernte. Sie schimmert in Schattierungen von Pink und Grün – Liebe und Lebenskraft.

„Gabriel!" Ich renne zu ihm, schlinge meine Arme um ihn und helfe ihm auf die Füße. „Geht es dir gut? Du bist verbrannt! Warum hast du dich so von ihnen verletzen lassen?"

Er atmet zittrig aus, spricht allerdings nicht. Er nimmt mein Gesicht in seine beiden Hände und drückt seine Lippen auf meine.

Es ist ein erobernder Kuss – die Sorte, auf die ich gewartet habe, seit wir das erste Mal Liebe gemacht haben. Voller Leidenschaft und Entschlossenheit. Er schiebt seine Zunge zwischen meine Lippen, öffnet meine sachte und vertieft den Kuss. Jede Veränderung des Winkels, jeder Atemzug zieht uns tiefer in den Kuss, bis meine Gliedmaße locker sind und mein Körper die jüngsten Traumata vergessen hat.

Die Manschetten fallen von meinen Handgelenken.

13

---

Kapitel Dreizehn

*Gabriel*

Meine Gedanken waren ein Sturm aus Blitzen und Feuer. Und dann tauchte sie auf. Tabitha, mein Licht in der Dunkelheit. Mein Feuer in der Nacht. Meine Gefährtin. Sie seufzt und erbebt an meinem Körper und ich drücke sie enger an mich. Die uralten Münzen rutschen unter meinen Füßen weg. Ich könnte sie hier und jetzt nehmen...

„Sir?", ruft Hess vom Höhleneingang.

Ich weiche von Tabithas süßen Lippen zurück. „Ja." Ich wende den Blick nicht von ihr ab. Liebe wirbelt in ihren Augen und lässt mich beinahe auf die Knie fallen.

„Das Wolfrudel ist hier, Sir. Um für Miss Tabithas Sicherheit zu sorgen."

Mein Mund arbeitet. Es ist schwer, die richtigen Worte zu finden, doch es gelingt mir. „Wir kommen jetzt raus."

„Ich lasse einige Kleider am Höhleneingang für Sie liegen, Sir."

Ich stütze mich auf Tabitha, als wir uns auf den Weg über die Haufen an Münzen und Juwelen machen. Sie holt die Kleider und hilft mir beim Anziehen. Das weiche Hemd und Hose reiben über meine verbrannte Haut, aber als ich schließlich angezogen bin, fühlte ich mich ruhiger und in der Lage, Tabitha aus der Höhle zu geleiten.

Eine zusammengewürfelte Soldatentruppe hat einen Weg zum Eingang meiner Drachenhöhle gefunden. Zusätzlich zu Rafe, Deke, Lance und Channing, den Mitgliedern des Black Wolf Rudels, ist da noch Theodore Whitaker, ihr ehemaliger Helikopterpilot. Oberst Johnson steht höchstpersönlich bei seinen ehemaligen Soldaten. Die ganze Gruppe ist mit Ruß bedeckt so wie heute fast alles auf meinem Anwesen.

Tabitha schlingt beide Arme um meine Taille und umarmt mich von der Seite, während wir miteinander laufen, als wollte sie ihren Freunden zeigen, dass sie mit mir zusammen ist. Ich lege meinen Arm um ihre Schultern.

Meine Schultern schmerzen. Meine Haut wurde von dem Silber verbrannt und mein Magen rumort wegen des Betäubungsmittels, das sie mir verabreicht haben, ganz zu schweigen von der Furcht der vergangenen zwölf Stunden. Dennoch zwinge ich mein Gesicht zu seiner üblichen ausdruckslosen Miene.

„Gentlemen. Willkommen in meinem Zuhause." Ich strecke einen Arm in Richtung der Burg aus, als wäre ich ein gütiger Gastgeber und sie auf meine Einladung zu einem Ball erschienen.

Hess steht hinter mir, eine Hand auf seiner Waffe und mit unfreundlicher Miene. Seine Männer werden die Gegend gesichert haben und Oberst Johnsons ehemalige

Teammitglieder wissen das. Die Gruppe steht wie Soldaten da – ihre Blicke sind wachsam, erfassen alles in unserem Umfeld, scannen die Umgebung und schätzen die Gefahr ein.

Rafe ignoriert mich. „Tabitha, geht es dir gut?"

„Mir geht's gut, aber Gabriel nicht", erwidert sie hitzig. „Er ist überall von diesem Netz verbrannt, mit dem ihr ihn gefangen habt."

„Rafe hat nur so gehandelt, um dich zu beschützen. Das können wir seinem Team nicht zum Vorwurf machen", sage ich.

Rafes Blick huscht jetzt zu mir. Er wirkt leicht überrascht von meiner Güte.

„Wir dachten, du wärst hier eine Gefangene. Du hast auf keine Nachrichten geantwortet und dein GPS wurde ausgeschaltet. Adele sagte, die E-Mail, die du geschickt hast, klang überhaupt nicht wie du", erklärt Rafe.

„Ich hab dir doch gesagt, dass die E-Mail nicht funktionieren wird", schimpft Tabitha an mich gewandt, obwohl sie ihren Körper noch näher an meinen drückt. „Gabriel und ich arbeiten daran. Sein Drache ist... sehr besitzergreifend und hat einen starken Beschützerinstinkt. Eine Eigenschaft, die ihr alle ebenfalls aufweist, wie ich bemerkt habe."

„Außerdem wird er mondwahnsinnig oder was auch immer die Drachenversion davon ist", erklärt Rafes Bruder Lance.

Mondwahnsinn. Vielleicht plagt mich ein wenig davon zusätzlich zu dem Langzeitstreit, den ich mit meinem Drachen führe, weil wir Tabitha in ihrem letzten Leben verloren.

Ich drücke einen Kuss auf ihren Scheitel. Dass sie mich akzeptiert und mich verteidigt, ist Balsam für meinen angeschlagenen Geisteszustand. Ich habe gerade wegen meiner

Lust nach ihr einen ganzen Turm ausgelöscht und sie steht trotzdem an meiner Seite. Noch wundersamer ist, dass sie bestätigt hat, dass sie meine Gefährtin ist. Sie ist gewillt und bereit, beansprucht zu werden.

Es besteht noch immer die Gefahr, sie zu verletzen, doch mein Drache fühlt sich ruhig an. Friedlich. Ich spüre keine Wut oder Unruhe mehr. Sogar die Lust wurde zu einer stabileren Form der Liebe.

Dass Tabitha mit meiner Drachenseite kommunizieren kann, ist ein weiteres Wunder. All diese Zeit habe ich versucht, ihn zu kontrollieren, dabei hätte ich das gar nicht tun müssen. Sie befehligt ihn als unsere Gefährtin. Er wird immer ihren Wünschen nachkommen, ihre Schreie hören, wenn sie in Gefahr ist, und sie beschützen. Mein Drache wird für ihre Sicherheit sorgen.

„Meine Methoden des Werbens waren vielleicht ein bisschen... mittelalterlich", gestehe ich. „Aber wir sind zu einer Vereinbarung gelangt." Ich werfe Rafe einen ruhigen Blick zu. „Tabitha ist meine Gefährtin. Sie ist gewillt, sich vollständig beanspruchen zu lassen und mein Feuermal zu erhalten."

„Whoa, Mann. Zu viele Informationen." Der jüngere Soldat Channing hält eine Hand hoch, wendet den Blick ab und schüttelt in vorgespielter Abscheu den Kopf. „Wir müssen nicht die Einzelheiten darüber kennen, wie ein Drache seine Gefährtin beansprucht." Er erschaudert.

Tabitha lacht leise.

„Stimmt das, Tabitha?", fragt Rafe meine Gefährtin. „Bist du gewillt, beansprucht zu werden?"

„Ja." Dass sie nicht einmal eine Sekunde lang zögert, heilt mich noch mehr.

„Es gibt eine ganze Reihe Ihrer Geschäfte, die die Regierung der Vereinigten Staaten gerne verstehen würde", sagt Oberst Johnson.

„Ich bin mir sicher, dass sie das gerne tun würde", antworte ich ruhig. „Ich treffe mich gerne zu einem späteren Zeitpunkt mit Ihnen, aber im Moment bin ich mit meiner neuen Gefährtin ziemlich beschäftigt."

„Verständlich", grunzt Oberst Johnson. „Ich erwarte allerdings, dass Sie nächsten Monat einen Anruf von mir annehmen."

„Aus Gefälligkeit werde ich den Anruf beantworten, aber ich möchte Sie daran erinnern, dass ich weder Ihnen noch Ihrer Regierung Rechenschaft schuldig bin."

„Okay, okay. Es ist kein Weitpisswettbewerb nötig", mischt sich Rafe ein. „Tabitha, bist du dir sicher, dass es dir gut geht?" Er mustert sie, als würde er nach einem geheimen Zeichen von ihr Ausschau halten.

„Mir geht's gut. Gabriel wird mir heute mein Handy zurückgeben und ich werde alle in Taos anrufen, um sie zu beruhigen." Sie schaut mit hochgezogenen Augenbrauen zu mir auf.

„Natürlich, mein Schatz."

„Dann ist ja alles gut." Rafe tritt nach vorne. In seiner Haltung liegt eine gewisse Skepsis, aber er reicht mir seine Hand zum Händedruck.

Ich nehme das Angebot an und packe seine Hand.

„Kümmere dich gut um sie." Rafe kann nicht widerstehen, mich zu warnen. Der unausgesprochene Teil des Satzes lautet *sonst kommen wir zurück*.

Ich ziehe meine Lippen hoch, um meine Eckzähne zu zeigen. Ein Lächeln und eine Drohung. „Sie wird hier wie eine Königin behandelt."

„Das stimmt", bestätigt Tabitha.

Genug von dem Dominanzgehabe. Ich trete zurück und hebe Tabitha in meine Arme. „Wenn ihr mir vergebt, ich muss eine Braut beanspruchen."

„Gut so." Der Pilot Theodore zeigt mir einen nach

oben gereckten Daumen, während Channing schimpft: „Verdammt widerlich. Behalte das für dich, Drache. Wir müssen diesen Scheiß nicht hören."

„Danke für die versuchte Rettung, Jungs!", ruft Tabitha über meine Schulter. „Es war unnötig, aber ich weiß die Geste zu schätzen."

„Jepp. Jederzeit", brummt Rafe.

Ich höre, wie die Türen der Jeeps zuknallen und die Fahrzeuge wegfahren. Meine Aufmerksamkeit liegt jedoch allein auf meinem hübschen Schatz. Meiner süßen Braut.

„Ich kann es nicht erwarten, dich zur Meinen zu machen", murmle ich.

Tabitha schlingt ihre Arme um meinen Hals und knabbert an meinem Ohr. „Ich bin bereits dein, Drache. Ich denke, das war ich immer."

*Tabitha*

Als Gabriel die Tür zu meinem Schlafzimmer endlich auftritt, lache ich mich schlapp. „Ich will im Zimmer sein, wenn Rafe Adele von heute erzählt", sage ich.

„Das kann arrangiert werden." Er lässt mich nicht runter, sondern trägt mich geradewegs zum Bett. „Doch zuerst wird es Zeit, dass ich dich beanspruche, mein Schatz."

Ich bin benommen von den Nachwirkungen des Adrenalins. Außerdem bin ich barfuß – die Hausschuhe, die ich anhatte, sind längst verschwunden. Meine Wangen sind gerötet und meine Haare wild zerzaust. Die wahnsinnige Anziehungskraft zwischen uns knistert wie Elektrizität und Erregung pulsiert zwischen meinen Beinen.

Ich umfange seine Wange und schmiege meine Finger an seinen Kiefer, seine Stirn, seinen Bart. „Ich bin froh, dass sich alles geklärt hat. Es gab einen Moment mit dem Drachen, in dem ich mir nicht sicher war, dass er dir erlauben würde, zu mir zurückzukommen."

„Er hat mit mir gesprochen."

„Das hat er?"

„Ja. Wir sind jetzt eins. Wegen dir." Gabriel dreht den Kopf und küsst meine Handfläche.

„Und jetzt wirst du mich beanspruchen", wispere ich. Ich recke den Kopf, um seinen Lippen entgegenzukommen und keuche, als ein Feuerball aus heißem Verlangen durch mich hindurch rollt. Ich zapple und ziehe den Pullover, den er mir gab, sowie meine restliche Kleidung aus. Ich will, dass nichts zwischen uns ist.

Gabriel nimmt meine Kleider und wirft sie in eine Ecke, ehe er innehält, um mich zu betrachten.

„Was denkst du?" Ich strecke die Hand aus, um ihm mit seinem Hemd zu helfen.

„Das Feuermal könnte dir wehtun", sagt er.

„Ich mag ein wenig Schmerz." Ich wackle mit den Augenbrauen.

Er bleibt ernst und schlüpft langsam aus seinen Kleidern.

„Bist du nervös?", frage ich.

„Ich will dir nicht wehtun."

*Süßer Drachenmann.* „Vertraue dir", sage ich. „Und vertraue mir."

Nun nackt tritt er nah ans Bett heran. Ich betrachte seine harte Brust. Mit einem Finger fahre ich in der Luft die Linien nach, wo ihn das Netz gezeichnet hat.

„Tut es weh?", frage ich.

„Nicht mehr."

Ich neige den Kopf und drücke einen schmetterlings-leichten Kuss auf die verbrannte Haut.

„Meine süße Gefährtin", knurrt Gabriel.

Er beugt sich nach vorne, doch ich stoße ihn zurück und führe ihn in eine liegende Position. Anschließend krümme ich eine Faust um seinen stolzen Schwanz. Er streckt sich aus und präsentiert seine über eins achtzig große, bronzefarbene Schönheit. Das ist das erste Mal, dass er mich oben sein lässt und ich die Kontrolle habe.

„Blas mich", befiehlt er und ich grinse. Er hat noch immer die Kontrolle.

Über meine Lippen leckend senke ich den Kopf. Er schmeckt nach Rauch und Gewürzen. Ich krümme meine Zunge um ihn und summe, ehe ich meinen Hals auf und ab bewege. Er füllt meinen Mund so perfekt. Meine Pussy schmerzt, ist prall und feucht.

„Tabitha", ruft er, ich schaukle jedoch weiterhin mit dem Kopf vor und zurück und sauge so heftig, dass sich meine Wangen aushöhlen. „Tabitha." Er zieht meinen Kopf an den Haaren hoch und knurrt. „Es ist Zeit."

Er muss mir helfen, mich rittlings auf ihn zu setzen. Er packt noch immer meine Haare und bringt mich in Position. Ich spreize die Schenkel weit und führe seinen harten Schwanz an meine glitschige Mitte. Er rammt seine Hüften nach vorne, treibt sich mit voller Wucht in mich und füllt mich. Mein Kopf fliegt nach hinten. Nur seine Hände halten mich aufrecht.

„Reite mich, mein Schatz." Mit seiner freien Hand bedeckt er meinen linken Busen, drückt ihn und schlägt ihn. Der Hieb verwandelt sich in einen Speer aus purer Wonne, durchschneidet meine Mitte und setzt mich in Bewegung. Meine inneren Muskeln zucken und verkrampfen sich unfassbar fest, bis Gabriel ein Teil meines Körpers ist. Zwischen uns gibt es keine Trennung. Wir sind ineinander verschlungene Kreise, Frau und Mann und Bestie werden zu einem.

„Gib dich mir hin", grunzt Gabriel. „Jetzt."

Hitze erblüht in meinem Bauch und rollt durch mich hindurch. Das Gefühl breitet sich über meinen Rücken aus, als würde jemand mit einem warmen Handschuh über meine Wirbelsäule streicheln. Ich schaukle auf Gabriel und mein Körper bewegt sich aus eigenem Willen.

Rote und goldene Flammen flackern an den Rändern des Bettes. Sie sind nicht echt – sie vermischen sich mit dem Rosa und Grün und Lila unserer Auren. Jede Zelle in meinem Körper spannt sich an. Eine Explosion braut sich in mir zusammen, Feuer und Hitze und Macht sind im Schmelztopf gefangen und bereit, zu explodieren.

„Ja!", schreit Gabriel.

Ein Lichtblitz – eine rote und goldene Supernova – blendet mich. Ich schreie auf. Der heiße Umhang an meinen Schultern schneidet sich in meine Haut. Es tut nicht weh – es fühlt sich wie eine Metamorphose an. Erwachend. Werdend.

Feuerflügel brechen aus meinem Rücken hervor. Gabriel ist unter mir und erdet meinen Körper, als ich vom Bett schwebe.

Das Licht verschwindet und ich bleibe blinzelnd zurück. Rote Lichtpunkte tanzen vor meinen Augen.

„Es ist erledigt", knurrt Gabriel.

Die Flammen um das Bett sind verschwunden. Genauso wie die Flügel, die ich mit meinen übersinnlichen Gaben sah.

Auf meinem Rücken ist eine verfliegende Hitze. Ich drehe mich, kann jedoch nichts sehen und wage es nicht, es anzufassen. Wenn das eine Vision war, warum ist meine Haut so warm?

Gabriel setzt sich auf und stützt mich. Er hält mich auf seinem Schoß fest, schwingt uns vom Bett und hebt mich mit den Händen unter meinem Hintern hoch. Er trägt mich zu dem goldgerahmten Spiegel in der Zimmerecke.

Etwas schimmert auf meinem Rücken. Ich blinzle, aber es ist keine Illusion. Am Ansatz meiner Wirbelsäule schimmern rötlich drei ineinander verschlungene Kreise. *Borromäische Kreise.* Als das Licht auf sie fällt, glänzen sie golden.

Ich bin mit einem mystischen Tattoo markiert. Meine Haut wird für immer das gleiche Symbol tragen, das auch auf den Drachenschuppen zu finden ist.

„Das Feuermal", murmelt Gabriel. Seine Aura ist ein sanfter Sonnenuntergang um seinen Kopf.

„Ich bin dein", hauche ich.

„Ja." Er neigt den Kopf und lehnt seine Stirn an meine. Wir sind zusammengepresst, Herz an Herz, unsere Körper sind vereint und unsere Geister miteinander verschlungen. „Wir sind eins."

„Ich denke, wir sollten eine Hochzeit feiern", verkünde ich, nur weil diese Burg der perfekte Ort für eine Hochzeit ist. „Ich möchte meine Mom und all meine Freunde aus Taos einladen. Und die Dorfbewohner. Wie beim Weihnachtsball."

„Nein", widerspricht Gabriel. „Es wird viel prächtiger als der Weihnachtsball werden. Für meine Braut werde ich keine Kosten scheuen."

Ich lächle. „Du weißt, dass ich mit einer Hochzeit im Garten, bei der wir barfuß sind, genauso glücklich wäre, oder?"

Er sieht verwirrt aus. „Willst du das?"

„Nein, ich bin die Braut eines Drachen. Ich sollte eine prachtvolle Burghochzeit haben."

Er küsst meine Nase. „Die prachtvollste Hochzeit von allen."

„Ich liebe dich, Drachen-Mann", raune ich.

„Vor dir habe ich keine Liebe gekannt", gesteht er. „Ich bin ein anderer Mann."

# EPILOG

## DREI MONATE SPÄTER

*Tabitha*

Ende März ist der Schnee im Ski-Tal von Taos größtenteils geschmolzen. In den Schatten der Kiefern am Rand des Rasens des Black Wolf Rudels gibt es jedoch noch einige weiße Stellen.

Gabriel öffnet meine Tür und reicht mir seine Hand. Ich schwinge mich aus dem Aston Martin und mache mir nicht die Mühe, eine Jacke anzuziehen.

„Ist dir warm genug, mein Schatz?", fragt Gabriel, der meine nackten Arme betrachtet.

„Alles gut." Ich konnte das kalte Wetter schon immer gut vertragen, doch seit dem Feuermal ist es beinahe so, als wäre ich unempfindlich für die Winterkälte. Was gut ist, denn Gabriels Häuser scheinen alle an abgeschiedenen, verschneiten Orten zu stehen. Man sollte meinen, der Drache würde die Hitze vorziehen, das ist allerdings nicht der Fall.

Ich streiche mir die Haare hinters Ohr. Es ist einen Monat her, seit ich meine Freundinnen und ihre Gefährten gesehen habe, und ich bin eigenartig nervös.

„Du siehst reizend aus", versichert mir Gabriel und bietet mir seinen Arm an.

„Du weißt, dass du keinen Anzug zum Abendessen tragen musst. Wir werden vermutlich im Freien essen."

„Ich werde mit den Wölfen essen. Ich werde mich nicht wie sie kleiden."

Ich verdrehe die Augen. *Spießiger, alter Drache.*

„Das habe ich gehört", knurrt er in einem Tonfall, der mir wunderbare Rache verspricht.

Ich nehme seinen Arm und lasse mich von ihm die Einfahrt hinaufführen. Er legt eine Hand auf meine.

„Wenn du zu irgendeinem Zeitpunkt gehen möchtest, sprich in meinen Gedanken und ich werde sicherstellen, dass du deinen Wunsch bekommst."

Ich liebe es, wie offen ich vor ihm mit meinen übersinnlichen Gaben umgehen kann. Meine Fähigkeiten werden immer stärker dank der Übung mit meinem Gefährten. „Und wenn ich *Ich liebe dich* sagen will, zupfe ich an meinem Ohr."

Gabriel sieht mich ausdruckslos an, obwohl ich weiß, dass er die Anspielung versteht.

„Dankeschön", sage ich. „Aber das sind meine Freunde, Gabriel. Es wird alles gut werden."

Er nickt, doch ich höre sein unausgesprochenes Grunzen. *Wehe, wenn nicht.*

Ich verberge mein Lächeln. Er nimmt seine Beschützerpflicht sehr ernst.

Als wir zur Eingangstür der Lodge laufen, finden Gabriels Finger den dicken Goldring, den ich an meinem Ringfinger trage. Ich war kein großer Fan von Hochzeitsringen oder Hochzeiten, meine Mutter bestand jedoch darauf. Sie engagierte auch Anwälte, die unseren Ehevertrag prüfen sollten, und war beruhigt, als darin lediglich stand, dass Gabriels gesamter Reichtum auch mir gehört.

Wir hatten eine große und sehr traditionelle Hochzeits-
feier in der Burg. Meine Freundinnen waren Brautjungfern
und das ganze Dorf war eingeladen. Giampi machte sechs
Hochzeitstorten.

Die Hochzeitsringe wurden aus dem gleichen Mate-
rial gemacht, das Gabriel für die Manschetten entworfen
hat. Zwei kleine Manschetten – eine für ihn und eine für
mich.

Ich werde die Manschetten natürlich tragen. Während
erotischerer Zeiten.

Die Eingangstür der Lodge öffnet sich, bevor ich klingeln kann. Rafe steht dort und einige angespannte
Sekunden starren sich er und Gabriel nur an.

„Drache." Rafe reckt das Kinn.

„Wolf", entgegnet Gabriel. Ich drücke seinen Arm.

„Mensch", werfe ich in meiner eigenen Imitation eines
männlichen Knurrens ein. „Gefährtin."

Rafe und Gabriel schauen beide zu mir.

„Fleisch", grunze ich. „Alkohol. Jetzt."

Rafes Wange zuckt und er tritt zurück. „Kommt rein."

Die Lodge des Black Wolf Rudels riecht himmlisch.
Adele muss am Kochen sein.

„Lucy, ich bin zu Hause!", schreie ich durch den Flur.

Gabriel neigt den Kopf dicht zu mir. „*I Love Lucy*,
Sitcom aus 1950."

„Das stimmt", flüstere ich. Wir biegen um die Ecke,
um das Wohnzimmer zu betreten.

„Tabitha!", rufen Charlie und Sadie. Meine Freundinnen sitzen mit ihren jeweiligen Freunden im Wohnzimmer. Mit ihren Gefährten.

Wir umarmen uns alle. Adele, die in ihrer Schürze und
High Heels aus der Küche geklackert kommt, schließt sich
uns an.

„Man könnte meinen, ihr habt mich seit einem Jahr

nicht mehr gesehen. Nicht seit einem Monat", murre ich gespielt in der Mitte der Gruppenumarmung.

„Nach der Hochzeit konnten wir kaum miteinander reden, da Mr. Drache dich für die Flitterwochen nach Paris fliegen wollte", neckt Sadie.

„Es waren Italien und Paris und die Schweiz, schon vergessen?", sagt Charlie.

„Richtig", bestätige ich. „Gabriel macht keine halben Sachen."

All unsere Gefährten sind auf den Beinen und stehen in einem lockeren Kreis um uns herum. Lance sieht besonders wachsam und misstrauisch aus. Sowie die Umarmung endet, zieht er Charlie in seine Arme und bringt sie beide in einem riesigen Sessel unter. Seine Hände legen sich auf ihren gewölbten Bauch.

Deke ist ein großer, dunkler Schatten neben dem Kamin. Er hat eine finstere Miene aufgesetzt. Doch das ist Deke. Er macht immer ein düsteres Gesicht.

Gabriel hat seine Hände in die Taschen gesteckt, aber ein rauchiger, herber Geruch wie verkohlter Zimt füllt den Raum.

Ich gehe zu ihm und hake mich bei ihm unter. „Ihr kennt alle Gabriel."

„Oh ja. Ich werde nie einen Mann vergessen, der mich und all deine Brautjungfern nach Paris geflogen hat, nur damit wir unsere Kleider anprobieren konnten." Adele schenkt Gabriel ein Lächeln, was die Anspannung im Raum reduziert.

So wie ich das verstehe, mischen sich Wolf- und Drachengestaltwandler nicht. Sie sind daran gewöhnt, einander als Bedrohung zu sehen und mögen es nicht gerne, wenn der jeweils andere in ihrem Heim oder der Nähe ihrer Gefährtinnen ist.

Darüber hinaus haben Gabriel und das Black Wolf

Rudel nicht die beste Vergangenheit. Es hat etwas damit zu tun, dass Rafe und das Spezialteam in Gabriels Berghaus eingebrochen sind und Gabriel Adele für seine Gefährtin hielt, weil sie den Schal trug, den ich ihr gegeben hatte.

Ich habe lange Gespräche mit Gabriel darüber geführt, wie er die Beziehung reparieren kann, nachdem er all seine kleinen Spielchen gespielt hat.

Adeles Vergebung zu erbitten, war von größter Wichtigkeit. Die Reise nach Paris und der Shoppingtrip ohne Grenzen haben sehr geholfen. Außerdem war Gabriel während unserer Hochzeit der perfekte Gastgeber.

„Ja, ich weiß noch immer nicht, ob ich schon darüber hinweg bin, dass du meine Gefährtin zu dir gelockt hast", knurrt Rafe.

„Ich habe sie zu dir zurückgebracht, als ich meinen Irrtum bemerkte", entgegnet Gabriel. „Und in der Zwischenzeit habe ich ihre Feinde zerstört."

„Ja, deswegen", mischt sich Lance ein. „Du kannst nicht einfach mit Drachenfeuer Drogenkartelle in ihrem Zuhause einäschern. Das hat die örtlichen Behörden wahnsinnig verwirrt."

Ich starre Gabriel an. „Du hast das getan?"

„Sie waren hinter Adele her", erwidert er, als würde das alles erklären. „Und ich dachte, sie sei du."

„Sag mir nicht, dass du nicht das Gleiche getan hättest", sagt Gabriel zu Rafe.

„Wir versuchen, uns an die Menschengesetze zu halten", entgegnet Rafe steif.

„Schwachsinn", hustet Deke in seine Faust.

„Nun, wir verschleiern unsere Spuren besser, wenn wir die Gesetze übertreten", erklärt Lance. „In der Hinsicht musst du dich verbessern, Drache."

„Vielleicht habt ihr recht", sagt Gabriel. Ich liebe ihn, weil er so versöhnlich ist.

„Entschuldigt mich, ich muss nach dem Braten sehen", sagt Adele. „Rafe kann euch ein Glas Wein holen."

„Brauchst du Hilfe?", frage ich.

„Nein." Sie wedelt abwehrend mit der Hand, während sie zurück zur Küche geht. „Ihr entspannt euch einfach."

Rafe folgt ihr, um den Wein zu holen. Lance und Charlie sind bereits auf den Sessel gekuschelt. Deke setzt sich auf die Steinstufe des Kamins und zieht Sadie auf seinen Schoß.

Gabriel und ich lassen uns gemeinsam auf einem Zweiersofa nieder. Er sieht in seinem Anzug und seiner geraden Haltung so förmlich aus, weshalb ich wiederholt meine Finger in seine Haare schiebe und sie zerzause.

„Du bist zu hübsch", murmle ich.

„Wie lange werdet ihr in Taos sein?", fragt Charlie.

Ich drehe mich zu ihr. „Ich dachte, wir könnten eine Weile bleiben. Da ist Sadies Hochzeit und natürlich will ich das Baby kennenlernen."

„Oh, das ist toll", meldet sich Sadie zu Wort.

„Wir haben eine Unterkunft in der Nähe von Angel Fire", erkläre ich.

„Wohnt ihr nicht im Waggon?", zieht mich Charlie auf.

„Nein, den habe ich in ein Studio umgebaut", antworte ich. „Gabriel hat uns ein Chalet gekauft. Ihr könnt uns gerne besuchen. Es ist schön." Das Chalet ist eine Villa mit zwanzig Schlafzimmern auf einem privaten Berg mit eigenem Helikopterlandeplatz. *Schön* beschreibt es nicht einmal ansatzweise.

„Klingt super." Sadie betrachtet uns alle. „Schaut uns nur an. Vor wenigen Monaten war keine von uns in einer Beziehung. Jetzt haben wir alle Gefährten."

„Wo ist Channing?", frage ich.

„Auf einem Roadtrip", antwortet Lance. „Er macht das in letzter Zeit öfter – dass er allein loszieht."

„Vielleicht trifft er sich mit einer Frau." Charlie wackelt mit den Augenbrauen.

„Oder zweien. Oder fünf. Ein Player muss sich austoben", sagt Lance. Charlie verdreht die Augen und Lance reibt seine Nase an ihrem Hals. Sein Gesichtsausdruck ist so zärtlich, dass ich den Blick abwende, um ihnen Privatsphäre zu geben.

„Abendessen!", ruft Adele und wir marschieren zum Esszimmer und lassen uns von Adele auf die Plätze setzen, auf denen sie uns haben will. Auf der Tischmitte reihen sich riesige abgedeckte Töpfe, Schüsseln und Platten.

„Ich hoffe, es ist alles in Ordnung. Ich habe im Familienstil gekocht", erklärt Adele und deutet auf den Bohnenauflauf, Kartoffelbrei, Salat und Rinderbraten.

„Es ist perfekt." Ich grinse Gabriel zu. „Das bedeutet, dass du Teil der Familie bist."

„Familie", wiederholt er.

„Jepp." Charlie sinkt auf ihren Stuhl und tätschelt ihren Bauch. „Ich hoffe, du bist als Babysitter geeignet."

„Zur Hölle, nein", schimpft Lance. „Ich lasse meinen Welpen nicht in die Nähe eines Drachen."

„Ich esse keine Welpen", erwidert Gabriel ruhig.

„Vielleicht werdet ja ihr diejenigen sein, die Babysitter spielen", sage ich leichthin.

Adele keucht.

„Oh, hast du Neuigkeiten?", fragt Sadie. Neben ihr füllt Deke seinen Teller mit einem schiefen Turm aus Rindfleisch.

„Noch nicht." Ich erröte. Gabriel und ich haben ein langes Gespräch über moderne Verhütungsmethoden geführt. Wie sich herausstellte, wusste er von Anfang an, dass ich ein Implantat habe. Er hätte jederzeit befehlen können, dass es entfernt wird. Ich bat ihn, mir ein oder zwei Jahre zu geben, damit ich mich an die Vorstellung gewöhnen kann, und dann steht es ihm frei, mich zu ‚begatten'.

Ich kann es kaum erwarten.

Der Rest der Mahlzeit verläuft problemlos hauptsächlich, weil die Wölfe zu sehr damit beschäftigt sind, sich mit Essen vollzustopfen, weshalb meine Freundinnen und ich das Gespräch führen.

Nach dem Nachtisch verkündet Charlie: „Eines Tages, wenn ich wieder reisen kann, würde ich gerne noch einmal nach Rumänien kommen. Mir mehr Dinge anschauen."

„Ihr seid jederzeit willkommen", sage ich.

„Ich höre, dass dort ein echter Drache lebt", neckt sie. „Weißt du, als ich ein Kind war, war ich besessen von Drachen. Ich bin so froh, dass ich jetzt weiß, dass sie wirklich existieren."

„Es gibt nur noch sehr wenige von uns auf der Welt", erklärt Gabriel ernst. „Aber hoffentlich können wir noch ein paar hinzufügen." Er küsst meinen Scheitel.

Charlie klatscht in die Hände. „Babydrachen wären das Beste."

Gabriel neigt den Kopf in ihre Richtung. „Willst du meinen Drachen sehen?"

Charlie keucht. „Wirklich? Das würdest du tun? Das wäre episch."

„Ich habe mir in der Nähe eine geeignete Flugplattform beschafft."

„Was zum Henker?", flucht Deke.

Die Wölfe und Gabriel erheben sich gleichzeitig vom Tisch. Sadie, Adele und ich springen auf die Füße. Die Spannung im Zimmer nimmt zu.

„Wovon redest du, Süßer?", zwitschere ich und nehme Gabriels Arm.

„Folgt mir." Die Spitzen von Gabriels Eckzähnen blitzen bei seinem rätselhaften Lächeln auf.

„Er spielt noch immer Spielchen", brummt Rafe, aber das Rudel folgt Gabriel und mir aus dem Haus und zum Rand des Rasens. Als wir in den Wald laufen, tanze ich vor Neugier.

Ein schwach sichtbarer Pfad führt uns durch die Blätter zu einer großen Stelle abgeholzten Landes. Wir treten zwischen den Bäumen hervor und fächern uns auf dem brachliegenden Stück Land aus.

„Im Ernst, Drache?", sagt Lance. „Du hast diese Stelle gekauft?" Er dreht sich im Kreis und tritt einen großen Dreckklumpen aus dem Weg. „Ich dachte, sie würden hier ein großes Haus bauen."

„Ich dachte, das wäre praktisch für unsere Zwecke." Gabriel hat seine Anzugjacke ausgezogen. Er beugt sich nach unten, um aus seinen Socken und Schuhen zu schlüpfen. „Schließlich sind wir jetzt ‚Familie'."

Rafe sieht zutiefst unglücklich aus.

Deke wendet sich an seinen Alpha. „Wir werden ihn wirklich kommen und gehen lassen, wie er will?", grunzt er in einem der längsten Sätze, die ich jemals von ihm gehört habe.

„Ja", bringt Rafe zähneknirschend hervor. „Wir haben einen Waffenstillstand. Stimmt's, Dieter?"

„Das ist korrekt." Gabriel knöpft sein Hemd auf und wirft es auf einen Ast in der Nähe. Das Sonnenlicht streichelt liebevoll über die Breite seiner sehnigen Muskeln.

„Außerdem", sagt Rafe, „werden diejenigen, die Bescheid wissen, annehmen, dass wir mit einem Drachen verbündet sind. Seine Anwesenheit macht uns sicherer."

„Weil er ein überbehütender Mistkerl ist." Lances Aussage ist kaum hörbar, hätte jedoch für diejenigen mit einem Gestaltwandlergehör genauso gut ein Schrei sein können.

„Er ist mein überbehütender Mistkerl", korrigiere ich.

Adele klatscht in die Hände und wir zucken alle zusammen. „Dann ist das geklärt", sagt sie. „Ihr könnt beide jederzeit zu Besuch kommen. Schreibt mir vorher einfach eine Nachricht, damit ich einen Kaffee aufsetzen kann."

„Das werden wir machen", verspreche ich. „Wir werden nicht ohne Vorankündigung auftauchen, außer es ist unvermeidlich. Stimmt's, Gabriel?"

„Selbstverständlich, mein Schatz", antwortet er ruhig.

Meine Freundinnen und mein Lächeln gleichen die finsteren Blicke der Wölfe aus. Man muss Rafe jedoch lassen, dass er kein Wort darüber verliert, dass er Flieger-abwehrwaffen um seine Lodge installieren wird.

„Meine Braut?" Gabriel reicht mir seine Hand. „Wollen wir nach Hause fliegen?"

„Was ist mit eurem Auto?", will Adele wissen.

„Ich kann jemanden schicken, der es abholt", antwortet Gabriel.

„Nichts da", sagt Lance. „Lass dein Auto hier, ich mache eine Spritztour."

Gabriel legt den Kopf schief. „Der Schlüssel ist in meiner Jackentasche. Du kannst gerne eine Spazierfahrt damit machen."

Lance jubelt. Deke brummt etwas von einem ‚Angeber'.

Ich lasse mich von Gabriel weiter auf die Lichtung führen. Er küsst meine Hand, tritt weg und stolziert zur gegenüberliegenden Seite des Waldes. Von einem Schritt auf den anderen explodiert ein Drache aus seinem Körper. Seine roten und goldenen Schuppen funkeln im Sonnen-licht wie Rubine und Goldmünzen.

„Heilige Scheiße", keucht Sadie. Wir schauen alle zu ihr. Sadie ist eine Vorschullehrerin und flucht nie.

„Was?", quiekt sie. „Er ist riesig."

Deke zieht sie an sich. Lance hält Charlie in den Armen und Rafe sieht aus, als wäre er bereit, Adele zu packen und in Deckung zu rennen.

„Es ist alles in Ordnung, Jungs", sage ich. „Er ist zahm." Ich schlendere näher und greife nach oben, um den mit Drachenschuppen bedeckten Kiefer zu kraulen.

Meine Wangen dehnen sich zu einem Grinsen, als ich um Gabriels riesigen Körper laufe. Er bietet mir eine Kralle an, damit ich mich einfacher nach oben schwingen und auf seinen Schultern niederlassen kann. Ich presse meinen Körper flach an seinen schuppigen Hals und meine Haut badet in seiner Hitze und Geruch.

Seine Flügel schlagen und schon sind wir in der Luft. Als wir über die Bäume steigen, schimmern die Drachenschuppen und reflektieren das Blau des Himmels.

Der Wind zerrt an meinen Haaren. Unter uns wird auf der Lichtung Staub aufgewirbelt und meine Freunde ziehen sich zur Baumgrenze zurück, von wo sie zuschauen und ihre Augen abschirmen.

Die unsichtbaren Flügel schlagen um mich herum und Gabriel fliegt von dem braunen Fleck Erde weg, der die freigeräumte Landestelle ist. Unser Schatten rast unter uns entlang und fegt über die Kiefern. Wir fliegen immer höher. Hinter uns ist die Lodge nur noch ein winziges Spielzeug. Schauder jagen mein Rückgrat hinauf. Wir fegen über den Berggipfel und gleiten über die felsige Oberfläche.

Die Welt fällt weg. Es gibt nichts außer dem Felsplateau vor mir, einem endlosen blauen Himmel um mich herum, den Drachen unter mir und mein Lachen, das über den Wind zu hören ist.

Ende

# MEHR WOLLEN?

# HOLEN SIE SICH IHR KOSTENLOSES BUCH!

Tragen Sie sich in meine E-Mail Liste ein, um als erstes von Neuerscheinungen, kostenlosen Büchern, Sonderpreisen und anderen Zugaben zu erfahren.

https://geni.us/jungfrauunddervampir

# BÜCHER VON RENEE ROSE

## Chicago Bratwa

*Der Direktor*

*Gefährliches Vorspiel*

*Der Mittelsmann*

*Besessen*

*Der Vollstrecker*

## Unterwelt von Las Vegas

*King of Diamonds: Was in Vegas passiert, bleibt in Vegas, Band 1*

*Mafia Daddy: Vom Silberlöffel zur Silberschnalle, Band 2*

*Jack of Spades: Gefangen in der Stadt der Sünden, Band 3*

*Ace of Hearts: Berühmtheit schützt vor Strafe nicht, Band 4*

*Joker's Wild: Engel brauchen auch harte Hände (Unterwelt von Las Vegas 5)*

*His Queen of Clubs: Russische Rache ist süß (Unterwelt von Las Vegas 6)*

*Dead Man's Hand: Wenn der Tod mit neuen Karten spielt*

*Wild Card: Süß, aber verrückt*

## Master Me

*Ihr Königlicher Master*

*Ja, Herr Doktor*

## Wolf Ranch

ungebärdig - Buch 0 (gratis)

ungezähmt– Buch 1

ungestüm - Buch 2

ungezügelt - Buch 3

unzivilisiert - Buch 4

ungebremst - Buch 5

unbändig - Buch 6

**Wolf Ridge High**

Alpha Bully - Buch 1

Alpha Knight - Buch 2

**Bad Boy Alphas**

*Alphas Versuchung*

*Alphas Gefahr*

*Alphas Preis*

*Alphas Herausforderung*

*Alphas Besessenheit*

Alphas Verlangen

*Alphas Krieg*

*Alphas Aufgabe*

*Alphas Fluch*

*Alphas Geheimnis*

*Alphas Beute*

*Alphas Blut*

*Alphas Sonne*

*Alphas Mond*

*Alphas Schwur*

*Alphas Rache*

## Die Meister von Zandia

*Seine irdische Dienerin*

*Seine irdische Gefangene*

*Seine irdische Gefährtin*

*Seine irdische Rebellin*

*Seine irdische Frau*

# ÜBER RENEE ROSE

*USA TODAY* Bestseller-Autorin RENEE ROSE liebt dominante, verbalerotische Alpha-Helden! Sie hat bereits über eine Million Exemplare ihrer erotischen Liebesromane mit unterschiedlichen Abstufungen verruchter sexueller Vorlieben und Erotik verkauft. Ihre Bücher wurden außerdem in *USA Todays Happily Ever After* und *Popsugar* vorgestellt. 2013 wurde sie von *Eroticon USA* zum nächsten *Top Erotic Author* ernannt und freut sich ebenfalls über die Auszeichnungen Spunky and Sassy's *Favorite Sci-Fi and Anthology Autor*, The Romance Reviews *Best Historical Romance* und Spanking Romance Reviews *Best Sci-fi, Paranormal, Historical, Erotic, Ageplay and Couple Author*. Bereits fünfmal gelang ihr eine Platzierung in der USA-Today-Bestsellerliste mit verschiedenen literarischen Werken.

Besuchen Sie ihren Blog unter www.reneeroseromance.com

# LEE SAVINO: KOSTENLOSE NOVELLE

**Hol dir ein kostenloses Exemplar von Gezeugt von den Berserkern und Eine Berserker-Geburt, indem du dich für meinen Newsletter anmeldest.**

*Der dritte Teil von Daegans, Brennas und Samuels Geschichte. Lies den ersten Teil in **Verkauft an die Berserker** und den zweiten in **Gepaart mit den Berserkern**. Diese Novelle ist kostenlos, ein Geschenk.*

https://BookHip.com/PKRMGC

# EBENFALLS VON LEE SAVINO

.

**Übersinnliche Liebesromane**

*Verkauft an die Berserker*
*Diese wilden Krieger schrecken vor nichts zurück, um ihre Partnerin*
*zu erobern.*

*Alphas Versuchung: Eine Milliardär-Werwolf-*
*Romanze* mit Renee Rose
*Date niemals einen Werwolf.*

**Romantische Science Fiction**

*Brutale Verbindung* mit Tabitha Black
Mein Retter macht mir klar, dass er für meine Befreiung
eine Gegenleistung will ...
... eine Omega.
Mich.

*Gefangene von Außerirdischen* mit Golden Angel
*Er wird mich zu seinem perfekten kleinen Lustobjekt machen ...*

Draekons mit Lili Zander (Eine Sci-Fi Dreierbeziehung Romanze)

### *Draekon Gefährtin*

*Abgestürztes Raumschiff. Ein Gefangenen-Planet. Zwei große, hünenhafte, bronzefarbene Aliens, die sich in Drachen verwandeln. Und das Beste daran? Die Drachen bestehen darauf, dass ich ihr Kumpel bin.*

## Zeitgenössische Liebesromane

### *Königlich Verdorben*

*Milliardär. Playboy. Prinz. Und mein neuer Boss.*

### *Die Schöne und die Holzfäller*

*Nach dieser Holzfällersaison gebe ich den Sex auf. Aus... Gründen.*

### *Der Soldat, der mich verführt*

*Mein heißer Marine-Held will, dass ich ihn Daddy nenne ...*

### *Ihre Daddys – zwei Rivalen*

*Zwei Väter sind besser als einer.*

### *Cowboy's Babygirl (Eine dunkle Western-Romanze)* mit Tristan Rivers

*Sie braucht Schutz. Disziplin. Eine feste Hand. Sie hat die richtige Ranch ausgewählt.*

### *Unschuld (Eine dunkle Liebesgeschichte)* mit Stasia Black

*Ich bin der König der kriminellen Unterwelt. Ich bekomme immer, was ich will.*
*Und sie ist meine Besessenheit.*

## *Die Gefangene des Biestes (Die Liebe des Biestes)*
### mit Stasia Black

*Vor Jahren hat mich Daphnes Vater bestohlen.*
*Jetzt ist es Zeit für sie, die Schuld ihrer Familie zu begleichen ... mit ihrem Körper*

# ÜBER LEE SAVINO

Lee Savino ist eine USA Today-Bestsellerautorin von Smexy-Romanzen. Smexy, wie in "smart und sexy". Finden Sie sie in der Goddess Group auf Facebook und laden Sie ein kostenloses Buch unter www. leesavino.comherunter!

*Sie finden sie unter:*
www.leesavino.com

Sie lieben knurrige Alphas? Dann schau dir die Berserker-Saga an. Beginne mit ***Verkauft an die Berserker.***